¡carpe Diaun
Patucia !
19-2-05

ALFRED HITCHCOCK

Los dieciséis esqueletos de mi armario

Título original: *16 Skeletons in my Closet*
Traducción del inglés: Rosa S. de Naveira y
Montserrat Solanas
cedida por Plaza y Janés, S.A.

Los dieciséis esqueletos en mi armario
© 1963 Dell Publishing Co., Inc.
Publicado mediante acuerdo con
Dell Magazines. New York, EE.UU.

© 2001 Editorial ÁGATA
c/ San Rafael, 4
28108 Alcobendas (Madrid)
Tel. (34) 91 657 25 80
Fax (34) 91 657 25 83
e-mail: libsa@libsa.es
www.libsa.es

ISBN: 84-8238-118-0
Dep. legal: M-12674-01

Derechos exclusivos de edición para todos
los países de habla española

Impreso en España/*Printed in Spain*

INTRODUCCIÓN
DE
ALFRED HITCHCOCK

Poco después de terminar el rodaje de mi última película, recuerdo que leí algo sobre un crimen perpetrado en Chicago el día anterior. No se me ocurre un lugar más idóneo para situar la escena de un crimen. Chicago me ha parecido siempre el lugar *perfecto* para semejante crimen: el viento helado que sopla del lago Michigan, los largos coches negros como exhalaciones por las autopistas y el súbito y mortal tableteo del fuego de las ametralladoras. En verdad, el lugar perfecto.

Sin embargo, el asesinato del que les hablo fue terriblemente decepcionante. Una señora de edad madura, al parecer felizmente casada desde hacía varios años, salió una tarde de compras y adquirió un sombrero. Su coste, 39 dólares con 98: precio de saldo. Obviamente una buena compra. Lo llevó a casa, orgullosa, y se lo enseñó al marido, recién llegado de la oficina después de un día difícil y agobiante. A él, por desgracia, no le gustó el sombrero. La mujer, entonces, sin perder la calma, fue a la sala de estar, abrió un cajón, sacó una pistola del calibre treinta y ocho, y de un disparo mató al marido.

¡Qué aburrido! Un solo disparo y *¡puf!* ¡Cuánto mejor hubiera sido vaciar el cargador entero contra el hombre en un ataque de histeria..., pero no, ¡un único disparo!

Me parece a mí que cuando nuestro siglo era joven todavía el crimen no se hubiera cometido de un modo tan vulgar. Dudo que se hubiera empleado una pistola, dado que la pistola no es, estoy seguro, un arma femenina, como tantos escritores de intriga nos han hecho creer reiterada y concienzudamente. Un rodillo tal vez, un puñal traído de la jungla del Amazonas por el original compañero de viaje de Theodore Roosevelt, una dosis de veneno en la sopa, un cable finísimo pero muy fuerte, tendido desde un tramo alto de la escalera...

Ésta era la grandeza de los años pretéritos, cuando el asesinato se cometía con gusto e imaginación.

Por supuesto, todos recordamos la historia de Miss Lizzie Borden, que se apoderó de un hacha y mató a sus padres de cuarenta hachazos.

Luego tenemos al caballero que el 31 de diciembre de 1913 apuñaló a su mujer, la descuartizó y mandó los pedazos a sus amigos y parientes con los mejores deseos para un feliz Año Nuevo.

La Prensa habría agradecido una buena estrangulación, o una mujer amarrada y abandonada en la vía férrea (naturalmente, uno debería asegurarse de que los trenes aún siguen funcionando).

No puedo prometerles semejante excitación en el futuro, pero sí les prometo una buena y estremecedora diversión en las páginas siguientes.

Los dieciséis esqueletos de mi armario

Historia de fantasmas

Henry Kane

No se puede exigir a los detectives que detengan a los fantasmas. Sencillamente, porque lleva demasiado tiempo. Además, aunque el hábito no hace al monje, un fantasma precisa bastante más que una simple sábana.

Yo no creo en fantasmas. Quizá no crea en fantasmas porque me niego a aceptar lo que de ellos se dice y porque mi mente, rechazando la posibilidad de su existencia, busca otra explicación. En el caso de Miss Troy, esa explicación habría que buscarla en el deseo de morir en las alucinaciones, en el complejo de culpabilidad, en la venganza, en la autoflagelación y en la doble personalidad. Pero también aquí me encuentro fuera de mi especialidad: yo no soy psiquiatra, soy un detective privado. Hay gente que no está de acuerdo con mis conclusiones, y puede que usted sea uno de ellos. Pues muy bien. Lo único que puedo hacer es exponer los hechos tal como ocurrieron, empezando por aquella resplandeciente y soleada tarde de enero, cuando mi secretaria hizo pasar a Miss Sylvia Troy a mi despacho.

—Miss Sylvia Troy —anunció mi secretaria, y se retiró.

—Soy Peter Chambers —me presenté—. ¿Quiere sentarse?

Era menuda, monísima, muy femenina, de unos treinta años. Su cabello, corto, rizado, rojizo, enmarcaba una carita de enormes ojos oscuros que hubieran podido parecer hermosos de no ser por una expresión casi imposible de describir. Sólo se me ocurre una palabra para definirla: ¡acosada...! Esta palabra, claro, es susceptible de infinidad de interpretaciones diferentes. Sus ojos parecían remotos, ausentes, como si no fueran parte de ella, perdidos.

Se quedó de pie mientras yo, todavía sentado detrás de
la mesa, me revolvía inquieto.

—Siéntese, por favor —le dije con tanta cordialidad como
pude, dada la confusión que me producía evitar aquellos ojos
curiosamente luminosos, extrañamente aislados y tremen-
damente asustados.

—Muchas gracias —dijo al fin, y se sentó en la butaca
junto a mi mesa.

Tenía la voz dulce y preciosa, una voz educada, de can-
tante profesional: perfectamente modulada en las vocales,
bellamente entonada, muy femenina, muy melodiosa. Llevaba un abrigo de lana roja con un pequeño cuello de piel
negra, y un bolso de charol negro. Abrió el bolso, sacó trescientos dólares, volvió a cerrarlo, y dejó el dinero sobre mi
mesa. Yo lo miraba, pero no lo toqué en absoluto.

—¿No es bastante? —me preguntó.

—¿Cómo dice?

—Me refiero a la manera como lo está mirando.

—Mirando, ¿qué?

—El dinero. Sus honorarios. Lo siento, pero no puedo
darle más.

—No lo miraba de ninguna manera, Miss Troy. Lo miro,
sencillamente. Trescientos dólares pueden ser suficientes o
no..., según lo que desee de mí.

—Deseo que entierre a un fantasma.

—*¿Cómo?*

—Por favor, Mr. Chambers, le estoy hablando muy en
serio.

—Pero, un fantasma...

—Un fantasma que ya ha dado muerte a una persona y
amenaza con matar a otras dos.

Dirigí mi inquietud a rebuscar por los bolsillos hasta que
encontré un pitillo. Lo encendí y exclamé:

—Miss Troy, enterrar fantasmas no es realmente mi especialidad. Si su supuesto fantasma ya ha matado a alguien,
no es aquí a donde debe ir. Hay autoridades encargadas de
ese menester, la Policía...

—No puedo ir a la Policía.

—¿Por qué no?

—Porque si cuento mi historia a la Policía, culparán a mis dos hermanos y a mí misma... —dijo, y se calló.

—¿De qué?

—De asesinato.

Hubo una pausa. Permaneció sentada, derrumbada; yo seguí fumando, nerviosamente. De pronto le dije:

—¿Se propone contarme la historia?

—Sí.

—¿No será igualmente acusar...?

—No, no. En absoluto. *Debo* contársela porque es preciso hacer algo. Porque alguien..., espero que sea usted..., debe ayudarme. Pero si repite lo que voy a decirle a la Policía, lo negaré. Como no existen pruebas, y como yo negaré lo que puede usted repetir, nadie será acusado.

Ya la cosa venía a mi terreno. La gente en apuros es mi especialidad. De no haberse mencionado el fantasma, todo habría pertenecido completa y familiarmente a mi campo de trabajo. De todas formas, estaba ya lo bastante encasillado como para que me decidiera a apagar el cigarrillo en el cenicero, atraer el dinero hacia mí, y decir:

—Está bien, Miss Troy, cuéntemelo.

—Empezó hará cosa de un año. En noviembre pasado.

—Ya.

—Somos..., es decir, éramos..., cuatro en la familia.

—Cuatro en la familia —repetí.

—Tres hermanos y yo. Adam era el mayor. Adam Troy contaba cincuenta años cuando murió.

—¿Y los otros?

—Joseph tenía treinta y seis. Simon tiene ahora treinta y dos. Y yo veintinueve.

—¿Dice que Joseph *tenía* treinta y seis?

—Mi hermano Joseph se suicidó... Se supone que se suicidó..., hace tres semanas.

—Lo siento.

—Y ahora, si me permite..., un poco de ambientación.

—Se lo ruego.

—Adam, mucho mayor que nosotros, hizo de padre para todos. Adam estaba soltero, era rico y afortunado... Siempre supo ganar dinero... El resto de nosotros, en cambio,

no somos nada brillantes. Joseph vendía zapatos, Simon trabaja en una droguería y yo soy artista en un club nocturno.
Debo confesarle que no valgo gran cosa.

—Artista de club nocturno. Interesante.

—Hago voces, ¿sabe? Era ventrílocua. Ahora soy imita-
dora: imito voces, ¿comprende? Nada especial. Me defiendo.

—¿Y Adam? —pregunté—. ¿Qué hacía Adam?

—Era agente inmobiliario y un hábil inversor de Bolsa.
Era un hombre pesado y tacaño..., quizá por eso no se casó
nunca. *Era* como un padre para nosotros, pero la verdad es
que nunca nos ayudó con dinero a menos que fuera en un
caso de emergencia. Ahora bien, consejos..., muchos. Y crí-
ticas..., muchas. No puedo decir que se portara *mal* con nosotros, pero en realidad tampoco fue muy *bueno*. Supongo
que me entiende.

—La entiendo muy bien, Miss Troy.

—Ahora hablaré de los testamentos.

—¿Testamentos?

—Últimas voluntades y testamentos. Hicimos lo que se
llama un testamento recíproco. Si uno muere, lo que deja
se divide entre los demás. Estoy segura de que sabe lo que
es un testamento recíproco.

—Naturalmente.

—Muy bien. El año pasado, Adam ganó una barbaridad
en la Bolsa, y sugirió que nos fuéramos de vacaciones todos
juntos, unas vacaciones de invierno, que él pagaría. Un par
de semanas al aire libre, esquiando, pasándolo bien, en Vermont. Dos semanas en un lugar maravilloso, ¿entiende?

Asentí.

—Nosotros, me refiero al resto, Joseph, Simon y yo...,
nos organizamos aquellas dos semanas..., de mediados de
noviembre..., y nos fuimos a una cabaña en Mt. Killington,
en las Montañas Verdes, de Vermont... —Se estremeció y
guardó un momento de silencio. Luego prosiguió—: No sé
cómo empezó todo. Quizá los tres pensábamos lo mismo,
quizás aquella idea de culpabilidad nos envenenó a todos,
pero fue Joseph el que primero habló de ello.

—¿De qué habló?

—De deshacernos de Adam. Adam estaba arriba durmiendo y nosotros tres estábamos sentados ante un gran fuego en la chimenea, bebiendo, emborrachándonos un poco. Fue entonces cuando Joseph lo sugirió y todos estuvimos de acuerdo tan de prisa que fue como si lo hubiéramos dicho todos a la vez. No quiero reprochar nada a nadie. Digo que los tres estuvimos de acuerdo. Ninguno tuvo nunca dinero, dinero en cantidad, y de sopetón se nos ocurrió que podíamos tenerlo, y mucho. —Se estremeció otra vez y se cubrió la cara con las manos. Habló por entre los dedos—. A partir de ahora querría ir de prisa. ¿Puedo?

—De acuerdo.

Dejó caer las manos en el regazo.

—Al día siguiente, bien abrigados con nuestro equipo de esquiar, salimos a explorar la montaña. Una vez arriba del todo, Adam se colocó junto a una grieta, un precipicio, con una caída de unos seiscientos metros con un pequeño torrente al fondo. Joseph se le acercó por detrás, le empujó y Adam cayó. Nada más. Cayó. Y fue cayendo. Nos llegaba el eco de los golpes y luego…, nada. Al regresar dimos parte. Dijimos que había resbalado y se había caído. La Policía investigó, hubo unas preguntas, y nada más.

—¿Y nada más?

—El veredicto del forense fue muerte accidental.

Me levanté de la silla. Di unos pasos por la oficina. Pasé por delante de ella, por detrás y a su alrededor. No se inmutó. Permaneció sentada con las manos apretadas en el regazo. Le dije:

—Está bien. Hasta aquí, está bien en cuanto al crimen. Ahora, por favor, ¿qué fantasma mató a quién?

Permanecía inmóvil. Sólo se movieron sus labios:

—El fantasma de Adam mató a Joseph.

—Mi querida Miss Troy, hace sólo unos minutos me ha dicho que Joseph se había suicidado.

—Lo siento, Mr. Chambers. *No* le he dicho tal cosa.

—Pero usted…

—Dije que se *suponía* que se había suicidado.

Admití mi error de mala gana.

—En efecto, así lo dijo. Pero, ¿cómo puede establecerse la diferencia? Quiero decir…

—¿Puedo explicarlo a mi manera?

—Desde luego. —Volví a mi silla, me senté, la observé mientras hablaba, pero mis ojos no se encontraron con los de ella. De alguna manera, aquella tarde soleada y resplandeciente de enero, en los confines conocidos de mi propio despacho, no pude decidirme a mirar a los ojos de aquella mujer.

—Vivo en la Calle 37 Oeste, en el número 133.

—¡Ah!

Y feliz por ocuparme en algo, lo anoté encantado por la rutina prosaica.

—Es un apartamento de una sola estancia, en el cuarto piso, C.

—Ya, ya —murmuré, anotando asiduamente.

—Hace dos meses, exactamente el quince de noviembre, un año después de su muerte, Adam vino a visitarme.

—Adam vino de visita. —Repetí mientras anotaba..., luego tiré el lápiz—. Un momento, Miss Troy.

Plácidamente, inquirió:

—Sí, ¿qué pasa, Mr. Chambers?

—Adam es el individuo que está muerto, ¿sí o no? Adam es el individuo que, al parecer, ustedes asesinaron, ¿no es cierto?

—Sí, lo es.

—¿Y fue a visitarla?

—Precisamente.

—¿Dónde? —suspiré.

—El día quince de noviembre, por la tarde, bajé al supermercado a comprar unas cosas. Cuando volví a casa allí estaba, sentado tranquilamente en una butaca, esperándome.

Recuperé mi lápiz y simulé tomar nota.

—¿Está segura de que se trataba de Adam?

—El fantasma de Adam. Adam está muerto.

—Sí, claro, el fantasma de Adam. ¿Qué aspecto tenía?

—Exactamente el mismo que el día en que murió. Incluso llevaba el mismo equipo..., botas altas, el traje de esquí, verde, y el gorro verde.

—¿Habló con usted?

—Sí.

—¿Qué voz tenía?

—La de siempre. Adam tenía una voz profunda, de gran resonancia. Parecía triste, disgustado, pero no estaba muy enfadado.

—¿Y qué le dijo?

—Que había venido a reclamar el pago. Éstas fueron sus palabras exactas..., reclamar el pago. Dijo que primero mataría a Joseph, luego a Simon y después a mí. Se levantó, fue a la puerta, la abrió y salió.

—¿Y usted?

—Llamé a mis hermanos, vinieron a mi apartamento y les conté lo ocurrido. Naturalmente, no me creyeron. Me dijeron que era cosa de mi imaginación, que últimamente había estado muy nerviosa. Sugirieron que fuera a ver a un médico. Entre una cosa y otra, no sé cómo me convencieron, y no hice nada..., ni siquiera cuando Joseph fue asesinado.

—Suicidio, bueno, supuesto suicidio...

—Joseph se cortó las venas y murió. *Pero no había ninguna arma.* No se encontró nada junto a su cuerpo; ninguna arma ensangrentada en todo el apartamento.

Encendí otro cigarrillo. La llama del fósforo tembló. Lo apagué al instante y lo dejé en el cenicero. Aspiré profundamente y pregunté:

—Miss Troy, si no hizo usted nada entonces, ¿por qué lo está haciendo ahora?

—Porque Adam volvió a visitarme anoche. Cuando volví al trabajo estaba sentado en la misma butaca, vestido exactamente como la otra vez. Dijo que había cumplido su propósito con Joseph..., y que Simon era el siguiente. Luego se levantó, abrió la puerta y salió.

—¿Y usted?

—Me desmayé. Cuando me repuse perdí los nervios. Luego, ya tranquila, me cambié el maquillaje y fui directamente a casa de mi hermano Simon. Era ya muy entrada la noche, pero no me importó. Simon vive en la Calle 4 Oeste, muy cerca de donde trabajo. Estuve llamando hasta que se despertó y me dejó pasar. Le conté lo ocurrido y tampoco me creyó. Me dijo que insistía en que fuera a ver a un médico y que él iba a arreglarlo para que me viera. Hoy decidí que *tenía* que hacer algo al efecto. Yo había oído hablar de usted..., y aquí estoy. Por favor, Mr. Chambers, ¿querrá ayudarme? Por favor. Se lo ruego.

—Haré cuanto pueda —repliqué. Hice las preguntas pertinentes y tomé nota de nombres, direcciones y números de teléfono, de dónde trabajaba, dónde trabajaban sus hermanos y demás. Luego apunté mi número de teléfono particular en una de mis tarjetas profesionales y se la di—. Puede llamarme aquí, o a mi casa, siempre que quiera.

—Gracias.

Me sonrió por primera vez, agradecida.

Guardé los trescientos dólares en un cajón de la mesa.

—Está bien. Vámonos.

—¿Irnos? ¿Dónde?

—Me gustaría ver su apartamento. ¿Puedo?

—Claro que sí. —Se levantó—. Es usted muy minucioso, ¿verdad?

—Así es como trabajo yo.

El apartamento situado en un cuarto piso, pertenecía a una casa recién restaurada, de seis pisos sin ascensor. Era un apartamento minúsculo, de una sola estancia: una pequeña sala de estar, con armario empotrado, un cuarto de baño y una cocinita. No había ventana alguna en la cocina, sólo una en el cuarto de baño y dos en la sala de estar..., cada una con cierre de seguridad por dentro.

—Perfecto —dije—. ¿Mandó usted poner los cierres?

—No. Lo hizo el antiguo inquilino.

—Son de buena calidad y están en perfecto estado —aprobé, y proseguí con mi inspección—. Veo que no hay salida de incendios.

—Es innecesaria. Las salidas se eliminaron cuando se restauró la vivienda: eran feísimas y además la casa está a prueba de fuego.

En cambio la cerradura de la puerta era deficiente: sencilla, anticuada, no se precisaba ningún experto para abrirla; tampoco la puerta tenía protección: ni un solo pasador.

—Esto no sirve —mascullé.

—¿Cómo dice?

—Mire, no sé quién entra en su casa, fantasmas o no, pero cualquiera lo puede hacer con un llavín viejo, y para un ratero es pan comido. Esto tiene que desaparecer.

—¿Desaparecer? —preguntó—. ¿Desaparecer?

—¿Dónde está su listín de las páginas amarillas?

Me lo trajo y localicé a unos cuantos cerrajeros, los fui llamando hasta que encontré a uno que estaba libre, le expliqué lo que necesitaba y me prometió venir dentro de media hora. Miss Troy hizo café, preparó unos bocadillos, comimos, charlamos, pero evitando cualquier mención de fantasmas. Ella se fue animando, sonreía con frecuencia, y descubrí que estaba pasando una tarde de lo más agradable.

—¿Por qué no viene a verme esta noche al club? —me dijo—. Le expliqué dónde está cuando tomaba notas en la oficina. Es el Café Bella, en la Calle 3 Oeste, en el Village.

—¿A qué hora es su número?

—El espectáculo empieza a las nueve y es más o menos continuo. Hay seis números... Nadie vale gran cosa. No nos pagan mucho..., pero tampoco trabajamos demasiado; todo el mundo tiene su propio camerino y esto es muy importante. El espectáculo empieza a las nueve y dura hasta las dos, a veces algo más, según vaya el negocio. Entre número y número puedo quedarme en el camerino. No me gusta mezclarme con los clientes y los dueños tampoco nos lo exigen. Me encantaría que viniera y viera mi número.

—A lo mejor —prometí.

Llegó el cerrajero e hizo lo que le pedí. Instaló una fuerte cerradura moderna y un resistente pasador de acero. Le pagué de mi bolsillo y me negué a que Miss Troy me lo rembolsara.

—Saldrá de los honorarios —dije— y a lo mejor da resultado. Quizá no vuelva a ser molestada.

—Ojalá, ojalá. ¡Que Dios le bendiga! Ya empiezo a sentirme mejor. Es como cuando se va a un buen médico, sabe, y le tranquiliza. Solamente con su presencia y su actitud..., y todas esas cosas de locura parecen un sueño, una pesadilla y, de pronto, todo lo espantoso parece una tontería, ¿comprende?

—Sí, lo comprendo y me alegro. Siga pensando así. Ahora debo decirle adiós. Muchas gracias por la comida.

—Oh, no hay de qué. ¿Vendrá a verme esta noche?

—Lo intentaré.

Simon Troy trabajaba en un *drug-store* en la Calle 74, esquina con Columbus Avenue. Era un local pequeño, abarrotado, anticuado, que ni siquiera tenía fuente de soda. Olía a hierbas, productos farmacéuticos y germicidas. El polvo cubría las estanterías y el del ambiente en suspensión hacía estornudar. Simon Troy trabajaba solo, era un hombrecito rubio con ojos de cachorro triste, tez pálida y dientes pequeños y amarillos. Su sonrisa, cuando me recibió, era forzada: la sonrisa de un empleado a un cliente. Le dije quién era y por qué estaba allí.

Una expresión de angustia envejeció su rostro y la sonrisa desapareció de sus labios.

—Si no le importa —me dijo—, pasaremos dentro donde podamos hablar.

La trastienda, un espacio separado de la parte delantera por una gruesa mampara de vidrio, era un lugar estrecho dominado por un mueble de madera lleno de cajones, con un mostrador para preparar las recetas. Había un par de sillas metálicas ya usadas y me indicó una de ellas. Antes de sentarme, le pregunté:

—¿Usted *es* Simon Troy?

—Sí, sí, naturalmente —contestó, impaciente.

Saqué el paquete de cigarrillos, le ofrecí uno, y lo agarró con sus dedos flacos, huesudos, manchados de nicotina. Encendió mi cigarrillo, luego el suyo, y chupó rápida y ruidosamente. Yo hablaba y él escuchaba atentamente. Le conté todo lo que Sylvia Troy me había contado y le hablé del dinero que me había entregado. Cuando concluí mi relato ya había terminado su cigarrillo y encendió uno de los suyos con la colilla del que yo le había dado.

—Mr. Chambers, me figuro que se da usted cuenta de lo terriblemente preocupado que estoy por mi hermana.

Asentí, pero no dije nada.

—Está enferma, Mr. Chambers. Tengo la seguridad de que usted se daría cuenta.

Volví a asentir, pero esta vez no pude menos que preguntar:

—¿Querrá usted contarme lo que ocurrió en Mt. Killington?

—¿Se refiere a lo de Adam?

—En efecto.

—Ni siquiera estábamos cerca de él. Se había ido a echar un vistazo al borde del precipicio. Nos encontrábamos muy lejos de él, a varios metros de distancia. Los tres estábamos juntos. Debió de darle algo, un mareo quizás. Oímos el grito al resbalar, se cayó al vacío... y desapareció. La Policía de Vermont examinó el lugar después de que les informáramos. Había empezado a nevar y no pudieron encontrar ninguna huella en el borde. Pero de los salientes de las rocas del fondo, a las que pudieron llegar, recuperaron fragmentos de huesos, carne y jirones del traje que llevaba. El cuerpo, por supuesto, jamás fue recuperado.

Metió la punta de su índice derecho entre los dientes y se mordió ruidosamente la uña.

—Mr. Troy —le dije—, ¿tiene usted idea de por qué su hermana ha inventado semejante locura?

—Me temo que sólo hay una explicación. Creo que está al borde de una tremenda crisis nerviosa.

—Pero, ¿hay alguna base para ello? ¿Algún suceso ya pasado? ¿Alguna razón?

—Le habló de los testamentos recíprocos, ¿verdad?

—Sí.

—Bien, la fortuna de Adam, una vez pagados los derechos, fue de cincuenta mil dólares a cada uno de nosotros. Mi hermano Joseph, viudo y sin hijos, era un hombre ordenado, como soy yo. Guardamos ese dinero y seguimos viviendo como hasta entonces..., pero no así Sylvia. Dejó su trabajo en el club nocturno, se fue a Europa y al año se había malgastado toda su herencia. Creo que esto la afectó; el hecho es que al cabo de un año volvía a estar donde había empezado: esto la desquició. Se vio obligada a volver a trabajar, y desde entonces, desde aquel preciso momento, empezó a comportarse de un modo peculiar. Hablaba de un complot, de nuestro complot, para asesinar a Adam. Y ahora de este terrible asunto sobre el espectro de Adam.

—¿Y qué hay de Joseph? ¿De su suicidio? ¿Quiere contármelo?

—Hay poco que contar. Joseph era un hombre sencillo, bueno y meticuloso. Era un hipocondríaco aunque tenía miedo a los médicos. Hace cosa de seis meses empezó a tener dolores de estómago, náuseas, vómitos. Se negaba a ir al médico, hasta que por fin lo arrastré. Los rayos X mostraron una masa en su estómago. Los médicos creían que era un tumor benigno, pero Joseph no. Arreglamos para que le operaran, pero antes de que llegara el momento, se suicidó.

—Sí, lo sé, se cortó las venas. Pero, ¿qué hay de eso de que no se encontró el arma?

Sonrió con tristeza.

—La Policía quedó satisfecha con la explicación. Joseph se suicidó en el cuarto de baño. Se cortó las venas de las muñecas y se desangró. Conociendo a Joseph, sé exactamente lo que hizo, una vez que se decidió. Se encontró una maquinilla cerca de él, pero sin hoja. Así que sacó la hoja, se cortó las venas, la dejó caer en la taza del váter, tiró de la cadena y se dejó desangrar. Había sangre por todo el baño; pero, en efecto, no había cuchilla por ninguna parte. Joseph era meticuloso, un animal de costumbres. Tiró la cuchilla al retrete, y se acabó. La Policía estuvo de acuerdo con mi versión de lo ocurrido. Después de todo, yo era su hermano; le conocía bien.

Me puse en pie, y terminé:

—Muchas gracias.

—Mr. Chambers, por favor.

Parecía turbado, vacilaba.

—Dígame.

—Mr. Chambers —barbotó—, creo que debería devolver el dinero a mi hermana.

—¿Por qué?

—Porque no necesita un detective privado. Lo que necesita es un médico.

—Me inclino a pensar lo mismo.

Sonrió, aparentemente aliviado de que le comprendiera y estuviera de acuerdo con él.

—Ya he buscado —me dijo— y he elegido un especialista de nervios, un psiquiatra o como demonios se les llame hoy en día. Con un pretexto u otro, voy a llevársela.

—Me parece muy bien. En cuanto al dinero, estoy de acuerdo. Lo merece más un médico que yo.

—Es usted muy considerado. Se lo agradezco.

—Pero no creo que deba dárselo a ella —objeté—. Es inútil turbarla más. Se lo entregaré a usted. No llevo dinero ahora, pero se lo daré después, se lo dejaré en su apartamento.

—Guárdese cincuenta dólares, Mr. Chambers. Se los ha ganado usted.

—Gracias. Le veré más tarde.

—¿Sabe dónde?

—Miss Troy me dio su dirección en la Calle 4.

—Es el apartamento 3 A. Y, oh...

—¿De qué se trata?

—La verdad es que trabajo de noche aquí. Tengo el turno desde las dos de la tarde a las diez de la noche. A esa hora cierro, vuelvo a casa, como algo, me ducho y descanso. Así que no llego a casa hasta muy tarde.

—Yo también soy un noctámbulo. ¿Qué le parece si voy a media noche? ¿Estará bien?

—Perfectamente bien. Es usted muy amable, Mr. Chambers.

Nos estrechamos la mano y me fui.

A las diez de la noche, con doscientos cincuenta dólares de los honorarios en el bolsillo, me senté a una mesa de atrás del Café Bella y vi su número. El Café Bella era un local oscuro y sin pretensiones, el servicio era malo, malo el licor y malo también el número de Sylvia Troy. Salió a escena con pantalones y blusa negros, y se dedicó a imitar a unas cuantas celebridades masculinas y femeninas. El tono de su voz era maravilloso..., desde el más profundo barítono a tenor, desde contralto, a mezzosoprano, hasta la voz fina y temblona de las viejas... Pero sus imitaciones estaban pasadas, su material malo, su distribución deplorable, y sus pobres chistes servidos sin una pizca de talento. Me fui a mitad de su actuación.

Cené tarde, entré en algunos locales nocturnos del Village, tomé unas copas, contemplé alguna que otra bailarina y a medianoche me fui al 149 de la Calle 4 Oeste, que era la dirección de Simon Troy. Un ascensor me subió al tercer piso y una vez allí pulsé el botón del 3 A. No obtuve respuesta. Volví a tocar. Nada. Probé el pomo. La puerta estaba abierta y entré.

Simon Troy estaba sentado mirando fijamente hacia delante, con los codos apoyados en el borde de una mesa camilla. Sobre la mesa un gran vaso de cóctel, vacío, con una cereza en el fondo. Miraba hacia la silla vacía que estaba frente a él. Al otro lado de la mesa, delante de la silla vacía, había otro vaso de cóctel, lleno hasta arriba y sin tocar. Me acerqué rápidamente a Simon Troy, le examiné y me lancé al teléfono para llamar a la Policía e informarles de su muerte.

El encargado del caso era mi amigo el teniente Louis Parker, un detective de la brigada de homicidios. Sus expertos no tardaron en asegurar que la causa de la muerte había sido envenenamiento por cianuro. La cereza del fondo estaba completamente empapada. Las huellas de Simon Troy aparecían en el cristal del vaso. La inspección no encontró frasco, ni recipiente de veneno en el apartamento. Después de retirar el cuerpo y las pruebas pertinentes, nos quedamos el teniente Parker y yo solos, y me dijo:

—Bien, ¿de qué se trata? ¿Cuál es la historia esta vez? ¿Qué está haciendo aquí?

—¿Cree en fantasmas, teniente?

Respondió cautamente:

—A veces. ¿Por qué? ¿Va a contarme una historia de fantasmas?

—A lo mejor —le dije.

Le conté toda la historia y le expliqué lo que estaba haciendo en el apartamento de Simon Troy.

—¡Uau! —exclamó—. Vámonos a hablar con la damita.

Estaba en su camerino. Sostuvo que no se había movido de él, ni del escenario, en toda la noche. Su camerino daba a un corredor que tenía una salida por la parte de atrás que daba directamente a la calle. Parker interrogó a todos los empleados. Ninguno contradijo lo declarado por Sylvia. Entonces Parker se la llevó a la comisaría y yo les acompañé. Una vez allí, la interrogó durante horas, pero ella mantuvo con firmeza que no había salido del camerino excepto para ir al escenario y representar su número. Los policías no dejaban de entrar y salir y el interrogatorio se interrumpió con frecuencia para conferenciar a media voz. Por fin Parker alzó las manos al cielo y le dijo:

—Lárguese. Váyase a casa. Y mejor que no se mueva de allí para que sepamos dónde encontrarla.

—Sí, señor —contestó humildemente, y se marchó.

Nos quedamos silenciosos. Parker encendió un puro y yo un pitillo. Al fin le pregunté:

—Bueno, ¿qué le parece?

—Creo que la pollita nos está contando un cuento superior a todos los cuentos, y que no tenemos por dónde cogerla.

—¿Y eso, amigo?

—¿Sabe cómo funcionan esos testamentos recíprocos?

—Sí.

—El primero..., el de Joseph..., está todavía en testamentaría, en estudio. Ahora, irá el segundo. Con esos dos hermanos muertos, nuestra damita se embolsará algo más de cien mil dólares.

—¿Y qué?

—Que tenemos a Joseph como suicidado, pero al no encontrar el arma, pudo ser asesinato. Ahora bien, este Simon también pudo suicidarse, ¿verdad? Salvo que no había ningún frasco, ningún recipiente. Esfumado.

Y agitó la mano.

—¿El fantasma? —sugerí.

—La dama —aseguró—. Mató a los dos y contó la historia del fantasma como la más loca cortina de humo que jamás se haya inventado. Y no tenemos la más mínima prueba contra ella. —Sonrió, agotado—. Vaya a casa, muchacho. Parece cansado.

—Y usted, ¿qué? —pregunté.

—Yo, no. Yo no me muevo de aquí. Voy a trabajar.

Llegué a casa a eso de las cuatro y al abrir la puerta el teléfono estaba llamando. Corrí y levanté el auricular. Era Sylvia Troy.

—Mr. Chambers. ¡Por favor! ¡Mr. Chambers!

El terror en su voz me atravesó la piel.

—¿Qué le pasa? ¿Qué ocurre?

—Me ha llamado.

—¿Quién?

—¡Adam!

—¿Cuándo?

—Ahora mismo, ahora mismo. Dijo que venía... a por mí.

Su voz se perdió.

—¡Miss Troy! —grité—. ¡Miss Troy!

—¿Sí?

La voz sonaba debilitada.

—¿Puede oírme?

—Sí.

—Quiero que cierre todas las ventanas con los cerrojos.

—Ya lo he hecho —me contestó con su peculiar tonillo infantil.

—Eche también el cerrojo de su puerta.

—Está echado.

—Bien. No abra la puerta a nadie excepto a mí. Llamaré y le hablaré desde fuera para que sepa de quién se trata. ¿Reconocerá mi voz?

—Sí, Mr. Chambers, sí la reconoceré.

—Bien. Ahora tranquilícese. Voy en seguida.

Colgué, llamé a Parker y se lo dije.

—Ha llegado el momento, sea lo que sea. Tráigase a muchos hombres y mucha artillería. Vamos a encontrarnos a un asesino suelto. Le espero abajo. ¿Conoce la dirección?

—Naturalmente.

Colgué y salí corriendo.

Además de Parker, había tres detectives y tres hombres de uniforme..., uno de ellos llevaba una carabina. Al entrar en el vestíbulo, los detectives y los otros dos policías desenfundaron sus armas. Delante de la puerta del 4 C, Parker me señaló y toqué el timbre.

Una sonora voz masculina respondió:

—¿Sí? ¿Quién es?

—Peter Chambers. Quiero hablar con Miss Troy.

—No está aquí —tronó la voz.

—Mentira. Yo sé que está aquí.

—Ella no quiere hablar con usted.

—¿Y usted quién es?

—No le importa —retumbó la voz—. Márchese.

—Lo siento, pero no me voy.

La voz tonante sonó irritada.

—Mire, tengo una pistola en la mano. Si no se marcha voy a disparar a través de la puerta.

Parker me apartó a un lado, y gritó:

—Abra. ¡Policía!

—No me importa quién sea —tronó la voz de nuevo—. Les advierto por última vez. O se marchan o disparo.

—Y yo le advierto —gritó Parker— que o abren la puerta o *dispararemos*. Voy a contar hasta tres. A menos que nos abra, entraremos a tiro limpio. ¡Uno!

Nada.

—¡Dos!

Una risa sonora y burlona.

—¡Tres!

Nada.

Parker hizo una señal a los policías y movió la cabeza. Un chorro de balas traspasó la puerta. Se oyó un grito estridente, un golpe y después..., silencio. Parker señaló a los dos detectives, que eran hombres fornidos. Sabían lo que tenían que hacer. Se lanzaron contra la puerta, hombro con hombro, al unísono, una y otra vez. La puerta crujió, volvió a crujir, cedió y, por fin, se soltó de los goznes.

Sylvia Troy estaba tendida en el suelo, muerta por las balas de la carabina. No había nadie más en el apartamento. La puerta había estado cerrada con llave y el cerrojo echado. También las ventanas estaban cerradas y aseguradas por dentro. La inspección fue rápida, experta e inequívoca, pero aparte del cuerpo de Sylvia Troy..., y de nosotros, ahora..., en el apartamento no había nadie más.

El teniente Louis Parker se me acercó con la mirada beligerante, pero desconcertada, con el rostro furioso y brillante bajo una capa de sudor. Sus hombres, altos, musculosos, fornidos y fuertes, se habían agrupado, como niños silenciosos, junto a él.

—¡Qué demonio! —exclamó el teniente Louis Parker, y sus palabras eran como un murmullo ronco—. ¿Qué es lo que piensa, Peter?

Yo tuve que aclararme la garganta antes de poder hablar, pero me afirmé en lo ya dicho:

—Yo no creo en fantasmas.

Quizá no crea en fantasmas porque me niego a aceptar lo que de ellos se dice y porque mi mente, rechazando la posibilidad de su existencia, busque otra explicación. En el caso de Miss Troy, esa explicación habría que buscarla en el deseo de morir, en las alucinaciones, en el complejo de culpabilidad, en la venganza, en la autoflagelación y en la doble personalidad.

Hay quien no está de acuerdo con mis conclusiones.

Tal vez usted sea uno de ellos.

¿Dónde está tu aguijón?

James Holding

El término fobia *se ha aceptado en esta época de psiquiatría de salón. No obstante, definido como miedo irracional, ¿puede aceptarse como causa de una muerte? En un certificado de defunción, ¿aceptaría el forense, por ejemplo, el término* apifobia?

Decir que me quedé estupefacto cuando descubrí lo de Doris y el escritor solterón que vivía en el mismo rellano, es decir poco.

Nosotros llevábamos cuatro años y medio casados y me costaba creer en mi suerte. Doris era de estatura mediana, sonrosadas mejillas, cabello negro y brillante como el azabache y una boca deliciosa y fina que sonreía con frecuencia y fácilmente. Sus ojos de un azul eléctrico y su pelo negro hacían un contraste tremendo. Su tipo era para soñar despierto..., era para que los demás rabiaran de envidia. Porque yo poseía a la joven: mi esposa, Doris.

Así que comprenderán mi desesperación cuando me enteré del idilio de ella y Wilkins. Si uno ama de veras a su mujer, como yo, y confía en ella, como confiaba yo, y si ella es el no va más de belleza y de tipo, y tienes la seguridad de que ella piensa que en ti sale y se pone el sol, es darte con un canto en los dientes descubrir de pronto que, mientras tú estás fuera de la ciudad recorriendo la zona de ventas durante dos semanas al mes, tu mujer juega a casitas con el escritor de historias de detectives, cuyo apartamento está en el mismo rellano que el tuyo. Y más todavía, si se trata de un pobre hombre como Wilkins..., alto, desgarbado, sin más medios de vida visibles que una destartalada máquina de escribir, y empezando a perder el pelo. ¡Por el amor de Dios!

Yo no soy un Adonis, compréndanlo, pero incluso en el

peor día de mi vida, estoy mucho mejor que Wilkins. Por eso me enfurecí tanto al descubrir que Doris se entretenía durante mis ausencias con aquel payaso.

Claro que encontré disculpas para Doris. Seguía queriéndola a pesar de sus expediciones al otro lado del rellano donde la hierba debía de parecerle más verde. «Una joven tan hermosa como Doris —me dije—, tan llena de vida y con ganas de divertirse, es naturalmente el blanco de cualquier macho hambriento y depredador en una legua a la redonda. Y cuando yo no estoy, se siente comprensiblemente solitaria. ¡Pobre Doris!»

Se me ocurría toda clase de disculpas para su comportamiento. Pero no para ese Casanova de pacotilla del rellano. No, señor. A él lo iba a dejar servido y bien servido.

«Pero hazlo a sangre fría, Jim —me dije—. Espera a que estés más calmado. Espera a que puedas dejarle listo sin despertar la menor sospecha, para que no te culpen del trabajo. De lo contrario, ¿qué ganarías? Nada, excepto una sobrecarga eléctrica a cuenta del Estado. Yo, muerto; Wilkins, muerto, y Doris sola y abandonada.»

Así que no dejé que Doris supiera que yo me había enterado de lo de ella y Wilkins. Me comporté como de costumbre y lo mismo hizo ella. ¡Vaya con la pequeña actriz! Cuando me encontraba con Wilkins junto a los buzones, en el vestíbulo de la entrada, o cuando le veía en el ascensor o vaciando las basuras en el incinerador comunal, al final del corredor de nuestro tercer piso, le saludaba y le sonreía como buen vecino y él, indudablemente, me encontraba un tipo simpático y además un pobre ciego.

Pero a mí no me importaba; yo seguía con mi idea y vigilaba a Wilkins siempre que podía. Confiaba en que si tenía la suficiente paciencia, y era lo bastante sagaz, encontraría el medio apropiado para vengarme y seguir pareciendo tan incapaz de arreglar algo como un mecánico corriente.

El caso duraba varios meses. Y de pronto, a primeros de agosto, con una temperatura exterior de puro infierno, volvía yo a casa después de una partida de golf en el campo público un sábado por la mañana, cuando encontré lo que había estado buscando.

Frené para aparcar delante de nuestra casa de apartamentos, y cuando ya tenía el coche pegado a la acera tal como me gusta aparcarlo, miré por el cristal delantero y allí estaba Wilkins bajando de su cacharro de segunda mano, tres coches por delante del mío, con una gran bolsa de provisiones en los brazos.

Consiguió cerrar la puerta del coche de un codazo y emprendió la subida hasta casa, con la bolsa pegada al pecho. Al acercarse al parterre de zinnias que bordea la entrada por su izquierda, le vi hacer algo extraño como un caballo asustado y parar en seco. Después de vacilar un momento, dio un gran rodeo a la derecha para llegar a la entrada, agarrando con fuerza las provisiones y mirando hacia las flores con ojos aterrorizados. Y, precisamente entonces, una abeja que había estado rondando las flores, zumbó y se dirigió hacia Wilkins como para investigarlo. Vi perfectamente el brillo de las alas de la abeja a la luz del sol. Y fue entonces cuando Wilkins falló de verdad.

Me figuro que estuvo vigilándola todo el rato. Y cuando vio que se le acercaba para saludarle al pasar, se desmoronó de golpe. Parecía como si todos los diablos de la creación fueran tras él, y no una pobre abejita. Gritó algo con voz entrecortada, dejó caer al suelo la bolsa de provisiones con gran estruendo de botellas de leche rotas, y salió corriendo como una vieja histérica asustada por un perro callejero.

Mientras corría agitaba los brazos desesperadamente, con ademanes defensivos, y miraba por encima del hombro para calcular el vuelo de la abeja; a carrera limpia por el camino mezclando brazos y piernas, no se detuvo hasta cruzar el portal y cerrar la puerta de golpe.

Yo seguía sentado en mi coche y contemplé todo el espectáculo. «¡Qué imbécil!», fue mi primera reacción. Un imbécil colosal y americano, que había encandilado a mi mujer... ¡Un hombre hecho y derecho asustado por una abejita! Luego, la segunda reacción fue como un mazazo y supe que ya lo tenía, que esto era lo que necesitaba saber sobre Wilkins.

Porque ningún adulto normal tiene tanto miedo a las abejas

como él parecía tenerlo sin buenas y suficientes razones. No parecía normal.

Creo haber dicho que soy viajante. Pero, ¿les he dicho lo que vendo? Creo que no. Productos farmacéuticos. Viajo por cuenta de una de las grandes industrias farmacéuticas del Medio Oeste. Y, aunque no soy médico, conozco bastante la jerga médica para saber de qué pie cojea Wilkins.

Al momento experimenté una cálida sensación de satisfacción.

Precisamente al día siguiente emprendí mi habitual gira de agosto por mi zona. Estaría fuera dos semanas, como de costumbre. Cuando me despedí de Doris, miré hasta el fondo de sus maravillosos ojos color zafiro y la besé, y la estreché contra mí con más cariño del acostumbrado cuando me voy.

Me dediqué estrictamente al trabajo en los diez días siguientes, aunque me resultaba duro hacerlo. No podía dejar de recordar que mientras yo estaba fuera, mi ratita estaría probablemente jugando como loca con aquel gato del rellano. «Pero ésta va a ser la última vez, Jim», me dije. Fue un consuelo.

Al décimo día, me aparté de mi ruta habitual y me desvié a unos cuarenta kilómetros en dirección a una pequeña ciudad en la parte norte del Estado. Recorrí la adormilada tienda local, mitad de artículos de deporte, mitad ferretería, y compré un polvoriento cazamariposas a un dependiente que, o estaba drogado, o era medio tonto, no sabría decirlo. Estaba seguro de una cosa; jamás me recordaría, ni recordaría lo que le compré.

Cogí el cazamariposas y salí de la ciudad por una carretera secundaria, recorrí unos kilómetros hasta que descubrí una madreselva cuajada de flores, sobre un muro de piedra que bordeaba un trecho del camino. Paré el coche. Me puse un par de viejos guantes de trabajo que guardaba en la guantera, bajé y levanté el capó como si tuviera alguna avería. Esperé hasta que no hubiera otro coche a la vista, a un lado u otro de la carretera. Entonces con el cazamariposas en las manos, salté la pequeña cuneta entre la carretera y el muro. Hice una pasada sobre la madreselva. Con una me bastó. Aquella pasada me proporcionó seis activas abejas.

Con sumo cuidado las hice pasar de la red a una vieja caja de caramelos que había encontrado en la basura de otra ciudad, eché dentro un puñado de hojas y flores de madreselva, y la tapé. Hice unos agujeritos en la caja para que tuvieran aire, la envolví en papel poroso de color marrón, la até con un cordel y dirigí el paquete a Wilkins. No puse remitente. Toda la operación me llevó en total menos de diez minutos.

Le puse muchos sellos como paquete urgente, y de regreso por el pueblo lo dejé caer en el buzón de la acera frente a correos. Ni siquiera tuve que bajar del coche. Alargué la mano, solté el paquete en la abertura y volví a ponerme en marcha casi antes de pararme.

Esto ocurrió un miércoles. Cuando llegué a mi casa era viernes por la tarde. Aparqué el coche y me apeé, desperezándome después de estar tanto tiempo conduciendo. Me dirigí a la entrada de la casa y solamente entonces me di cuenta de que estaba ocurriendo algo fuera de lo corriente.

Una ambulancia de la Policía esperaba en la acera, con el motor en marcha y la puerta trasera abierta. Un policía pateaba aburrido una de las ruedas posteriores. Era obvio que se trataba del conductor y que esperaba a que sus compañeros le trajeran al pasajero. Le saludé y apreté el botón del ascensor para subir al apartamento.

De momento no ocurrió nada, pero cuando por fin bajó el ascensor al vestíbulo, se abrió la puerta y salieron dos policías llevando una camilla. Llevaban a alguien pero no pude verlo porque una sábana lo cubría todo, incluso la cara. Un hombrecillo nervioso, con un maletín negro, salió del ascensor detrás de la camilla. «Un médico», supuse. Esperé hasta que consiguieron sacar la camilla por la puerta y la metieron en la ambulancia. Entonces cogí el ascensor hasta mi piso.

Doris me estaba esperando en la puerta del apartamento. Tenía los ojos muy abiertos; parecía asustada. Pero la vi tan maravillosa, que por un momento no pensé en nada más que en ella.

—Hola, pequeña —le dije, estrechándola en mis brazos antes de que la puerta estuviera abierta.

—Hola, viajero —me saludó, besándome. A veces me llamaba viajero por lo de mi trabajo—. Me alegro de que estés en casa, cariño.

—También yo. —Faltaba a la verdad. Husmeé—. ¿Chuletas?

Movió afirmativamente la cabeza pensando en otra cosa.

—Estupendo —dije, y lancé mi sombrero al perchero.

Ella mantuvo su brazo alrededor de mi cintura mientras íbamos, juntos, hacia la cocina. Era nuestra rutina. Lo primero que hacía al llegar a casa después de uno de mis viajes era prepararnos unos martinis.

—Cuando llegué, sacaron a alguien en una camilla —comenté—. ¿Quién está enfermo?

Me pasó las botellas de ginebra y de vermut y me contestó impresionada:

—Enfermo, nadie. Muerto, Jim. Era Mr. Wilkins, el hombre que vive..., que vivía..., en este rellano.

—¡No! —exclamé—. ¿Qué le ha ocurrido?

—No lo saben con seguridad. —Doris me pasó la bandeja de los cubitos. Le temblaba la mano—. Sencillamente se murió.

—¡Qué mala suerte! Además, un vecino tan tranquilo, tan simpático. —Empecé a medir la ginebra en el vaso, levanté la mirada y vi que tenía los ojos puestos en mí y estaba a punto de llorar—. Pero, ¡pequeña! —la rodeé con mis brazos—, estás impresionada. No puede ser que la muerte de un vecino te afecte tanto. Son cosas que ocurren a veces, nada más.

—Pero..., pero yo fui la que se dio cuenta —explicó angustiada y se estremeció en mis brazos—. Pre..., precisamente esta tarde, después del almuerzo, me dije que hacía uno o dos días que no encontraba a Mr. Wilkins ni en el ascensor, ni en el vestíbulo... —Me volvió a mirar para ver cómo me tomaba su explicación—. Cuando salí al rellano, pasé frente a su puerta y tampoco oí la máquina. Ya sabes que aquella máquina no paraba nunca. Se podía oír a través de la puerta.

—En efecto —dije.

—Crucé el rellano y toqué el timbre varias vces. Al no contestar, pensé que tal vez hubiera salido, pero luego recordé que casi nunca iba a ninguna parte, especialmente en verano... —No me explicó por qué estaba tan seguro de lo que decía—. Así que llamé al superintendente del edificio y pregunté si Mr. Wilkins estaba fuera. Contestó que le parecía que no. Insistí en que estaba preocupada y le pedí si no le importaba investigar.

—Ya. Y entró y le encontró.

—Sí. Utilizó su llave maestra. Yo entré con él. Encontramos al pobre Mr. Wilkins echado en el sofá de su cuarto de estar y sin res..., respirar.

—¿Sin más? Así es como debería uno morirse. Durmiendo.

—Pero no estaba echado como si durmiera, Jim. Era como si se hubiera caído en el sofá cuando se sintió morir. Tenía los ojos muy abiertos y en cierto modo parecía aterrorizado. —Me estrechó con fuerza—. Fue ho..., horrible.

—Claro, pequeña. Ojalá no le hubieras visto así. Cuando un hombre sabe que se muere, tiene esa expresión de pánico en la mirada. Yo lo vi en el Ejército. Es normal.

—El superintendente llamó a la brigada de urgencias. Y vino el médico de la Policía y se lo llevaron hace un instante.

—¿Y qué dijo el médico? Fallo cardíaco, me figuro.

—No lo sabía —contestó Doris—. No podía estar seguro sin uno de esos..., ya sabes..., de esos exámenes después de que te has muerto.

—Autopsia —aclaré. Asintió, entristecida. Mi corazón latía de excitación. Temía que se diera cuenta—. Voy a echar una mirada al apartamento de Mr. Wilkins, Doris. Dirás que es morboso, pero quiero ver dónde le encontraste, pobre hombre. ¿Quieres venir?

—De ningún modo —exclamó Doris—. ¡Ya he tenido bastante, por hoy, en ese espantoso lugar!

—Sirve los martinis. Vuelvo en seguida.

Crucé el rellano hasta la puerta de Wilkins. Iba a probar la cerradura con la llave de mi piso, pero me sorprendí agradablemente al descubrir que la puerta estaba abierta. Miré el sofá donde lo encontraron. Pero mis ojos no se entretuvieron allí. Fueron directamente a la mesa, donde mi caja de caramelos estaba en medio del envoltorio ya innecesario, y con la tapadera caída en el suelo.

Sonreí, imaginando vivamente lo que había ocurrido cuando las abejas encerradas, inocentemente liberadas por Wilkins al abrir su correo, salieron zumbando de la caja. No debió de transcurrir mucho tiempo entre el susto morrocotudo y el comienzo de su agonía, porque cuando uno es alérgico al veneno de las abejas, una buena dosis de picaduras múltiples desbaratan el sistema circulatorio y paran la respiración tan de prisa que no lo creerías.

Las encontré en la cocina.

Wilkins tenía unas macetas de violetas del desierto en plena floración y las abejas zumbaban perezosamente junto a la rejilla de la ventana abierta, detrás de las violetas, ansiosas por salir otra vez al aire caluroso del mes de agosto.

«Nadie lo averiguará jamás», me dije. Me permití una sonrisa al abrir la rejilla y contemplar cómo las amarillas asesinas emprendían alegremente el camino de la libertad.

Volví junto a Doris y al martini. La senté en mis rodillas mientras bebíamos. Pensé en lo agradable que sería volver a tenerla para mí solo. ¡Qué muñeca! La contemplé, arrobado. A lo mejor se sentía inclinada a ir con otros hombres cuando yo estaba fuera. Pero sería por puro aburrimiento. Sólo para matar la soledad. Por nada más.

De pronto se me ocurrió que había un buen medio para evitarlo: abandonar la tremenda rutina de vendedor que me tenía viajando tanto tiempo.

Dejé mi vaso de martini vacío, volví su rostro hacia mí y la besé. La besé profundamente, y le dije:

—Mi amor, he decidido dejar mi empleo.

—¿Qué? —pareció estupefacta.

—Sí, quiero estar más en casa, Doris. Contigo. ¡Me siento tan solo en la carretera!

—También yo me siento sola, Jim —murmuró, suspirando, contra mi hombro.

—Naturalmente, cariño. ¿Sabes qué? He pensado en un trabajo que me permita estar todo el tiempo contigo.

Levantó la cabeza y preguntó:

—¿Qué? ¿Cuál?

—Escribiendo historias de detectives. Como el pobre Wilkins de ahí enfrente. Me gustaría intentarlo. —Volví a besarla—. Tengo la impresión de que el asesinato se me dará bien.

Sus brazos me estrecharon con fuerza y murmuró:

—Mi amor, me encantaría que te quedaras en casa conmigo, pero no has escrito una historia en tu vida.

—Alguna vez habrá que empezar —dije.

Así que ésta es la primera vez.

¿Les ha gustado?

El mayordomo que no lo hizo

Craig Rice

En un mayordomo hay algo más que la capacidad de mantenerse erguido. Debe ser capaz de mirar al suelo con los oídos bien abiertos y la boca bien cerrada. Los mayordomos, indudablemente, son una raza en peligro de extinción.

—Por favor, Malone —suplicó apasionadamente la bella morenita—, ¡tiene que ayudarme!

John J. Malone sacudió torpemente el puro en el cenicero que había en su mesa y cerró los ojos. Cuando volvió a abrirlos, la mujer seguía allí, sentada frente a él.

—¿Qué es lo que quiere que le ayude a hacer? —preguntó suspirando. «La elección de palabras —pensó— era más bien incorrecta, pero la verdad es que no importaba.» Sabía que aceptaría el trabajo fuera lo que fuera. Claro, siempre y cuando no se tratara de algo claramente ilegal. Y tampoco estaba demasiado seguro de que esto le frenara. El saldo de su cuenta corriente estaba rozando los números rojos. Mentalmente fue contando la gente a la que debía dinero: a la telefónica, a la compañía de electricidad, a Maggie, a Joe *el Ángel*, a Ken, al juez Touralchuck (por una desgraciada partida de póquer)...

Una lista interminable.

—Se trata de mi marido —explicó la mujer—. La Policía piensa que yo lo asesiné.

Malone volvió a suspirar y preguntó:

—¿Por qué? Y, por cierto, ¿quién es su marido? ¿Y quién es usted? —También pensó añadir: «¿y por qué me ha elegido a mí, entre tanta gente como hay?», pero decidió no hacerlo. Necesitaba el dinero, y además la mujer era hermosa.

Sintió cómo le renacía la galantería en el pecho. Se sacudió la ceniza caída sobre el chaleco y esperó tranquilamente. La mujer respondió:

—¡Oh, sí! Soy Marjorie Dohr.

Malone parpadeó, pero no dijo nada. La mujer deletreó su apellido.

—Mi marido es James Dohr. Quiero decir..., que *era* James Dohr. Antes de...

Apretó los labios, luego apoyó la cabeza sobre la mesa de Malone y se echó a llorar.

—Por favor —replicó éste, palmeándole la cabeza tontamente—. Por favor. Cálmese. Yo...

Pasados unos segundos, levantó la vista, se secó los ojos con un pañuelo y murmuró:

—Lo siento, pero ha sido todo tan rápido... James estaba..., muerto y vino la Policía y yo...

—¡Ah! —pidió Malone—. Hábleme de la Policía.

Mrs. Dohr volvió a secarse los ojos.

—¿Me..., ayudará? —preguntó.

—Lo intentaré —se ofreció Malone—. ¿Mató usted a su marido?

Mrs. Dohr se le quedó mirando fijamente.

—Claro que no —contestó—. Ya le he dicho...

—Sólo quería estar seguro —se defendió Malone—. Pero la Policía cree que sí lo hizo.

—Es verdad. Verá, James no se encontraba bien aquel día, así que se quedó en casa. Yo me fui al cine. Cuando volví estaba..., estaba caído en la sala de estar, con el puñal en la espalda. Y yo..., yo iba a llamar a la policía.

—Pero, ¿no lo hizo? —preguntó Malone con dulzura.

—No. Llegaron..., unos segundos después de que yo volviera a casa. Me acusaron de asesinarle. Por su..., dinero.

—¿Por su dinero?—repitió Malone, esperanzado.

—Eso mismo. Cuando murió el viejo Gerald Deane, le dejó cinco mil dólares a James. La Policía creyó que yo le maté por eso.

—Una tontería por parte de ellos —murmuró Malone—. ¿Era su marido pariente de Gerald Deane? —Recordó al magnate de la aviación. Cinco mil dólares le parecieron muy poco para un pariente, aunque fuera lejano, si la fortuna era del calibre de la de Deane, pero a veces la gente hace cosas raras.

—¡Oh, no! —protestó Mrs. Dohr—, no había el menor parentesco, en absoluto.

—¡Ah...! Sólo buenos amigos.

Mrs. Dohr negó con la cabeza y explicó:

—No eso precisamente. Verá... Quizá debí explicárselo antes. Mi marido es..., era..., mayordomo. Trabajó para el viejo Mr. Deane, y después para su hijo Ronald. Trabajó para Ronald hasta..., que murió.

—Un mayordomo —musitó Malone.

—Eso mismo. ¡Malone...!, me ayudará, ¿verdad? Usted no cree que yo matara a mi marido, ¿verdad? Por favor, ¡diga que me ayudará!

—La ayudaré —suspiró Malone, obediente—. Y tampoco creo que matara a su marido. La verdad es que estoy seguro de ello —añadió en un arranque de confianza.

—¿Quiere decir..., que podrá probar que no maté a James? ¿Quién lo hizo, pues?

Malone tosió discretamente y dio una chupada a su puro.

—Antes de contestarle —dijo en un tono que pretendía inspirar confianza— necesitaremos unos cuantos datos más.

Una hora más tarde, con un bagaje de datos sobre James Dhor, Gerald Deane, su esposa Phyllis, su hijo y su nuera, Ronald y Wendy, Malone se dirigió al bar de Joe *el Ángel*. Se dijo que sería un buen lugar para ordenar sus ideas y preparar su mente para la primera jugada.

Pero la atmósfera no era tan amistosa como la que recordaba de otros tiempos. Joe se preocupaba por la factura que Malone le debía, y dejaba que se notara. Malone tomó unas copas en recuerdo de los tiempos pasados, pero sin poner en ello el corazón. Y, después de decidir que su primer punto de investigación sería la casa de los Deane, ya no pensó nada que valiera la pena.

Los Deane eran los primeros sospechosos, porque eran casi los únicos sospechosos que tenía. James Dohr parecía haber sido un santo en la tierra. Malone reflexionó. Según su llorosa viuda, nunca había tenido enemigos. Incluso gustaba a sus amigos. Esto reducía considerablemente el campo de sospechosos.

Mrs. Dohr tenía un motivo para el asesinato y Malone lo sabía. Su historia de haber ido al cine era muy endeble y un niño de pocos años podía echarla por los suelos. Y no solamente eso, se dijo, sino que el único motivo existente era el que ella tenía.

No obstante, creía en su historia. Estuvo desconsolada y hermosa, y parecía hablar con sinceridad. Además era clienta suya.

Esto significaba que había que encontrar a alguien más que tuviera un motivo. ¿Y quien más había?

«Bien —se dijo Malone—, un mayordomo está en situación de descubrir todo tipo de cosas de una familia para la que trabaja.» Esto era algo que valía la pena considerar. La primera sospecha apuntaba directamente a un muerto, Gerald Deane, pero quedaba su viuda y el resto de la familia. Posiblemente, habría incluso otro mayordomo.

Malone apuró su vaso y se levantó. Con un ademán amistoso hacia Joe, un ademán que quería indicar confianza en el pago de su factura en el bar, el abogado se dirigió a la puerta, la abrió de un empujón, y empezó a buscar un taxi.

La finca de los Deane consistía en una gran casa levantada en medio de una enorme extensión de jardines. Malone llegó hasta la entrada principal del palacio de mármol, bajó, pagó al taxista y subió los peldaños de la entrada.

La puerta era de caoba maciza. Malone agarró el llamador y lo utilizó. La puerta se abrió. Un hombre alto y pelirrojo le sonrió.

—Bueno, ¿quién es usted? —preguntó—. No puede ser el nuevo mayordomo. No tiene cara de mayordomo. Parece un..., un... —Se apoyó pensativo en la puerta y al fin dijo—: vendedor de licores. Un anticuado y arruinado vendedor de licores. —Dio un paso hacia dentro y llamó a la izquierda de la puerta—: ¿No tengo razón, Wendy?

Una voz de mujer llegó hasta ellos:

—Por supuesto que tienes razón. Si tú lo dices, es que la tienes. ¿Hasta dónde llegaría si discutiera contigo? Siempre tienes razón.

—Perdón —suspiró Malone.

—¡Ah! —dijo el pelirrojo. Malone pensó que parecía lo bastante viejo como para acordarse del tiempo de la Ley Seca—. Me temo que viene fuera de época —insistió el pelirrojo—. Hace años que en esta casa no se compra ni una botella de licor.

—Pero... —empezó Malone.

—Lo sé. Lo sé —le interrumpió el pelirrojo—. Acaba de llegar del barco. Así y todo, me temo...

—Soy abogado —declaró Malone, desesperado—. Estoy aquí a causa de la muerte de James Dohr.

—Bueno, naturalmente, si usted... ¿Qué ha dicho?

—James Dohr —repitió Malone.

Se hizo un profundo silencio. Al fin, el pelirrojo dijo:

—Naturalmente. —Su voz había cambiado, era sobria y, en opinión de Malone, diez años más vieja. Ahora parecía tener cuarenta y cinco años o así—. Siento las bromas. No puedo evitarlo; eso es lo malo. ¿Ha dicho que era abogado?

—Sí. John J. Malone. —Y buscó una tarjeta.

—Déjelo. Es puro formulismo..., pero entre. Le presentaré y así podrá ocuparse de su asunto. Estamos a su disposición, claro. James trabajó en casa más de cuarenta años, aunque esto ya lo sabrá...

—Sí —respondió Malone.

Entró y la enorme puerta se cerró tras él. El pelirrojo hizo un gesto y Malone le siguió a través del arco de la entrada hasta una habitación grande y bien iluminada. En la estancia había tres personas. Una de ellas, según distinguió Malone, era una doncella perfectamente uniformada. Las otras dos eran una mujer muy vieja sentada en una butaca de respaldo tieso, y otra más joven. «Mrs. Deane y Mrs. Deane —pensó Malone—. El pelirrojo, por eliminación, era Ronald. El bromista Ronald», corrigió amargado.

Ronald presentó:

—Madre... Wendy..., os presento a Mr. Malone. Ha venido a preguntarnos sobre la muerte de James Dohr.

La joven Mrs. Deane parpadeó y preguntó:

—¿Interrogarnos? ¿Qué sabemos de eso nosotras, Ronald?

Ronald se encogió de hombros. Su madre se movió ligeramente, se inclinó hacia delante y atravesó a Malone con la mirada.

—Joven —le dijo en un tono de voz más viejo que su aspecto—, ¿desea preguntarme a *mí*?

Malone se dijo que no había nada que deseara más evitar. Pero asintió lentamente, diciendo:

—En efecto.

—Muy bien —respondió la vieja más vieja. Miró a los demás y ordenó sencillamente—: Dejadnos.

La habitación se quedó vacía. La vieja más vieja, indicó una butaca junto a la que ocupaba ella.

—Venga aquí, joven, y hábleme.

Sintiéndose un poco como Blancanieves, Malone se acercó y se sentó en la butaca. En el breve silencio que siguió, Malone se secó una diminuta gota de sudor.

—¡Bien! —insistió la anciana voz.

Malone se esforzó por pensar en una primera pregunta lógica:

—¿Conocía usted bien a James Dohr?

La vieja se rió.

—¿Bien? Muy bien, en verdad. Trabajó aquí durante mucho tiempo y no me cabe duda de que también sabía mucho de nosotros. Quienquiera que le disparara, probablemente nos hizo un gran favor.

—¿Un qué? —preguntó Malone escandalizado.

La mujer le sonrió dulcemente.

—Soy lo bastante vieja para ser realista respecto a ciertas cosas. Puedo decirle que James tenía secretos guardados en ese cerebro suyo..., secretos que ahora jamás se descubrirán.

Malone respiró profundamente.

—¿Acaso trató de chantajearla?

—¿Chantaje? —La anciana rió y dijo al fin—: Joven, ha leído demasiadas novelas de aventuras. Yo sólo he dicho que guardaba secretos..., como cualquiera que hubiera trabaja-

do muchos años aquí..., y ahora los secretos han sido ente-
rrados con él. Es mejor así. De modo que el dinero-del-silencio de Gerald ha sido casi innecesario después de todo.

—¿Dinero-del-silencio? —repitió Malone con un parpadeo.

—Así decía el testamento. Ya estará enterado del legado
que Gerald le dejó. Los cinco mil dólares.

—¿Y ese dinero era dinero-del-silencio? —insitió Malone.

—Naturalmente —contestó la vieja como si aquello fuera
lo más natural del mundo—. Y ahora que su mujer le ha...

—No fue ella —cortó Malone al instante.

—¡Ah! —dijo la vieja—. Vaya. Entonces sospecha de uno
de nosotros.

—Yo...

La vieja levantó la mano.

—Por favor. No es necesario que se excuse. Si su mujer
no mató a James Dohr, quizá lo hizo uno de nosotros. Tengo entendido que James tenía pocos amigos.

—En efecto —asintió débilmente Malone.

—Vamos a ver —dijo en tono triunfante la vieja—, no irá
usted a sugerir que James fue asesinado por un desconocido.

Malone respiró profundamente y dijo al fin:

—Cosas más raras han ocurrido.

—Sí que es verdad. Pero, puesto que sospecha de uno de
nosotros, habrá pensado en hacernos preguntas, Mr. Malone. Así que pregunte.

Malone trató de pensar en alguna pregunta. Pero sólo podía hacer una después de todo, y la hizo:

—¿Le mató usted?

—Pues, no. La verdad es que yo no lo hice. Le tenía cariño a James. Tenía secretos, ¿sabe usted?

Malone quiso convencerse de que todo era perfectamente normal. Transcurrieron unos segundos, luego añadió.

—¿Le gustaba porque conocía unos secretos?

—En efecto. Quizá será mejor que se lo explique.

—Podría ser una buena idea —asintió, cauto, Malone.

—Gerald odiaba la idea de esos secretos. Siempre que
pensaba en ellos se disgustaba; sin embargo, no podía hacer
nada excepto establecer el dinero-del-silencio, en una cláu-

sula de su testamento. Mientras James Dohr estuvo en
esta casa, Gerald se sintió desgraciado. Y esto me encantaba.

Malone abrió la boca, volvió a cerrarla y al fin dijo:

—¡Oh!

—Así que ya ve usted —prosiguió la vieja— que yo tenía
motivos, quizá, para fastidiar a Gerald... Un motivo, lo ad-
mito alegremente, puesto que yo no le maté. Pero, en cambio, no tenía ninguno para deshacerme de James Dohr.

—Bien —dijo Malone, aunque preguntándose qué otras
palabras podían seguir a ésta. Al no ocurrírsele nada, añadió—: Supongo que ahora debería hablar con su hijo.

—Debería hablar con todo el mundo —insistió la vieja—.
Debería recopilar todos los datos, Mr. Malone, y satisfacer
su curiosidad. —Dio una palmada y al aparecer la doncella
le ordenó—: Haga pasar a Ronald.

Pasados unos minutos entró Ronald. Su madre le sonrió
y le habló con cierta indiferencia:

—Mr. Malone quiere hacerte unas preguntas. Me quedaré mientras tanto... —Malone abrió la boca para protestar,
luego lo pensó mejor y guardó silencio, mientras la vieja añadía—: Será de lo más interesante.

—Fascinante —afirmó Ronald—, no me cabe duda. ¿Se supone acaso que apuñalé a James en una pelea callejera?

—No tengo la menor idea —dijo la vieja dulcemente—.
Mr. Malone, ¿no tiene usted que hacer unas preguntas?

Malone se secó el sudor de la frente:

—Así lo creo.

Descubrió que Ronald era de los que ayudaban. Admitió de
buena gana que no sabía nada, pero esto no quería decir que
no tuviera toda clase de ideas, teorías y sugerencias. Su madre observó aquella entrevista, durante un rato, con sus ojos
fijos y brillantes, pero al cabo de cierto tiempo pareció abu-
rrirse y se dedicó a lo que parecía, según Malone, una especie de duermevela. Estaba sentada con los ojos cerrados, cambiando de postura de tanto en tanto, tan alejada de la
entrevista como si se encontrara en Kamchatka.

—¿Qué me dice de sus enemigos? —terminó diciendo Malone, sintiéndose vagamente desesperado.

—¿Enemigos? —repitió Ronald—. James no tenía enemigos. Excepto nosotros, claro.

—¿Ustedes?

—Bueno... Gerald. Pero esto ya lo sabe, ¿no es verdad?

Malone asintió.

—Cuando yo era pequeño solía molestar a James. Ya sabe lo que son los niños. Realmente, no creo que nunca le gustara yo.

—¿Y que me dice de Gerald Deane? —preguntó Malone.

—¿Quiere decir qué opinaba James de Gerald Deane? La verdad es que no lo sé. Fue siempre un buen mayordomo. No parecía que hubiera motivos para preocuparse.

—Está bien. —Malone se iba acercando a la pregunta final y la temía. Pero no podía hacer otra cosa, así que se decidió—: ¿Mató usted a James Dohr?

—¿Quién, yo? —exclamó Ronald con expresión sorprendida.

Malone experimentó la horrible sensación de que se adentraba en un absoluto vacío, pero trató de ignorarla. Era obvio, se dijo severamente, que Mrs. Dohr era inocente. Por lo que podía deducir, aquello significaba que uno de los Deane era el culpable. Uno de ellos había asesinado a James Dohr.

Lo único fastidioso era que no sabía cuál de ellos, y tampoco sabía cómo iba a descubrirlo.

«De todos modos —pensó—, aún quedaba un Deane que interrogar.» La mandó llamar.

Wendy, la mujer de Ronald, entró despacio en el salón, y parecía confusa. La vieja Mrs. Deane estaba dormida en su sillón; Ronald se había ido a otra parte de la casa. Malone respiró profundamente, pero Wendy habló antes de que él pudiera hacerlo.

—No veo por qué tiene usted que interrogarnos sobre este terrible asunto —le dijo de pronto—. Quienquiera que fuera el que asesinó a James no tenía nada que ver con nosotros. ¿Por qué iba a ser así?

Malone suspiró.

—Pensé que usted tal vez podría saber algo. Por ejemplo, suponga que James conocía ciertas cosas de la familia. Eso podría ser importante. Si conocía algo de lo que nadie quisiera hablar...

—¡Oh!, eso... —dijo Wendy en tono desanimado—. Cielos, sí. Sólo que es inútil que me pregunte a mí sobre lo que él sabía. Yo lo desconozco y el testamento se hizo mucho antes de que yo conociera a Ronald o a los demás.

—¡Ah! —observó Malone vivamente—. Pero, ¿sabe de qué se trata?

—Naturalmente —respondió Wendy—. La madre de Ronald se aseguró de que todo el mundo se enterara; era algo que le encantaba, que disfrutaba comentándolo. Y ponía de lo más incómodo a Mr. Deane.

—Deduzco que a usted le molestaba que se hablara todo el tiempo del dinero-del-silencio.

Wendy se encogió de hombros.

—Me aburría. Especialmente cuando una no sabía lo que podían ser aquellos secretos, ni nada.

«Aburrir —se dijo Malone— no era la palabra adecuada. Confundir quedaba mejor.» Tenía una pista..., o por lo menos creía tenerla. Sólo que era una pista que no llevaba a ninguna parte, si es que eso tenía sentido. Ni a nada.

¿O sí?

De sopetón, Malone decidió que sí.

Sabía exactamente quién era el asesino.

Y Wendy Deane se lo había dicho.

—Pero lo que yo no comprendo —dijo Mrs. Dohr aquella misma tarde, pero mucho después— es cómo logró averiguar cuál era el secreto. Me refiero al secreto por el que Gerald pagaba el dinero-del-silencio.

—Muy sencillo —explicó Malone—. El secreto tenía que ver con Gerald, con su esposa o con Ronald. No podía tener nada que ver con Wendy; ni siquiera pertenecía a la familia cuando se hizo el testamento. Ella misma lo dijo, y es fácil comprobarlo.

—Pero sigue habiendo tres personas —objetó Mrs. Dohr.

—Pero no por mucho tiempo. Si el secreto era algo que tuviera que ver con Gerald, no había motivo para matar a James. Gerald ya había muerto.

—Eso nos deja a la vieja Mrs. Deane y a Ronald. ¿Por qué Ronald?

—Porque a Mrs. Deane le encantaba el secreto, y le encantaba que James lo conociera. Así lo dijo..., y Wendy también. No le habría gustado tanto si ella hubiera sido el objeto del secreto. ¿Qué le parece?

—Así lo creo.

—De modo que no pudo haber sido Mrs. Deane. Tuvo que ser Ronald. Simple eliminación.

Mrs. Dohr frunció el ceño, y preguntó:

—Pero, Malone, ¿cuál era el secreto? ¿Qué es lo que James sabía?

Malone sacó un cigarrillo y lo encendió con cierta indiferencia.

—Francamente, no tengo la menor idea. Ronald lo sabe, claro, pero no quiere decirlo. Y James Dohr, naturalmente, era un buen mayordomo. Mantuvo la boca cerrada.

—Así que seguimos sin saber por qué fue asesinado mi marido —musitó Maggie.

—No sabemos por qué precisamente. Pero, en todo caso, no parece que importe mucho ahora. Después de todo, el asesino está a buen recaudo, entre rejas.

Mrs. Dhor parecía impresionada. Dijo:

—Malone, es usted maravilloso.

Malone dio una chupada tranquila, relajada, a su cigarro.

—Eso —murmuró tímidamente— es mucho menos de lo que soy.

Regalo de Navidad

Robert Turner

A lo mejor les gusta mucho este cuento navideño. A lo mejor no les gusta nada. Pero sí estoy seguro de que lo recordarán durante muchos meses.

Por ninguna parte había nieve, la temperatura era suave, en los patios cercanos los arbustos y las palmeras estaban verdes. Pese a todo, uno se daba cuenta de que era Nochebuena. Las puertas de las casas, a lo largo de la calle, lucían guirnaldas, algunas iluminadas. Muchas ventanas brillaban con sus luces verdes, rojas y azules. A través de ellas se veía el brillo de los árboles de Navidad. Además, naturalmente, estaba la música que salía de las casas, viejas canciones familiares como *Navidades blancas, Ave María, Noche de paz*.

Todo esto tenía que haber sido magnífico porque la Navidad en una ciudad de Florida, como en cualquier otra parte, son unas fechas estupendas, unos días llenos de ternura. Incluso si a uno le toca trabajar en Nochebuena y no se puede quedar en casa con la mujer y el niño. Pero no necesariamente si uno es un policía en servicio con otros cuatro, con la misión de apresar a un fugitivo y volverlo a encerrar; o, más probablemente, tener que matarlo porque está condenado a cadena perpetua y no parece que *quiera* volver.

McKee venía conmigo en el coche, un tercero, fuera de la patrulla desde hacía unos meses. Era joven, de ojos claros y mejillas sonrosadas: El prototipo de muchacho americano, muy serio en su trabajo. Y eso era perfecto; era tal como debía ser.

Estábamos aparcados cuatro casas antes de la vivienda alquilada donde vivían Mrs. Bogen y sus tres hijos.

A la misma distancia, pero del otro lado de la casa, esperaban en un sedán el teniente Mortell y el detective de pri-

mera, Thrasher. Mortell era un hombre flaco, con un rictus
de tristeza en la boca, de mediana edad y expresión muy dura
en la mirada. Era el encargado de la operación. Thrasher, en
cambio, era un individuo más bien gordito, un tipo vulgar,
un policía vulgar.

En la calle de atrás de la vivienda de los Bogen, había otro
coche policial, con dos primeras dentro, un par de tíos lla-
mados Dodey y Fischman. Esperaban allí por si Earl Bogen
se les escapaba y huía por los patios traseros a la otra manzana. Pero yo no creí que fuera a hacerlo. Pasado un rato,
dijo McKee:

—Me gustaría saber si estará nevando en el Norte.
Apuesto lo que sea a que sí. —Y cambió de postura—. Sin
nieve no parece Navidad. Navidad con palmeras, ¡vaya cosa!

—Así fue en las primeras Navidades —le recordé.

Digirió bien la información, y después añadió:

—Sí, claro. Tienes razón. Pero sigue sin gustarme.

Iba a preguntarle por qué estaba allí, pero me acordé de
su madre. Necesitaba el clima; era lo único que la mantenía
con vida.

—Sabe, sargento —prosiguió McKee—, he estado pensando. Creo que ese Bogen debe de estar loco.

—¿Quieres decir que está loco por ser humano? ¿Porque
quiere estar con su mujer y sus hijos en Navidad?

—Bien, pero ya debe de saber que es *probable* que le co-
jan. De ser así será mucho peor para la mujer y los chicos,
¿verdad? ¿Por qué demonios no podía haberles *enviado* unos
regalos o algo y después llamarles por teléfono, eh?

—No estás casado, ¿verdad, McKee?

—No.

—Ni tienes niños. Así pues, no puedo contestar a tu pregunta.

—Sigo pensando que está chiflado.

No contesté. Pensaba cómo podría encontrar al asquero-
so soplón que nos había informado de la visita de Earl Bogen a su casa por Navidad, encontrarle sin meterme en un
lío. En mi opinión, el individuo era una verdadera rata, no
podía ser otra cosa quien se chiva de un asunto así. De caer
en mis manos le hubiera hecho pasar un mal rato.

Luego recordé lo que el teniente Mortell me había dicho una hora antes.

—Tim, me temo que nunca será un buen policía. Es usted demasiado sentimental. Ya debería saber a estas alturas que un policía no puede ser sentimental. ¿Fue sentimental Bogen cuando lisió de por vida al gerente de la compañía financiera que atracó en su último golpe? ¿Pensó acaso en la esposa y los hijos de *aquel* hombre? Deje ya de ser un idiota, Tim, ¿quiere?

Ésa fue la respuesta que dio a mi sugerencia de que dejáramos a Earl Bogen para que viera y compartiera la Navidad con su familia y le apresáramos al salir. «No hay nada que perder», le dije. Le había sugerido darle al hombre una oportunidad. Sabía sobradamente que Mortell no querría saber nada, pero tenía que intentarlo. Aunque también sabía que el teniente pensaría lo mismo que había pensado yo..., que cuando llegara el momento de irse, Bogen sería mucho más difícil de coger.

La voz joven y aburrida de McKee irrumpió en mis pensamientos.

—¿Cree que vendrá armado? Me refiero a Bogen.

—Supongo que sí.

—Me alegro de que Mortell nos dijera que no corramos riesgos con él, que si hace sólo un gesto que parezca que va a sacar un arma, disparemos. Ese Mortell es un policía listo.

—Eso es lo que se dice. Pero, ¿le has mirado alguna vez a los ojos?

—¿Qué le pasa en los ojos? —preguntó McKee.

Sabíamos que Earl Bogen no tenía coche; no creíamos que alquilara uno o tomara un taxi. Se suponía que andaba escaso de dinero. Un autobús procedente del centro se detuvo en la esquina. Seguramente vendría en uno de ellos. Pero en éste no. Bajó una mujer sola, y torció hacia la avenida. Dejé escapar un ligero suspiro y miré la esfera de mi reloj. Diez pageincuenta y cinco. Una hora y diez minutos más y nos relevarían; no ocurriría en nuestro turno. Deseaba con toda el alma que fuera así. Era una posibilidad. El soplón pudo equivocarse. O había ocurrido algo que cambió los planes de Bogen, o por lo menos retrasó su visita al día siguiente.

Volví a acomodarme para esperar al siguiente autobús. McKee me preguntó de pronto:

—¿Ha matado alguna vez a alguien, sargento?

—No. Nunca tuve que hacerlo. Pero he presenciando cuando alguien lo hizo.

—¿Sí? ¿Y qué efecto hace? —La voz de McKee acusaba su excitación—. Quiero decir, al que disparó. ¿Qué le pareció?

—No lo sé. No se lo pregunté. Pero te diré el aspecto que tenía. Parecía como si fuera a marearse, como si quisiera vomitar, pero no pudiera.

—¡Oh! —McKee parecía decepcionado—. Y el que recibió el disparo, ¿qué? ¿Qué hizo? Nunca he visto a nadie que le hayan disparado.

—¿El? ¡Oh!, chilló.

—¿Chilló?

—Sí. ¿Has oído alguna vez chillar a un niño que le han pillado los dedos con una puerta? Pues así chillaba. Le habían disparado en la ingle.

—¡Oh, vaya! —observó McKee como si comprendiera, aunque no era así.

Supuse que McKee iba a ser un buen policía, lo que se llamaba un buen policía: simpático, sensato, completamente insensible. Por millonésima vez me dije que debía marcharme. No después del turno de noche, ni al mes siguiente, ni a la semana siguiente, ni mañana, sino ahora mismo. Sería el mejor regalo de Navidad que podía hacerme a mí mismo y a mi familia. Pero al mismo tiempo sabía que no lo haría nunca. Y no sabía exactamente por qué. Temor a no saberme ganar la vida en otra cosa; temor de resultar una carga para todo el mundo en mi vejez, como lo había sido mi padre. Ésas eran algunas de mis razones, pero no todas. Si digo que después de haber sido policía durante tanto tiempo se te mete en la sangre por más que lo aborrezcas, suena a cuento. Y sonaría aún peor si dijera que una de las razones por las que aguanto es por la esperanza de compensar lo que hacen otros, para hacer algún bien, a veces.

—Si llego a disparar contra Bogen —declaró McKee—, no chillará.

—¿Por qué?

—Ya sabe cómo disparo. A tan corta distancia le meteré una bala por el ojo.

—Claro que sí. Sólo que no tendrás oportunidad. Le cogeremos tranquilamente. No queremos disparos en un vecindario como éste en Nochebuena.

En aquel instante vimos las luces del siguiente autobús que se detenía en la parada de la esquina. Bajaron un hombre y una mujer. La mujer se fue hacia la avenida. El hombre, de estatura media pero muy delgado, con los brazos cargados de paquetes enfiló la calle.

—Aquí está —dije—. Sal del coche, McKee.

Salimos los dos, uno por cada lado. El hombre que venía andando hacia nosotros desde la esquina, no podía vernos. La calle estaba profundamente sombreada por hileras de pinos australianos plantados a lo largo de la acera.

—McKee —le advertí—, ya sabes cuáles son las órdenes. Cuando lleguemos a su altura, Thrasher le habrá alcanzado ya y le apoyará el arma a la espalda. En ese momento tú le coges las manos y le colocas las esposas rápidamente. Yo estaré unos pasos detrás de ti, cubriéndote. Mortell estará detrás de Thrasher, cubriéndole. ¿Has entendido?

—Perfectamente —contestó McKee.

Continuamos andando, primero algo de prisa, luego disminuyendo la marcha, para llegar junto a Bogen, que venía hacia nosotros, en el momento justo de llegar a la casa donde estaba su familia, pero no antes de que hubiera dejado atrás el coche de Mortell y Thrasher.

Cuando estuvimos a pocos metros de Bogen, éste pasó por un espacio abierto por donde la media luna nos alumbraba a través de las ramas de unos árboles. Bogen no llevaba sombrero, vestía únicamente una chaqueta deportiva, camisa y pantalones. Llevaba lo menos seis paquetes, ninguno grande pero todos envueltos en papel de colores alegres con cordel y cinta plateados. Bogen llevaba el pelo corto como un soldado, y no largo como lo tenía en las fotografías de la Policía; se había dejado crecer el bigote, pero nada de todo esto pretendía ser un disfraz.

Fue entonces cuando nos vio y titubeó. Se detuvo. Thrasher, que le seguía detrás, casi se estrella contra él. Oí la voz de sapo de Thrasher que le decía:

—Suelta los paquetes y levanta las manos, Bogen. Ahora mismo.

Soltó los paquetes, que se cayeron a sus pies en la acera y dos de ellos se abrieron. Un coche de juguete estaba en uno; debía de tener aún algo de cuerda porque cuando cayó del paquete, el cochecito salió corriendo por la acera dos o tres pasos. Del otro paquete salió una muñeca que quedó tendida boca arriba, con sus ojos grandes y pintarrajeados mirando a lo alto. Creo que era de las que llaman «modelo» y estaba vestida de novia. De uno de los otros paquetes empezó a salir líquido y me figuré que se trataba de una botella de vino para la Navidad de Bogen y su mujer.

Pero cuando dejó caer los paquetes, Bogen no levantó los brazos, giró sobre sus talones y el golpe de su codo chocando con Thrasher fue tremendo. Entonces oí la pistola de Thrasher que disparaba cuando éste apretó el gatillo en un gesto reflejo, pero el disparo de su pistola iba dirigido al cielo.

Levanté mi propia pistola en el momento en que Bogen se metía la mano dentro de la chaqueta, pero nunca llegué a utilizarla. McKee sí utilizó la suya. La cabeza de Bogen se dobló hacia atrás como si alguien le hubiera pegado por debajo de la barbilla con el canto de la mano. Dio un traspiés hacia atrás, se retorció y cayó desplomado.

Me acerqué a Bogen con la linterna. La bala del arma de McKee había entrado por el ojo derecho de Bogen y en su lugar no había otra cosa que un horrible agujero. Moví la luz de la linterna por un instante, sin poderlo resistir, hacia el rostro de McKee. El muchacho estaba pálido, pero sus ojos resplandecían de excitación y no parecía estar nada mareado. Se iba mojando los labios, nerviosamente, diciendo:

—Está muerto. Ya no tienen que preocuparse por él. Está muerto.

En las casas cercanas empezaron a encenderse las luces, a abrirse las puertas y a salir gente. Mortell les gritó:

—Vuelvan a entrar. No hay nada que ver. Es cosa de la Policía. Vuelvan a entrar.

Naturalmente, la mayoría de ellos no lo hizo. Salieron y

vinieron a mirar, pero no les dejamos acercarse al cuerpo. Thrasher llamó por radio a Jefatura. Mortell me ordenó:

—Tim, vaya a decírselo a su mujer. Y dígale que tendrá que ir a Jefatura a hacer una identificación final.

—¿Yo? —exclamé—. ¿Por qué no manda a McKee? Él no es sentimental. ¿O por qué no va usted mismo? Todo eso fue idea suya, teniente, ¿lo recuerda?

—¿Está usted desobedeciendo una orden?

Entonces se me ocurrió una idea.

—No. Está bien. Iré.

Les dejé y me dirigí a la casa donde vivían la mujer y los hijos de Bogen. Cuando me abrió la puerta, pude ver detrás de ella la habitación barata, pobremente amueblada, que ahora no lo parecía al resplandor del árbol decorado. Pude ver los regalos colocados ordenadamente al pie del árbol y a su alrededor. Volví la vista y vi la entrada de un dormitorio y los ojos, muy abiertos e impresionados, de una chiquilla de unos seis años y de un chico un par de años mayor que ella.

Mrs. Bogen se fijó en mí, de pie ante ella, y pareció algo asustada.

—¿Qué desea?

Me acordé de los periódicos y pensé: «Es inútil. Mañana estará en todos los periódicos». Pero también me acordé de que era Navidad. «Mañana no se publicará ningún periódico y poca gente se molestará en poner la radio o la televisión.»

—No se alarme —le dije sin preámbulos—. Estoy informando a la gente del vecindario de lo que ha ocurrido. Hemos sorprendido a un ladrón en plena faena, señora, y se vino corriendo por esta calle. Le alcanzamos aquí mismo y tuvimos que dispararle. Pero ya ha terminado todo. No queremos que nadie salga y nos cree más problemas, así que vuélvanse a la cama, por favor, ¿quiere?

Abrió los ojos y exclamó:

—¿Quién...?, ¿quién era? —preguntó con voz asustada.

—Nadie importante. Un raterillo.

—¡Ah! —exclamó.

Y pude ver una expresión de alivio en su rostro y supe que mi corazonada había sido exacta y que Bogen no les había dicho que iría; quiso darles una sorpresa.

De lo contrario, hubiera sumado dos y dos.

Le di las buenas noches, me alejé y la oí que cerraba la puerta suavemente.

Cuando volví junto a Mortell le dije:

—Pobre Bogen. Se metió en la trampa por nada. Su familia ni siquiera está en casa. Pregunté a una de las vecinas y me dijo que se habían marchado a casa de la madre de Mrs. Bogen y no regresarán hasta el día siguiente de Navidad.

—Vaya, que me ahorquen —exclamó Mortell, contemplando a los hombres del depósito cargando a Bogen en una camilla para meterlo en la furgoneta.

—Sí —murmuré, y me pregunté qué me haría Mortell cuando se enterara de lo que yo había hecho como seguramente lo descubriría. Pero en aquel momento me tenía sin cuidado. Lo realmente importante era que Mrs. Bogen y los niños iban a celebrar la Navidad como la habían preparado. Incluso cuando volviera y les contara lo ocurrido, pasado mañana, nadie podría quitarles lo disfrutado.

A lo mejor no les había regalado gran cosa, pero algo es algo. Y me sentí mejor. No mucho, pero un poco mejor.

El hombre sentado a

C. B. Gilford

El que conserva la cabeza, conserva su asiento en la mesa de pó-
quer. Lo que sirve solamente para demostrar que en lo tocante a
ganar, perder o pedir carta, el primer requisito, en el criminal jue-
go de póquer, es tener valor.

Byron Duquay estaba sentado solo frente a la mesa octogo-
nal cubierta de paño verde. A su derecha, una mesita sobre
la que se amontonaban las fichas de póquer: rojas, blancas
y azules. A la izquierda, un carrito cargado de whisky escocés, bourbon, una botella de soda, una docena de vasos limpios, y un recipiente con cubitos de hielo.

Mientras estaba sentado allí, solo, Byron Duquay jugaba
con una de las barajas. Sus dedos delgados, de manicura es-
merada, mezclaron la baraja, cortó y se dedicó a un jueguе-
cito que parecía una rara combinación de solitario y de bue-
naventura. El rostro fino, bien parecido y ascético no
cambiaba de expresión a medida que aparecían las cartas.
No se oía más ruido en la estancia, ni en todo el piso, que
el clic-clic de las cartas al ir pasando por las manos de Duquay.

Ningún otro ruido, es decir ninguno, hasta que se perci-
bió el metálico e insignificante ruido de la puerta al abrirse.
La puerta estaba un poco arrinconada, fuera del radio de
visión de Duquay, así que dijo con voz amistosa:

—Entre, entre, quienquiera que sea.

Estaba esperando a un compañero de partida, pero el hombre que apareció ante la vista de Duquay era obvio que no
había venido a jugar a las cartas. Era bajito, algo menos de
metro sesenta, y muy delgado. Vestía pantalones grises sucios, camisa blanca arrugada, con las mangas arremangadas
y abierta sobre el pecho. Tenía el pelo más bien largo y de

r de arena sucio y enmarañado. Su cara, pequeña y estrecha, parecía retorcida y en sus ojos pálidos se leía la desesperación. En la mano derecha llevaba un cuchillo.

Byron Duquay no intentó siquiera levantarse de la mesa. Pero dejó las cartas.

—¿Qué desea? —preguntó.

El forastero no contestó a la pregunta. Por el contrario, después de mirar con suspicacia a su alrededor, formuló la suya propia:

—¿Estamos solos aquí?

Duquay, quizás imprudentemente, asintió con la cabeza.

—Muy bien —dijo el desconocido—. No me haga enfadar y no le haré daño.

—¿Qué es lo que quiere? —repitió Duquay.

Pero esta vez su voz era algo más firme, más tranquila y la pregunta menos maquinal.

Tampoco esta vez contestó el joven. Volvió a mirar a su alrededor, quizá tratando de decidir si allí había algo que quisiera. En esta nueva inspección de la estancia vio las botellas junto a Duquay, y sus ojos se iluminaron.

—Me vendría bien una copa.

—Siéntese —le dijo Duquay— y le serviré una.

Y esperó a que su visitante se sentara. El joven, tal vez por pura cautela, eligió el lugar que caía frente por frente a Duquay y, también así, el punto más alejado de él. Mantuvo la mano derecha sobre la mesa. La hoja, de unos dieciocho centímetros, resplandecía sobre la superficie de paño verde como un diamante sobre un fondo de terciopelo negro.

—¿Qué prefiere beber, escocés o bourbon?

Casi desconcertado por el hecho de que le dieran a elegir, el joven dudó, por fin se decidió:

—Bourbon. Un vaso grande, con mucho hielo.

Hubo un silencio mientras Duquay servía la bebida tal como se la había solicitado. Luego la empujó a través de la mesa. El joven la recibió con la mano libre, con la izquierda, bebió un trago largo, e hizo una ligera mueca.

—Quiero dinero —dijo después— y las llaves de su coche; también quiero saber dónde lo tienes aparcado. Además quiero ropa.

Duquay no hizo ningún movimiento para proporcionarle nada de todo aquello.

—Esto no me parece un atraco vulgar —comentó.

—Es que no es un atraco vulgar. —El joven volvió a beber del vaso—. Venga, ya ha oído lo que le he dicho.

Pero Duquay cambió de tema:

—A propósito, ¿quién es usted?

—¡Maldito!, le importa, lo...

—Usted debe de ser Rick Masden.

Una ligera sonrisa de orgullo apareció en su rostro.

—Ya veo que escucha las noticias por la radio y ve la televisión.

—Algunas veces —afirmó Duquay.

—Está bien, soy Rick Masden. Rajé a dos personas en un bar la semana pasada. Mi novia y su nuevo amigo. Dos días después me cazaron, pero ayer por la mañana me escapé. —Sonrió—. Porque me encontré otro cuchillo.

—¿Le importa si bebo con usted? —preguntó Duquay, y alargó la mano para coger una de las botellas.

Pero la mano izquierda de Masden, dejando su bebida sin terminar, golpeó la mesa con fuerza, súbitamente.

—¡Déjese de bebidas! —casi gritó—. Ya le he dicho lo que quiero, y lo quiero ahora mismo.

Duquay desistió de la preparación de su bebida, pero no se movió.

—Discutámoslo, Masden —empezó.

La mano derecha de Masden se separó unos centímetros de la superficie de la mesa y el cuchillo se impacientó entre sus dedos.

—Mire usted —dijo despacio—, o hace lo que le digo o le rajo lo mismo que hice con los otros.

Pero Duquay no se inmutó.

—No se mueva, Masden —le espetó, y su voz tenía tal autoridad que Masden, por lo menos de momento, obedeció—. Antes de decidirse a rajarme, será mejor que escuche lo que tengo que decirle.

Masden pareció presentir el peligro, el reto. Permaneció quieto. Incluso el cuchillo se inmovilizó.

—Le escucho —masculló al fin.

—Bien. Vamos a analizar nuestra situación, Mr. Masden. Ocupamos sitios opuestos en esta mesa, nos separa un metro de distancia. Usted tiene un cuchillo y yo, de momento, no tengo ningún arma. Pero he estado dándole vueltas, Mr. Masden, a lo que podría hacer si usted decidiera ponerse violento. Ciertamente, trataría de defenderme. ¿Sabe lo que trataría de hacer? Pues, haría lo siguiente. Al más ligero movimiento por su parte para levantarse de la silla, volcaría la mesa encima de usted. Y estoy seguro de poder hacerlo. Puede que usted sea algo más joven que yo, Masden, pero si se fija bien, le doblo casi en tamaño. Así que ya tenemos la primera fase de nuestra pequeña batalla. Al momento estaría en el suelo con la mesa encima, o si no tuviera tanta suerte estaría, por lo menos, arrinconado contra la pared y con la mesa entre los dos. ¿Me sigue?

Fascinado, pese a su suspicacia y su rabia, el joven movió afirmativamente la cabeza:

—Sí, le sigo.

—Pasemos entonces al segundo movimiento. Observe el mueble que hay detrás de mí y a mi izquierda, Masden. Creo que desde donde está sentado puede ver perfectamente el objeto al que me refiero. Lo utilizo como abrecartas, pero es una daga turca, incrustada de joyas. La ve perfectamente desde ahí, ¿verdad, Masden? Tan pronto como consiga volcar la mesa sobre usted, agarraría la daga. Así estaríamos más o menos equilibrados, ¿no es cierto, Masden?

El joven miraba fijamente, pero cuando Duquay calló por un instante, parpadeó repetidas veces y se pasó la lengua por los labios. Pero no dijo nada.

—Esto, en cuanto al segundo movimiento —prosiguió Duquay con suma precisión en su forma de hablar—. La terminación del segundo movimiento, podríamos decir que es el final de la preparación para la batalla. El tercer movimiento sería el principio de la batalla propiamente dicha. Ahora bien, ¿cuál sería nuestra situación, Masden?

De nuevo volvió a repetirse el parpadeo y el humedecerse los labios, pero tampoco hubo comentarios.

—Consideremos las armas, Masden. ¿Qué tipo de cuchillo es el suyo?

—Un cuchillo de cocina muy afilado —respondió Masden casi de mala gana—. Un tío me lo pasó en la cárcel.

—Si no le importa que se lo diga —expuso Duquay con una leve sonrisa—, creo que, en cuanto a armas, yo tendría una ligera ventaja sobre usted. Por lo menos, jamás cambiaría mi daga turca por su cuchillo de cocina.

—Oiga, señor...

Pero Duquay siguió insistiendo:

—No obstante, más importante que las armas, son los hombres involucrados en esta batalla. ¿Cree que podemos compararnos, Masden? A propósito, ¿cuántos años tiene?

—Diecinueve.

—Yo treinta y uno. Ahí tiene una ventaja. ¿Cuánto pesa?

—Sesenta.

—Yo peso treinta más, Masden. Un tanto a mi favor. Bien, ¿cómo vamos a comportarnos? Primero le diré mis méritos. Defensa en fútbol hace diez años. Igualmente bueno como delantero en baloncesto. Más que regular en tenis, natación, etc. Además, me mantengo en forma con una hora de ejercicio diario. No he ganado ni medio kilo desde que dejé la Universidad. Esto debería decirle algo, ¿no cree? Ahora bien, ¿qué tal es usted como atleta, Masden?

El joven sentado frente a él había palidecido y se había puesto tenso. Volvió a humedecerse los labios. Pareció como si quisiera contestarle, pero no le salió ninguna palabra.

—Déjeme que le analice tal como le veo, Masden. Usted padece una mala nutrición, diría yo. No porque haya pasado hambre, sino más bien porque creció sin control, y por tanto nunca comió lo apropiado. Está usted anormalmente delgado, ¿sabe? Hay que añadir a esto ciertos malos hábitos. Probablemente empezó a fumar cuando tenía nueve o diez años. He notado las excesivas manchas de nicotina en sus dedos. Sólo Dios sabe lo que fuma ahora, tal vez incluso algo más fuerte que el tabaco. Y veo que también bebe. Apuesto a que bebe mucho más que yo. Míreme, Masden, y mírese. Y dígame, ¿quién cree que está en mejor forma física?

El joven se había quedado boquiabierto. Sus espesas cejas estaban casi juntas, y sus ojos miraban dura y fijamente a su anfitrión.

—Pero aún no hemos discutido el factor más importante —prosiguió Duquay—. Hablo del valor, de la voluntad de entablar pelea, de aceptar los riesgos necesarios. Fue usted muy valiente, es cierto, cuando entró en esta habitación. Y fue valiente porque llevaba un cuchillo y presumió que yo no estaría armado. Pero, ¿cómo está ahora? Adivino que no tan valiente como hace unos minutos. Pudo entrar fanfarroneando y amenazando con rajarme, pero ahora que parece presentarse una oportunidad de que sea su carne la que pueda cortarse un poco, ya no parece tan atractivo, ¿verdad?

—¡Es un farol!

Rick Masden había recuperado finalmente el habla y las tres palabras le salieron como una pequeña explosión.

Duquay sonrió un poco más y preguntó:

—¿Lo cree así? Lo único que tiene que hacer para asegurarse es iniciar un movimiento para abandonar su silla, Masden.

Siguió otro silencio, más denso esta vez, más cargado de hostilidad y de odio. Masden no se movió.

Pasado un instante, Duquay continuó:

—Hay una cosa más, naturalmente, que no debo pasar por alto. Se trata de la motivación. Aunque no sea usted el hombre más valiente del mundo, tiene un buen motivo para luchar. Si me mata, no pasa nada, y consigue mi dinero, mi coche y lo que decida llevarse. Por el contrario, si yo le mato, no estará peor de lo que estaba antes de escapar.

Algo parecido a la esperanza iluminó los pálidos ojos del joven. Quiso saber:

—¿Qué va a ganar peleando conmigo, señor? —dijo con tono cargado de astucia.

—Ésta es una muy buena pregunta —admitió Duquay—. Supongo que podría dejarle que se apropiara de lo que desea, y hacer más difícil el trabajo de la Policía, retrasando un día o dos, o una semana o dos, su captura. Y podría tener la esperanza de que permitiéndole que se quedara con lo que quisiera, me dejara tranquilamente, sin hacer nada peor que amarrarme, quizá. Pero ocurre que yo no confío en usted hasta ese punto. Es un *punk* de mala clase, disfruta con la violencia, disfruta dañando, lastimando a la gente. A lo mejor se daría por satisfecho golpeándome un poco pero por otra parte..., con asesinatos ya en su historial, me imagino que no vacilaría en matarme.

El joven frunció el entrecejo, su expresión se ensombreció, sus ojos reflejaron pura maldad.

—Además, Masden, resulta que usted no me gusta nada. Es pura basura, nada más que basura. No me importaría correr el riesgo de que me hiriera, o incluso de que me matara, por el privilegio de poder atacarle.

Rick Masden, aunque en realidad no hizo el menor movimiento, sí se revolvió en su silla y su mano derecha pareció estremecerse. Preguntó:

—Así que usted y yo vamos a luchar con los cuchillos, ¿no es cierto?

—Con toda seguridad si se levanta de la silla.

Masden bebió un trago largo, vació el vaso, y acusó la quemadura del alcohol. Miró a Duquay y luego barbotó:

—*Ta* bien, empiece, papi. Venga, adelante, empiece algo.

—Yo no he dicho que fuera a empezar nada —contestó Duquay—. Le he estado diciendo solamente lo que me proponía hacer si usted empezaba algo.

Ahora el silencio se hizo profundo e interminable. Ambos se miraron, ambos con las dos manos visibles sobre la mesa. En la derecha de Masden seguía el cuchillo de cocina. Las dos manos de Duquay estaban vacías. Pero la mirada de Masden se dirigió al mueble, vio la daga allí, volvió de nuevo a la mesa. Pasaron minutos y segundos. Entonces dijo Masden:

—¿Por qué no me da ya lo que quiero? Unos cuantos dólares, un traje y las llaves de su coche. Está asegurado. Así ninguno de los dos saldrá perjudicado. ¿Por qué no lo hace?

—Porque no quiero.

Masden se mordió los labios, pensativo:

—¿Qué va a pasar, papi? ¿Nos quedamos sentados sin más? Dijo que si me movía volcaría la mesa y agarraría la daga. Después empezaría la pelea. O sea que nos quedamos sentados o peleamos, ¿eh? Yo tengo que irme... —De pronto una nueva luz brilló en los ojos grises del fugitivo. Intentó levantarse, pero cambió de idea, aunque su cuerpo vibró bajo la violencia de la amenaza del otro—. Ya lo entiendo, ahora lo entiendo —dijo Masden entre dientes—. Está esperando a unos tíos que vendrán a jugar a cartas, y trata de entretenerme hasta que lleguen.

Duquay no perdió la calma.

—Pues lo estoy haciendo muy bien, ¿no le parece, Masden? —preguntó—. Sí, les estoy esperando para dentro de unos minutos.

—Pues no va a salirse con la suya.

—Todavía puede elegir. Si deja la silla, vuelco la mesa y cojo la daga. Puede probar su suerte de esta forma.

—Estaría completamente loco si me quedara esperando...

El cuerpo flaco tembló, indeciso.

—Por supuesto que le queda aún otra alternativa, Masden.

—¿Qué quiere decir?

En la voz del fugitivo se notaba ahora algo de esperanza.

—Si luchamos, yo también me arriesgo. Y no deseo correr el riesgo porque sí. De modo que estoy dispuesto a negociar. Mi seguridad por su huida. Su huida con las manos vacías, debo añadir.

Rick Masden no se sentía ni tan confiado ni tan truculento como antes.

—Soy todo oídos, papi.

—Veamos. Yo me siento en peligro mientras tenga el cuchillo en las manos. Si de pronto pega un salto, ¿cómo voy a saber si se propone atacarme o huir? Así que, se proponga lo que se proponga, si salta me defenderé. Así empezará la batalla, queramos o no. ¿Comprende lo que quiero decir?

Masden asintió.

—Creo que sí.

—La clave de toda la situación está en su cuchillo. Usted quiere huir. Yo no quiero luchar contra usted, ni ayudarle, ni cooperar. Pero mientras tenga el cuchillo en la mano, no puede moverse en ninguna dirección sin empezar la pelea. Así que la única salida que veo para usted es que tire el cuchillo al centro de la mesa.

—¿Qué?

—Eso mismo. Así ninguno de los dos estará armado.

—¿Qué me pasará luego? Es usted futbolista y puede...

—La mesa sigue entre los dos. La ventaja es suya. Debería poder salir de aquí antes de que le alcance.

—Pero telefoneará a la Policía.

—Es un chico listo, Masden —rió Duquay—. No se me había ocurrido pero como soy un buen ciudadano, probablemente lo habría hecho. Está bien, haré un trato con usted. Mi teléfono contra su cuchillo.

—¿Qué quiere decir?

—Mi teléfono está aquí, al alcance de la mano, encima del mueble. Si me permite, tiraré de él y arrancaré la conexión. Lo haré primero. Arranco el teléfono y usted tira el cuchillo al centro de la mesa y echa a correr. ¿Qué me dice?

Las cejas del joven se contrajeron. Pensaba furiosamente. De tanto en tanto miraba a Duquay, calibrándole, midiendo la anchura de sus hombros, su tenacidad de propósito.

—Está bien —acabó diciendo—. Primero arranque el teléfono. Ahora. Yo conservaré el cuchillo mientras lo hace. Y si intenta coger la daga en lugar del teléfono...

—No me pierda de vista, Masden.

Despacio, sin hacer movimientos bruscos, y tratando de no perder de vista ni un momento a su adversario, Duquay se había medio vuelto en su silla, extendió su brazo izquierdo hacia atrás y a un lado, alcanzó el teléfono, lo agarró y dio un fuerte tirón. Luego siguió tirando con fuerza. Por fin, se oyó un chasquido y el cordón quedó colgando.

—¿Convencido de que está arrancado? —preguntó. Soltó el teléfono, que cayó con un golpe sordo sobre la alfombra—. Ahora, su cuchillo, por favor. En el centro de la mesa, donde ni uno ni otro pueda alcanzarlo con facilidad.

Se miraron de nuevo sin creer demasiado uno en el otro, desconfiando aún mutuamente. Siguió una larga pausa en la que no se movieron.

—Venga, Masden, mientras sostenga el cuchillo no puede dejar la silla.

En silencio, con obvio pesar, de mala gana, el joven se resignó. Girando la muñeca, envió el objeto al centro de la mesa. Hizo unas piruetas sobre sí mismo y quedó quieto.

—No deje su asiento, papi —anunció Masden—. Me voy.

—Lamento no poder desearle buena suerte —dijo Duquay.

Se despidieron en silencio. Y entonces, tanto el silencio como la despedida fueron interrumpidos por un leve ruido. Ambos hombres, sentados, lo oyeron.

Masden no vaciló en reaccionar. Su silla voló tras él, al alejarse corriendo de la mesa. Duquay no se movió, pero en cambio se agarró a ambos brazos de la butaca y gritó con todas sus fuerzas:

—Sam, detén a ese hombre, ¡es un criminal!

Se oyeron gritos y ruidos de lucha y maldiciones, en la habitación contigua. Byron Duquay ni se movió para participar o para mirar. Se quedó sentado donde se hallaba, satisfecho con oír. Los ruidos fueron *in crescendo* hasta que, finalmente, un único y tremendo sonido lo terminó todo..., el golpe de un puño contra un hueso.

Duquay se echó hacia atrás y se relajó. La brillante luz que iluminaba la mesa de juego descubrió el sudor de su rostro.

El capitán Sam Williams hizo su segunda aparición en la partida de póquer de Byron Duquay unas dos horas más tarde. Le había llevado todo este tiempo ocuparse de Rick Masden, devolverlo a la cárcel y rellenar un informe completo dando detalles de su captura.

—Byron —le dijo, moviendo la entrecana cabeza—, no sé si volveré a atreverme a sentarme a jugar una partida de póquer contigo. Hombre, jamás adiviné que tenías tal capacidad para echarte un farol.

—Me halagas, Sam —declaró Duquay—, tuve suerte, nada más. Esta tarde, antes de que Virginia se marchara, insistí en que me sacara de la silla de ruedas y me sentara aquí. A veces prefiero recibiros sentado en la butaca, ya sabes. Me siento menos inválido. De haber estado en mi silla de ruedas no habría podido engañar a Masden ni por un instante.

Sam asintió, estaba de acuerdo. Su mirada buscó la puerta abierta del dormitorio, donde en la semioscuridad se veían brillar un par de ruedas plateadas. Rick Masden no las había visto. O si las vio, no llegó a relacionarlas con el hombre sentado a la mesa.

La muerte de otro viajante

Donald Honig

Los viajantes de comercio además de lo que venden, como ustedes saben, deben venderse a sí mismos. Su sonrisa debe ser amplia, y el brillo de sus zapatos impresionantemente cegador. Tan perfectos individuos resultan ser, naturalmente, las víctimas perfectas.

Desde su ventana del décimo piso del hotel no había más vista que la pared ciega de un edificio contiguo. Pero no le importaba. Había decidido no ir a los mejores hoteles, como hacían otros viajantes (y como él mismo había hecho siempre, antes de empezar a perder representaciones y sentir la inseguridad de los tibios saludos); ni pidió la mejor habitación en ésta. Sabía que tenía que mejorar su trabajo y dar una mejor impresión en su oficina, y pensó que reducir gastos sería una buena medida.

Había estado leyendo toda la velada. Luego se quedó adormilado, pero ignoraba cuánto tiempo. Era ya muy tarde cuando unos ruidos procedentes de la habitación vecina turbaron su sueño. En un principio creyó que se trataba de una pesadilla, pero se dio cuenta de que estaba despierto. Se incorporó estupefacto, desconcertado, como el que se despierta de súbito, sin enfocar bien la vista, tratando de irse acostumbrando tanto al despertar como a los extraños ruidos.

Oyó voces de un hombre y de una mujer. Estaban enzarzados en una discusión dura y amarga tras el endeble tabique. Le despertaron. Se enderezó en la butaca y se levantó. Acercóse al tabique e inclinó la cabeza, con los ojos muy abiertos.

—No me tragaré ésta —dijo la voz del hombre.

La voz femenina contestó, sus palabras eran ininteligibles, pero su calidad era indudablemente ordinaria.

Luego volvió a oír al hombre:

—Conque sí, ¿verdad? Pues a lo mejor será que no.

Esta vez las palabras de la mujer fueron claras y estridentes:

—No puedes impedírmelo. Lo único que tengo que hacer es salir por esa puerta. Después trata de explicarlo.

—Y yo te digo ahora que es mejor que no lo intentes.

La voz del hombre se notaba llena de rabia.

—Bueno, veamos si lo intentas.

La voz de la mujer y su amenaza se interrumpieron de pronto. Se oyó un grito de sorpresa y algo cayó al suelo. Siguió un rumor de lucha. Parecía como si la mujer tratara de chillar, pero su esfuerzo quedaba cada vez más ahogado.

Fríamente fascinado, pero también asustado, el viajante escuchaba, con el oído pegado al tabique, hechizado por la lucha. Ahora sonaba como si se arrastrara por el suelo, y oía unos gritos apagados y unos golpes frecuentes. En ese momento, los ruidos cesaron. Todo quedó en absoluto silencio. Permaneció pegado a la pared, esperando otros ruidos, pero no se oyó nada más. Una quietud irreal, inexplicable, llenaba la otra habitación. Esa misma quietud traspasó el tabique y se apoderó de él.

Esperó mucho rato. Luego, con paso quedo, se apartó de la pared experimentando la inquieta culpabilidad del intruso junto con su pánico. Retrocediendo, contempló el tabique como tratando de ver a través de él, esperando que la escena del otro lado se materializara en beneficio suyo. La pared desnuda no le proporcionó nada más que un vacío melancólico.

Volvió a sentarse, esta vez al borde de la butaca, estirándose el labio con enorme preocupación y nerviosismo reflejados en su rostro. Sentía un deseo casi abrumador de ocuparse solamente de sus cosas, el natural impulso humano de ignorar y dar la espalda a los problemas. Pero por encima de todo sentía con inquietante machaconería la persistente preocupación por la mujer. ¿Se habría limitado el hombre a hacerla callar con un golpe, o la habría asesinado..., como le parecía a él (y como le insistía su exasperada imaginación)?

Después de unos minutos de intensa y reflexiva indecisión, se levantó, volvió al tabique y arrimó la oreja esperanzado..., esperando oír la risa suave de dos amantes reconciliados. Pero persistía el silencio. Casi se enfureció. ¿Por qué no volvían a hablarse de nuevo? Estarían probablemente sentados, en silencio, mirándose con disgusto, sin la menor consideración por su mal rato.

Aquel silencio no le satisfacía. Decidió que no podía ignorar lo que había ocurrido. ¿Cómo se sentiría si al despertar por la mañana se enteraba de que la mujer había sido asesinada y el asesino había huido por la noche? La culpabilidad le pesaba. Tal vez pudiera hacerse algo, si no salvar la vida de la mujer, por lo menos apresar a su asesino mientras el crimen estaba aún caliente en sus manos.

Silenciosamente se incorporó y se calzó los zapatos. Sigilosamente, como si él mismo estuviera cometiendo algo reprensible, abrió su puerta y salió al pasillo. No había nadie. Se dio cuenta de lo avanzado de la hora. Todo el mundo estaría dormido, de ahí que él había sido posiblemente el único en oír lo ocurrido. Se quedó quieto, retorciéndose las manos, embargado por una enloquecedora indecisión. Luego, dominando su inhibición se dirigió al ascensor y pulsó el botón. Mientras esperaba, contempló la puerta de la habitación donde había tenido lugar el conflicto. Incluso la puerta parecía sugerir algo desesperado, un mensaje silencioso, urgente, irreal.

El ascensor llegó crujiendo y la puerta se abrió. El pequeño cajón esperó a que entrara. Se metió rápidamente dentro, apretó el botón de la planta baja y contempló cómo se cerraba la puerta. Estaba nervioso, y sudaba mientras..., con un movimiento lento como de ataúd bajado a la tumba..., el ascensor iba bajando, sucediéndose los pisos, con un clic en solemne cadencia.

La puerta se abrió frente a un vestíbulo dormido, vacío, el típico vestíbulo de un hotel de segunda clase, desesperadamente lúgubre en las interminables horas nocturnas. El conserje estaba detrás del mostrador leyendo un periódico. Mientras el viajante iba acercándose al mostrador se preguntaba qué debía decir y cómo, si debía mostrarse serio o si sería mejor tomarlo a broma. No quería aparecer como un alarmista. Quizás un alboroto en aquella habitación era algo habitual y el empleado se reiría y lo reconocería. Quizá por eso nadie más había bajado a informar. Empezó a sentirse como un idiota. Habría seguido andando hacia la máquina de venta de cigarrillos si en aquel momento el conserje no hubiera levantado la cabeza del periódico.

—Dígame, Mr. Warren.

Mr. Warren se paró junto al mostrador, mirando al conserje. Éste se puso en pie con una sonrisa insulsa, competente, profesional.

—Me pareció —explicó Mr. Warren—, me pareció oír una discusión muy acalorada en la habitación contigua a la mía.

—¿De veras?

Animado, Mr. Warren continuó:

—Sí. Un hombre y una mujer discutían..., sobre no sé qué. Era una discusión bastante agria. El hombre la golpeó..., creo. Parecía una pelea tremenda. Después cesó. No sabría decir cómo. Pero ya no oí nada más. Creí que tenía que..., bueno, que informar de ello, para mayor tranquilidad.

El empleado repasó el registro.

—¿Qué habitación? —preguntó sin levantar la cabeza.

—La que está a mi derecha.

—Veamos. Usted tiene la 10/C. Así que se trataría de la 10/E. Está registrado en ella un tal Mr. Malcolm. Él solo.

—¿Solo?

El conserje miró a Mr. Warren con ojos pálidos, carentes de simpatía, y contestó:

—Sí.

—Pero eso es imposible. Quiero decir..., yo oí...

—Quizás oyó la radio de alguien —sugirió el conserje.

—No, no era una radio —protestó indignado—. Había estado medio dormido y oí con toda claridad...

—¿Medio dormido?

—No, no estaba soñando. Cuando lo oí estaba completamente despierto.

—Ya —murmuró el conserje. Se miró el reloj de pulsera—. Bueno, es muy tarde. No quisiera molestar a nadie, a menos que usted insista.

Se lo planteó claramente a Warren, cargó la responsabilidad sobre sus hombros: era un desafío. Podía insistir o retroceder, cruzar otra vez el vestíbulo, bajo la mirada condescendiente del empleado. Sintió su resolución por los suelos, desinflada. Le enfureció. Apoyó ambas manos sobre el mostrador y dijo con voz repentinamente firme:

—Sí. Creo que deberíamos comprobarlo.

Sin decir palabra, el conserje levantó el teléfono interior y marcó un número. Hubo que esperar un buen rato antes de que dejara de sonar el timbre que Mr. Warren podía oír. Respondió una voz de hombre, tensa, con desgana.

—¿Mr. Malcolm? —preguntó el conserje—. Aquí, recepción. Siento molestarle a estas horas. Su vecino, Mr. Warren, ha bajado a informar sobre cierto alboroto en su habitación. ¿Ha tenido algún problema?

Mr. Warren no pudo distinguir las palabras exactas, pero oyó una protesta indignada por parte del hombre. El conserje movió la cabeza, contemplando a Mr. Warren con aire de superioridad y clara satisfacción. Mr. Warren se ruborizó.

—Comprendo. Gracias, Mr. Malcolm. Lamento haberle molestado. —El conserje dejó el teléfono y miró fijamente a Mr. Warren—. Lleva durmiendo desde las diez —aclaró el empleado con una censura implícita tanto en la voz como en su expresión.

—No es posible —insistió Mr. Warren—. Yo... —Se disponía a describir con cuánta intensidad había estado escuchándolo todo, pero se dijo que tal admisión resultaría embarazosa—. Muy bien. Tal vez estaba equivocado. Siento haberle molestado. Buenas noches.

Dio media vuelta y se alejó, sintiendo los ojos del empleado clavados en su espalda mientras iba hacia el ascensor.

Regresó a su habitación y volvió a sentarse. Pudo haberse equivocado. En la oficina le habían dicho que se estaba haciendo viejo, que perdía facultades. Quisieron separarle de su ruta y pasársela a otro más joven. Pese a una disminución en el volumen de ventas, había insistido en que era tan capaz como antes. Pero envejecía, se cansaba fácilmente. Sabía que a medida que uno se va haciendo viejo, los sentidos te engañan. ¿Serían ilusiones suyas? Sólo la idea le mareaba, le producía dolor de cabeza. Lo que debía hacer, se dijo seriamente, era dejar de pensar en semejantes cosas. Era ridículo. Sólo tenía cincuenta y siete años. ¿Tan viejo era?

Solamente pensar en todo eso le irritaba. Hubiera podido tener noventa y nueve años, se dijo, y estar chocho y senil, pero así y todo había oído las voces y el ruido de la lucha. Era una estupidez tratar de negárselo. Mr. Malcolm había mentido. Y si había mentido era porque tenía una buena razón para mentir.

Mr. Warren decidió llamar a la Policía y apretó los puños. La Policía no sería tan crédula como el conserje. No aceptaría la palabra de Malcolm sino que subiría a su habitación y buscaría por su cuenta. Animado por la idea, fue hacia el teléfono. Pero, de pronto, titubeó. El teléfono le pareció de pronto fatal. Claro, si insistía, vendría la Policía. Llamaría a la puerta de Mr. Malcolm y registraría la habitación de acuerdo con la queja de Mr. Warren. ¿Y qué pasaría si no encontraba nada? No se libraría tan fácilmente. Mr. Malcolm podía presentar una reclamación si se le antojaba, y probablemente lo haría. La gente de los hoteles, Warren lo sabía por su larga experiencia, solían ser muy susceptibles. La irritación le ponía sobre ascuas. Podían demandar al hotel y la Policía tendría que redactar un informe y en medio de todo aparecería Fred Warren. Mandarían un informe a la oficina central, ¿y qué pensarían entonces? Serviría para afirmarse en sus sospechas. Fred Warren empezaba a oír asesinatos a media noche.

Cansado, deprimido, volvió a sentarse y contempló el suelo. Estaba así sentado cuando oyó una suave llamada a la puerta. Alerta, suspicaz, se levantó y se acercó a ella, reflexionando antes de abrir; preguntó:

—¿Quién?

Una voz de hombre murmuró:

—¿Mr. Warren?

—Sí.

—¿Puedo hablar con usted? Es muy importante.

El tenso murmullo del hombre indicaba cierta urgencia. Intrigado, Mr. Warren abrió la puerta. Delante de él, un hombre más bien alto, joven, con un albornoz azul claro sobre el pijama. Su rostro reflejaba inquietud.

—¿Puedo pasar? —preguntó.

—¿Por qué?

—Se trata...

Y con un gesto que parecía terminar la frase indicó subrepticiamente la habitación contigua.

Ante esto, Mr. Warren le hizo pasar y cerró silenciosamente la puerta. El visitante estaba inquieto, abría y cerraba las manos.

—Sé que es una molestia —dijo—. Lamento molestarle a estas horas. Pero me pregunto si ha oído usted lo ocurrido al lado. He supuesto que sí, sentado tan cerca..., como está.

—Sí que lo he oído —asintió Mr. Warren. Alargó su mano—. Soy Fred Warren.

El hombre la tomó tímidamente, dijo:

—Soy John Burke. Llamé al conserje y me dijo que me volviera a la cama, que había tenido una pesadilla, que en esta habitación sólo había una persona y que era imposible que hubiera...

—A mí me dijo lo mismo —explicó, excitado. Mr. Warren a su nuevo aliado—. Bajé y le hice llamar. *Él* —y señaló la habitación vecina— dijo que yo estaba loco.

—Bien, pero los dos no podemos estar locos —afirmó Mr. Burke.

—Claro que no. ¿Y los demás?

—¿Quiénes?

—¿No hay más gente en este piso que pueda haber oído algo? A lo mejor les da miedo...

—La mayoría de las habitaciones están desocupadas. Hay una vieja al extremo del pasillo, pero está sorda. Me la encontré esta mañana en el ascensor y casi no oye nada.

—¿Y qué propone que hagamos? —preguntó Mr. Warren.

—Pues esto es lo que he venido a preguntarle.

—Yo... —empezó Warren, y se calló.

El otro le dejaba la decisión.

Él era el jefe..., era el mayor, el más sabio. Captó la tremenda responsabilidad, pero decidió no esquivarla.

—Bien, tendremos que hacer algo —afirmó haciéndose

cargo del timón—. No podemos quedarnos a un lado y..., dejar que lo que ha ocurrido ahí quede silenciado.

—Estoy de acuerdo —dijo Burke.

—Iba a llamar a la Policía, pero me lo he pensado dos veces. Siempre cabe la posibilidad, la muy remota posibilidad, de que pudiéramos estar equivocados. Resultaría muy embarazoso.

—Estoy de acuerdo con usted.

—Le advierto que no creo que nos hayamos equivocado. Pero creo que podríamos ser capaces de averiguarlo sin llamar a la Policía.

—De acuerdo.

—¿Miró por la cerradura? —preguntó Mr. Warren.

Parecía una tontería. Pero era una sugerencia.

—No.

—Intentémoslo.

Silenciosamente salieron al corredor. Una vez allí, mientras Mr. Burke, con albornoz, pijama y zapatillas montaba guardia, Mr. Warren, con crujido de huesos, se arrodilló y miró por la cerradura. Se puso en pie. Agarró a Mr. Burke por el brazo y se lo llevó a la habitación.

—¿Qué? —preguntó Burke ansiosamente.

—Está negro —contestó Warren.

—¡Oh! —exclamó Burke, decepcionado.

Mr. Warren se le quedó mirando y sugirió:

—Pero no podemos pasarlo por alto. Tenemos un deber que cumplir.

—De acuerdo.

—Quizá pudiéramos insistir con el conserje para que nos abra la puerta. ¿Por qué aceptar la palabra de aquel hombre? Después de todo...

—Podría llevarnos a un juicio por calumnia.

—Sí —aceptó Warren, pensativo, frotándose la barbilla.

Y también eso llegaría a oídos de la oficina central. Mr. Burke le contemplaba, esperando órdenes.

—Si pudiéramos mirar dentro de la habitación...

—No hay forma.

—Hay un medio —insinuó Mr. Burke con voz queda y temerosa.

—¿Cuál?

—Desde el saliente.

—¿El saliente?

—Hay un saliente, una cornisa, que da la vuelta al edificio.

—¿Es ancha?

—Bastante ancha. Los que limpian las ventanas la utilizan.

—Pero ellos llevan cinturones de seguridad —objetó Mr. Warren.

—No. Es cuestión de equilibrio. Claro que es peligroso...

—Nos permitiría echar una ojeada a la habitación —dijo Mr. Warren.

—Por lo menos sabríamos cómo actuar. Sabríamos si hay uno o dos ahí dentro.

Warren fue hacia la ventana y la abrió. Miró a la cornisa. Era bastante ancha. Miró a la ventana vecina. Estaba a unos dos metros y pico de distancia. Luego miró abajo. Demasiado oscuro para poder ver el patio. La oscuridad era como un enorme pozo sin fondo.

—Quizá no debiera hacerlo —dijo Mr. Burke nerviosamente—. Ya ha demostrado un gran valor.

Warren se volvió a mirarlo. Era joven, sólo que un poco nervioso. La oficina podría aprender mucho de él. Insistió:

—Es el único camino. El hombre de al lado está muy seguro de sí. Tenemos que procurar que le den su merecido. Seguro que usted no oyó llorar a la pobre mujer, y yo sí.

Mr. Burke movió afirmativamente la cabeza.

—Quédese junto a la puerta —ordenó Mr. Warren— y mantenga el oído alerta. Yo saldré y echaré un vistazo.

—¿Podrá descubrir algo, a oscuras?

—Creo que podré. Tengo una sorprendente visión nocturna.

—Y mucho valor —añadió Mr. Burke.

Ésta fue la última palabra. Ahora ni mil leones podían evitar que Warren saltara a la cornisa.

Empujó la ventana tanto como pudo y, a continuación, sujetándose al marco, sacó un pie al alféizar, luego el otro, y medio agachado, tembloroso, pasó a la cornisa. La noche le envolvió inmediatamente en un abrazo de vientos oscuros que silbaban, le barrían y zumbaban junto a él. Apoyó la espalda contra la fría pared de ladrillo, extendió los brazos para mantener el equilibrio, con la cabeza contra la pared, levantando la barbilla como si quisiera mantenerse fuera del agua.

Cada paso era una eternidad. Una tremenda vanidad le excitaba. No podía esperar estar de vuelta en la habitación..., y no porque tuviera miedo, sino porque quería reflexionar sobre su hazaña y hablar de ella con Mr. Burke.

La ventana, a pocos pasos de distancia, le parecía un trofeo maravilloso. De pronto le tuvo sin cuidado que allí hubiera o no dos personas, que la mujer estuviera muerta o no. Respiró los vientos desatados y se le subieron a la cabeza.

Poco después, tampoco tuvo la menor importancia quién estaba en aquella habitación, porque no llegó a la ventana. Por detrás de él oyó que Burke le siseaba. Poco a poco, cuidadosamente volvió la cabeza y vio la de su aliado asomar por la ventana, vuelto hacia él, sujetándose el albornoz al cuello con una mano y con la otra gesticulando como loco para que volviera.

Tuvo que desandar lo andado, haciendo los mismos movimientos, sólo que esta vez iba en dirección contraria.

Al acercarse a la pequeña plataforma de luz bajo su ventana, Burke levantó la vista hacia él y le dijo:

—Creo que he encontrado lo que estaba buscando.

Frente a su ventana, tratando de afianzar los pies, Mr. Warren echó una rápida mirada al interior. Acostada sobre su cama, vio el cuerpo de una mujer desmelenada que parecía muerta. Y fue únicamente la visión fugaz del interior de la habitación, porque lo que vio inmediatamente fueron las manos de Burke, con las palmas levantadas, precipitándose contra él y el rostro diabólicamente satisfecho. Aquellas manos empujándole con fuerza sobre el estómago, y luego la luz y la ventana dando un vuelco y precipitándole desde su visión a un torbellino de negrura sin fondo...

—Dijo que había oído ruidos en la habitación de Mr. Malcolm —explicó el conserje al detective.

—La verdad —aclaró Mr. Malcolm, ciñéndose aún más el albornoz azul pálido al cuerpo— es que los ruidos procedían de su habitación, pero no quise intervenir. Tengo por norma no meterme en líos.

—Ya —dijo el detective.

—Debió de traer a la muchacha sin que nadie lo supiera —comentó el conserje—. Probablemente se le ocurrió que si se quejaba de que había una mujer en la habitación contigua, se cubriría de toda sospecha.

—Les oí toda la noche —insistió Mr. Malcolm—. Después me quedé dormido. Volvieron a pelearse; ella chilló; unos minutos más tarde le oí estrellarse en el patio.

Miró hacia la ventana donde la cortina se agitaba por el viento. Por poco se echa a reír al recordar la mirada de profundo asombro en el rostro de Mr. Warren.

El detective miró a la cama, al cuerpo cubierto por una sábana.

—Las historias que se cuentan de los viajantes de comercio —musitó el detective— me atrevería a jurar que son ciertas.

Hombre con manías

Robert Bloch

Si no les parece mal, me gustaría decirles que ésta no sea la última historia que lean antes de irse a la cama y apagar las luces. Por los sueños, ¿saben?

Serían más o menos las diez cuando salí del hotel. La noche era cálida y necesitaba beber algo.

Era insensato probar en el bar del hotel porque el lugar era como un manicomio. La Convención de jugadores de bolos también lo había invadido.

Bajando por Euclid Avenue tuve la impresión de que todo Cleveland estaba lleno de jugadores de bolos. Y lo curioso es que la mayoría de ellos parecían ir en busca de algo que beber. Cada taberna que pasé estaba abarrotada de hombres en mangas de camisa, con sus distintivos. Y no porque necesitaran identificación, la mayor parte llevaba en la mano la característica bolsa con la bola dentro.

Cuando Washington Irving escribió sobre Rip van Winkle y los enanos, demostró que entendía perfectamente a los jugadores de bolos. Bueno, en esta Convención no había enanos..., sólo bebedores de tamaño natural. Cualquier zumbido de truenos de las distantes montañas hubiera sido ahogado por los gritos y las carcajadas.

Yo deseaba quedar al margen. Así que dejé Euclid y seguí andando al azar, en busca de un lugar tranquilo. Mi propia bolsa empezaba a pesarme. En realidad, me proponía llevarla a la estación y dejarla en consigna hasta la hora del tren, pero antes necesitaba beber.

Por fin encontré un lugar. Era un local oscuro, tétrico, pero también desierto. El encargado de la barra estaba completamente solo, en un extremo, escuchando un partido por radio.

Me senté cerca de la puerta y deposité la bolsa sobre el taburete, a mi lado. Pedí una cerveza:

—Tráigame una botella —dije—, así no tendré que interrumpirle.

Lo hacía sólo por mostrarme amable, pero podía haberme evitado la molestia. Antes de tener la oportunidad de volver a su partido, entró otro cliente.

—Whisky doble, olvídese del agua.

Levanté la cabeza.

Los jugadores de bolos habían ocupado efectivamente la ciudad. El cliente era un hombre grueso, de unos cuarenta años, con arrugas que le llegaban casi arriba de la calva. Llevaba abrigo y la inevitable bolsa: negra, abultada, muy parecida a la mía. Mientras le miraba, la colocó cuidadosamente sobre el taburete contiguo y alcanzó su vaso.

Echó la cabeza hacia atrás y tragó. Pude ver el movimiento de su cuello blancuzco. Luego empujó el vaso vacío:

—Otro —dijo al de la barra—. Y baje la radio, ¿quiere, Mac?

Sacó un puñado de billetes. Por un momento la expresión del de la barra dudó entre una mueca y una sonrisa. Pero al ver los billetes lloviendo sobre la barra, ganó la sonrisa. Se encogió de hombros, manipuló el control del volumen y redujo la voz del comentarista a un lejano zumbido. Yo sabía lo que estaba pensando: «Si me pidiera cerveza le mandaría al infierno, pero este tío está pagando whisky».

El segundo vaso bajó casi tan de prisa como el volumen de la radio.

—Otro —ordenó el fornido.

El de la barra volvió, le sirvió, cogió el dinero, lo metió en la caja registradora y marchó al extremo del mostrador. Allí se agachó sobre la radio, tratando de captar la voz del comentarista.

Contemplé cómo desaparecía el tercer vaso. El cuello del desconocido era, ahora, de un rojo vivo. Tres vasos de whisky en dos minutos producen maravillas en la tez. También sueltan la lengua.

—Juegos de pelota —masculló el desconocido—. No comprendo cómo alguien puede escuchar ese rollo... —Se secó la frente y me miró—. A veces, uno tiene la idea de que no hay nada más en el mundo que aficionados al béisbol. Un puñado de locos desgañitándose por nada, durante todo el verano. Luego viene el otoño y empiezan los partidos de fútbol. Exactamente igual, sólo que peor. Y tan pronto termina, empieza el baloncesto. ¡Santo Dios!, pero ¿qué ven en ello?

—Todo el mundo tiene alguna manía —dije.

—Sí. Pero, ¿qué clase de manía es ésta? Quiero decir, ¿quién puede excitarse al ver a un grupo de monos peleando por agarrar una pelota? No me digan que les importa de verdad quién pierda o quién gane. Muchos van a un partido por diferentes razones. ¿Ha ido alguna vez a ver un partido, Mac?

—Alguna que otra vez.

—Entonces ya sabe de lo que estoy hablando. Les ha oído allí; les ha oído gritar. Ésta es la razón por la que van..., por gritar. ¿Y qué es lo que gritan? Se lo diré. *¡Matad al árbitro!* Sí, eso es lo que gritan: *¡Muerte al árbitro!*

Terminé rápidamente lo que me quedaba de cerveza y empecé a bajar del taburete.

—Venga, una más, Mac —me dijo—. Le invito.

Sacudí la cabeza.

—Lo siento, tengo que coger el tren a medianoche.

Miró el reloj.

—Tiene tiempo de sobra.

Abrí la boca para protestar, pero el de la barra estaba ya abriendo una botella y sirviendo whisky al forastero. Éste volvía a hablarme:

—El fútbol es peor. Uno puede hacerse mucho daño jugando al fútbol, algunos se lastiman de verdad. Y esto es lo que la gente quiere ver. Y chico, cuando empiezan a gritar pidiendo sangre, se le revuelve a uno el estómago.

—No sé. Después de todo, es una forma inocente de liberar las represiones.

Puede que me entendiera, puede que no, pero asintió con la cabeza.

—Libera algo, como usted dice, pero no estoy seguro de que sea tan inocente. Fíjese en el boxeo y en la lucha libre.

¿Llama usted deporte a eso? ¿Le llamaría pasatiempo, manía...?

—Bueno —ofrecí—, a la gente le gusta ver cómo se sacuden.

—Claro, sólo que no lo confiesan. —Su rostro ahora estaba completamente rojo; empezaba a sudar—. ¿Y qué me dice de la caza y la pesca? Si lo piensa bien, viene a ser lo mismo. Sólo que ahí es uno mismo el que mata. Coge un arma y dispara contra un pobre animal tonto. O corta un gusano vivo y lo mete en un anzuelo y el anzuelo corta la boca de un pez, y usted lo encuentra excitante, ¿no?, cuando entra el anzuelo y pincha y destroza...

—Espere un momento. Puede que no esté mal. ¿Qué es un pez? Si así se evita que la gente sea sádica...

—Déjese de palabras rimbombantes —me interrumpió. Luego me guiñó el ojo—. Sabe que es cierto. Todo el mundo siente esta necesidad, tarde o temprano. Ni los juegos ni el boxeo les satisfacen realmente. Así que, de vez en cuando o con frecuencia, necesitamos tener una guerra. Entonces hay una buena excusa para matar de verdad. Millones.

Nietzsche creía ser un filósofo lúgubre. Tenía que haber sabido lo de los whiskis dobles.

—¿Qué solución encuentra? —Me esforcé por eliminar el sarcasmo de mi voz—. ¿Cree que se haría menos daño si se suprimieran las leyes contra el crimen?

—Tal vez. —El calvo contempló su vaso vacío—. Depende de quién fuera asesinado. Supóngase que sólo se asesinaran a vagos y vagabundos. O a las putas, quizá. Ya me entiende, alguien sin familia, sin parientes, sin nada. Alguien que no se echara en falta. Uno podría salirse sin que le cogieran.

Me incliné hacia delante, y mirándole fijamente le pregunté:

—¿Cree que podría?

No me miró. Contempló su bolsa antes de contestar.

—Entiéndame, Mac —dijo con una sonrisa forzada—. Yo no soy un asesino. Pero estaba pensando en un tipo que solía hacerlo. Aquí, en esta ciudad, además. Pero de eso hará unos veinte años.

—¿Le conoció?

—No, claro que no. Nadie le conocía, ahí está lo bueno. Por eso se libraba siempre. Pero todo el mundo sabía de él. Lo único que había que hacer era leer los periódicos. —Terminó su vaso—. Le llamaban *el Sajatorsos de Cleveland* —continuó—. En cuatro años cometió trece asesinatos, en Kingsbury y por los alrededores de Jackall Hill. La Policía se volvía loca tratando de encontrarle. Suponían que venía a la ciudad los fines de semana. Encontraba algún desgraciado o atraía a un vagabundo a un callejón o en los vertederos cerca de las vías. Les prometería darles una botella o algo. Y haría lo mismo con las mujeres. Después sacaba su navaja.

—Quiere decir que no eran pasatiempos, que no se engañaba. Iba a matar.

El hombre asintió.

—En efecto. Verdaderas emociones y un auténtico trofeo final. Verá, le gustaba cortarles sus...

Me puse en pie y alargué la mano hacia la bolsa. El forastero se rió:

—No tenga miedo, Mac. Ese tío abandonó la ciudad en 1938 o así. Quizá cuando empezó la guerra se fue a Europa y allí se alistó. Formaría parte de algún comando y así siguió haciendo lo mismo..., sólo que entonces era un héroe en lugar de un asesino. ¿Me comprende?

—Tranquilo —le dije—. Le comprendo muy bien. Pero, no se lo tome así. La teoría es suya, no mía.

Bajó la voz:

—¿Teoría? Puede que sí, Mac. Pero esta noche he tropezado con algo que le impresionaría de verdad. ¿Por qué supone que he estado tragando todos esos vasos?

—Todos los jugadores de bolos beben —le dije—. Pero si realmente piensa así de los deportes, ¿cómo se ha hecho jugador de bolos?

El calvo se acercó a mí:

—Un hombre tiene derecho a tener manías, Mac, o estallaría. ¿Entiende?

Abrí la boca para contestarle, pero antes de poder hacerlo oí otro ruido. Ambos lo oímos a la vez..., el zumbido de una sirena en la calle.

El de la barra levantó la cabeza y comentó:

—Parece como si viniera hacia aquí, ¿verdad?

El calvo se puso de pie y se encaminó a la puerta. Corrí tras él:

—Tome, no se olvide de la bolsa.

Ni me miró. Murmuró:

—Gracias. Gracias, Mac.

Y se fue. No se quedó en la calle, sino que se perdió por un callejón entre dos edificios cercanos. En un momento desapareció. Me quedé en el umbral mientras la sirena atronaba la calle. Un coche patrulla paró frente a la taberna, pero no paró el motor. Un sargento de uniforme llegaba siguiéndole por la acera, corriendo, y se paró sin aliento. Miró la acera, miró el interior de la taberna, me miró a mí.

—¿Ha visto a un hombre grueso, calvo, con una bolsa de jugador de bolos? —jadeó.

Tuve que decirle la verdad.

—Pues, sí. Salió de aquí no hace ni un minuto...

—¿En qué dirección?

Señalé entre los dos edificios y él gritó unas órdenes a los hombres del coche patrulla. El coche arrancó y el sargento se quedó atrás.

—Cuénteme —me dijo, empujándome otra vez dentro.

—Está bien, pero, ¿de qué se trata?

—Asesinato. En el hotel de la Convención de jugadores de bolos. Hace cosa de una hora. El botones le vio salir de la habitación de una mujer, y sospechó que era un amigo del bien ajeno, porque le vio utilizar la escalera en lugar del ascensor.

—¿Amigo de lo ajeno?

—Ratero..., ¿sabe? Rondan las convenciones, se meten en las habitaciones y roban lo que pueden. En todo caso, éste salió corriendo de la habitación. El botones se fijó bien en él y avisó al policía de la casa. El policía encontró a la mujer en la cama. Le había rebanado el cuello, y bien. Pero el tipo llevaba mucha ventaja.

Respiré profundamente:

—El hombre que estaba aquí —dije—. Robusto, calvo. Estuvo hablándome de *el Sajatorsos de Cleveland*. Pero pensé que estaba borracho o que...

—La descripción del botones concuerda con la que nos dio un vendedor de periódicos de esta calle. Le vio venir hacia aquí. Como usted dice, era un tío robusto y calvo. Se quedó mirando mi bolsa.

—Se llevó la suya, ¿verdad?

Afirmé con la cabeza.

—Esto fue lo que nos ayudó a seguirle hasta aquí. Su bolsa de jugador de bolos.

—¿Alguien la vio?, ¿la describió?

—No, no hacía falta describirla. ¿Se fijó en que vine corriendo por la acera? Estaba siguiendo el rastro. Y aquí mismo..., eche una mirada al suelo, debajo del taburete.

Miré.

—Como puede observar no llevaba una bola en su bolsa. Las bolas no gotean.

Me senté en mi taburete y la habitación pareció dar vueltas. No me había fijado en la sangre antes.

Levanté la cabeza. Un policía entró en el local. Había venido corriendo a juzgar por cómo resoplaba, pero su rostro no estaba sofocado. Tenía un color blanco verdoso.

—¿Le alcanzaron? —preguntó el sargento.

—Lo que quedó de él. —El policía apartó la mirada—. No quiso detenerse. Disparamos por encima de su cabeza, a lo mejor oyó usted el disparo. Saltó la valla que hay detrás de esta manzana, corrió hacia la vía y lo arrolló un mercancías.

—¿Está muerto?

El sargento soltó una palabrota entre dientes.

—Entonces no podemos estar seguros —comentó—. Quizá, después de todo, no era más que un ratero.

—Ya lo verá —dijo el policía—. Hanson trae su bolsa. Cayó lejos de él cuando el tren le embistió.

En aquel momento, otro policía entró con la bolsa. El sargento se la quitó de las manos y la puso sobre el mostrador.

—¿Era ésta la que llevaba? —me preguntó.

—Sí.

La voz se me pegó a la garganta.

Me volví, no quería ver cómo el sargento abría la bolsa. Ni quería ver sus rostros cuando miraran dentro. Pero, *naturalmente*, les oí. Creo que Hanson se mareó.

Di al sargento mi declaración oficial, tal como me pidió. Quería un nombre y una dirección y se los di. Hanson tomó nota de todo y me hizo firmar.

Le conté la conversación con el desconocido, toda la teoría del asesinato como manía o pasatiempo, la idea de elegir a los desgraciados de este mundo como víctimas, porque nadie les echaría en falta.

—Suena a loco, cuando se habla así, ¿verdad? Yo todo el tiempo creí que hacía comedia.

El sargento miró la bolsa y luego me miró a mí:

—No era comedia. Era, probablemente, la manera de funcionar de la mente de un asesino. Conozco bien su historia..., todos los de la Policía han estudiado los casos de *el Sajatorsos*, durante años. La historia concuerda. El asesino dejó la ciudad hace veinte años, cuando la cosa se puso difícil. Probablemente se alistó en Europa y, tal vez, se quedó en los países ocupados cuando terminó la guerra. Después sintió la necesidad de volver a empezar de nuevo.

—¿Por qué? —pregunté.

—¡Quién sabe! Puede que para él fuera un pasatiempo. Una especie de juego. Quizá le gustaba ganar trofeos. Pero imagínese el valor que tuvo, metiéndose en plena Convención de jugadores de bolos y llevando a cabo semejante cosa. Con una bolsa para poder llevarse...

Imagino que se fijó en mi expresión, porque apoyó su mano en mi hombro.

—Perdóneme. Comprendo cómo se siente. Estuvo en gran peligro, hablando así con él. Probablemente el más inteligente de los asesinos psicópatas que jamás hayan vivido. Considérese afortunado.

Asentí y me dirigí a la puerta. Todavía podría alcanzar el tren de medianoche. Coincidía con el sargento sobre el riesgo corrido, y sobre el más inteligente de los asesinos psicópatas del mundo.

También estuve de acuerdo en lo afortunado que era. Quiero decir cuando, en el último momento, el ratero salió huyendo de la taberna y yo le entregué la bolsa que goteaba. Fue una suerte para mí que jamás pudiera darse cuenta de que había cambiado mi bolsa por la suya.

... Dijo Jack *el Destripador*

Robert Arthur

Quiero dirigirme, particularmente, a vosotros los realistas. Los maniquíes..., en todo caso, los que yo conozco pueden perfectamente hablar. Debo pediros que nunca tratéis de acallar las manifestaciones hechas por ellos o por otros objetos inanimados. Si tú, por ejemplo, te golpeas la pierna contra una silla atravesada en tu camino, golpéala, insúltala; pero, por el amor de Dios, no le niegues el derecho a replicarte.

Dos semanas antes de la inauguración de la temporada, Atlantic Beach Park era, cualquier noche, una ciudad fantasma, envuelta en sombras y silencio. Una neblina procedente del océano se enroscaba en la rueda Ferris, cubría la desierta montaña rusa y transformaba las luces de la calle en vacilantes manchas amarillas.

Dentro de la gran habitación del viejo edificio que albergaba la cámara de los horrores de Pop Dillon, el *Gran Museo de Figuras de Cera*, una bombilla polvorienta al final de un largo cordón proyectaba escasa luz, pero dejaba los rincones llenos de sombras que parecían agazapadas, a punto de saltar. Toda una vida dedicada al negocio de las ferias, había hecho del hombrecillo apergaminado que era Pop, un ave nocturna. Ahora estaba preparando su surtido de criminales, asesinos y víctimas a punto para la temporada de trabajo. En realidad sólo se trataba de quitarles el polvo del invierno o remendar algún que otro desgarrón en sus ropas.

Tarareando fuera de tono, Pop arregló la corbata de Hilmes, el rey de los asesinos de Chicago, cuyo extraordinario pasatiempo consistía en cortar a pedazos bellas jovencitas en el sótano de su casa. Después pasó a John Dillinger.

«Boga, boga, boga en tu barca, dulcemente río abajo

—canturreaba Pop para sí—, alegremente, alegremente, que la vida no es más que un sueño...»

—Hola, señor Dillinger. Tiene usted muy buen aspecto. Pero, cómo, ¿ha descuidado usted su pistola? ¡Está oxidada!

Dillinger no contestó. Unas veces lo hacía; otras, no. Dependía del humor. Pop estaba siempre dispuesto a charlar cuando una de sus figuras de cera parecía desearlo y, así, había sostenido muchas e interesantes conversaciones con algunos, como Jack *el Destripador*, que era, naturalmente, muy presumido. Otros nunca decían palabra..., eran del género silencioso. Pop nunca les forzaba a hablar... «Incluso un muñeco de cera tiene derecho a su intimidad», solía decir.

Pop estaba limpiando el polvo de Jack *el Destripador*, que, cuchillo en ristre, se inclinaba sobre una víctima femenina con una diabólica sonrisa en su rostro, cuando oyó abrirse la puerta principal.

—¡Pop! —Era Hendryx, el policía, un joven corpulento y amable que se adelantó hacia el punto de luz en el momento en que Pop se volvía—. Tengo algo que decirle.

—¿Sí? —dijo Pop lleno de curiosidad.

—Vengo a advertirle. Acaba de ocurrir hace un par de horas.

—¿Qué?

—Su viejo amigo Burke Morgan se ha fugado. Iba camino de la penitenciaría de Shore Beach...

—¿Que se ha fugado Morgan? —Las facciones ajadas de Pop reflejaron cierto disgusto—. Pero, ¡si va a ir a la silla eléctrica a medianoche!

—Iba.

—¿Quiere decir que ya no va?

—Tuvo la desfachatez de pedir al gobernador que retrasaran su ejecución. Dijo que no se encontraba bien para ser ejecutado. ¡Imagínese! Ha estado internado en el hospital de la cárcel con no sé qué. ¿Qué le parece el descaro?

A Pop sólo se le ocurrió mover la cabeza.

—Claro que el gobernador dijo que no. Pero tal como ha ido todo, no ha servido de nada. Burke se ha escapado. Creí que era mejor advertirle a usted.

—Mala cosa. Su fuga...

—Lo tenía todo preparado. Empezaron a ocurrir cosas sospechosas. Entonces, el gobernador manda trasladar a Morgan a Shore Beach, porque la silla eléctrica de la penitenciaría del Estado no funciona...

—Pero, me acaba de decir que no iban a electrocutarle...

—Porque se fugó. Iban cuatro guardias en la fugoneta y huyó. Apareció un camión, topó contra la furgoneta y la volcó.

—Vaya, ¡qué desgracia!

—Tuvieron que sacar a Morgan de la furgoneta con un soplete. Y los dos que lo hacían llevaban ametralladoras... Es así como me lo han contado.

—¡Oh, deben apresarle! —gimió Pop—. Todo mi verano se arruinará si no le cogen.

—Yo sólo quería advertirle. Creen que está herido. Y esto no le hará mucha gracia. Bueno, tengo que irme ya. Sólo le digo que esté al acecho.

—¡Todo el verano al diablo! —se quejó Pop—. Mire esto, Hendryx, fíjese en la presentación. Será una gran atracción, pero sólo si se electrocuta a Morgan.

—Debería irme —repitió Hendryx siguiendo a Pop hasta una silla eléctrica, de lo más realista, colocada sobre una plataforma en medio de la habitación. Luego preguntó—: ¿Qué será la atracción, Pop?

—Pues estoy haciendo una figura de cera de Burke Morgan, la tengo en el taller. Aparecerá sentado en esta silla eléctrica. Es bonita, ¿verdad? La conseguí en Race Street a un precio muy razonable en una casa de *atrezos* para los teatros.

—La muchacha que lleva la bandeja, figura ser Alice Johnson, ¿verdad?

—Y sentado ante la mesa está Pretty Boy Thomas. Es la misma mesa donde estaba comiendo cuando Morgan se acercó a la ventana de Briny Spray Oyster House junto al muelle de madera y le pegó un tiro por una simple discusión.

—Se parece mucho a Pretty Boy, Pop, de verdad. Parece vivo..., aunque lo cierto es que no lo está.

—Voy a llamar a este grupo «Burke Morgan, ganador del concurso, electrocutado, contemplado por sus víctimas».

—Buena idea, Pop. Pero de verdad que tengo que irme.

Sólo quería avisarle. Si oyera a alguien tratando de entrar, mejor que nos llame enseguida.

—Ese Burke Morgan es un presumido. El haber tomado parte en aquel concurso, todavía le envaneció más. Siempre presumiendo de lo mucho que había leído sobre el crimen y los criminales, así que al salirle ese tema en el concurso fue estupendo para él. De todos modos, vino a verme para hablar de mis huéspedes.

—Típico de Morgan —observó Hendryx.

—¿A que no sabe lo que me dijo? Que los otros criminales eran analfabetos y por eso les apresaban. Luego añadió que había matado a doce hombres, ¡una docena entera!, y que nunca se había sospechado de él.

—Está bien, Pop. Tenga mucho cuidado.

Hendryx se marchó. Por un momento, Pop pareció deprimido al acercarse a la mesa primorosamente servida donde una figura hermosa, de cabello rizado, parecía estar comiendo. Pero empezó a limpiar el polvo de la loza y los cubiertos y los volvió a colocar.

—Así es la vida, Pretty Boy —suspiró—. Preparo una buena escena y va Burke Morgan y se fuga. A lo mejor todavía puedo salvarlo... Montar otra vez el asesinato, el momento en que Morgan te dispara mientras tú comes ostras. ¿Por qué fue esa pelea entre los dos?, dime.

Esperó, pero Pretty Boy no contestó. Probablemente, también Pretty Boy estaba preocupado por la fuga. Quizás hubiera preferido formar parte del grupo que contemplaba la ejecución en lugar de recrear su propia muerte violenta.

Pop se volvió a la figura de Alice Johnson, una joven esbelta de pelo castaño oscuro y ojos tristes, la muchacha que había presenciado el crimen. Arregló el delantal de Alice, se aseguró de que la bandeja estaba firme y le atusó el cabello.

—Ya está. Estás muy guapa, Alice.

Creyó oírla decir «gracias», pero no estaba seguro. Alice seguía siendo muy tímida y apenas hablaba más fuerte que un susurro. Pero estaba tan guapa, que Pop no pudo evitar decirle:

—Si no hubieras gritado, Alice, Morgan no se habría fijado en ti y no hubiera disparado. Pero, bueno, no te pongas triste, no debí habértelo recordado. Sé que es una pesadilla, pero serás feliz aquí con nosotros, Alice; de verdad que lo serás. Este verano podrás ver a miles de personas que te admirarán, ya lo verás. Y después de todo, si no hubieras gritado no habrían apresado a Morgan.

Pop, con mucho tacto, dejó que Alice recuperara la compostura y siguió limpiando el polvo hacia lo más oscuro de la habitación. Allí se paró. Un muñeco no estaba en su sitio.

—Vamos, Burke Morgan —le reprochó—, ¿qué estás haciendo en este rincón?

—Está bien, Pop —contestó la figura a media voz—, tómalo con calma, no querrás que te mate.

La expresión de Pop se volvió severa. Sus figuras estaban autorizadas a hablarle, pero no se les permitía amenazar.

—No me hables así, Morgan —le advirtió—, o te meteré una semana en un armario oscuro. Además, todavía no estás terminado. Así que vete ahora mismo al taller.

La figura de cera se adelantó unos pasos, con un brillo de acero en la mano.

—Soy yo, Burke Morgan —dijo la voz curiosamente culta y dulce—. No creerás de verdad que una de tus figuras se pone a hablar contigo.

—Claro que lo hacen —le respondió Pop, dándose cuenta de que este Burke Morgan era de carne y hueso y no de cera. Aparentemente el bandido se había deslizado a la cámara de los horrores para esconderse—. Casi todos ellos me hablan. Jack *el Destripador* y Billy *el Niño* son muy buenos conversadores. Un poco fanfarrones, eso sí. Solamente Jesse James es el que nunca dice nada. Creo que Jesse James está enfadado porque la gente ya no le presta tanta atención.

—Desconecta, *estás* hablando demasiado. —Morgan se adelantó y cacheó a Pop, luego guardó su propia pistola—. Si quieres vivir para inaugurar esta fábrica de horrores el mes que viene, mejor será que hagas lo que te diga.

—Lo haré —prometió Pop—. Y todos los presentes también. No queremos que nos hagas daño. La mayoría de los que están aquí, excepto yo, ya han sido asesinados, y con una vez basta.

—La Policía ha rodeado la casa y yo tengo una herida en el hombro. Tengo que llegar al escondrijo que mis amigos me han preparado. Ahí es donde entras tú.

Pop movió la cabeza, dubitativo:

—No hay ninguna posibilidad. La Policía descubrirá tu ropa de presidiario al instante.

—Pero, ¿qué es lo único que no descubrirán esta noche? —susurró Burke Morgan—. Otro policía. Aquí tienes media docena de figuras que visten uniforme de policía. Quiero uno de esos uniformes.

—Oye, es una idea muy inteligente. —Pop ladeó la cabeza y escuchó—. Todos lo consideran muy inteligente, Burke. Jack *el Destripador* dice que eres un tío de recursos.

—Deja en paz a Jack *el Destripador*. Un hombre debe poseer cerebro e imaginación para sobresalir en cualquier negocio, Pop, y yo los poseo. Por eso estoy aquí y no en la perrera estatal esperando el paseo hacia la pequeña puerta verde. Ahora ayúdame con esto... ¡Mi hombro! Tendrás que cortarme la chaqueta para quitármela.

—¡Oh, no quisiera tener que hacerlo! Si puedo sacarte la ropa sin cortarla, puedo utilizarla. Puedo enseñar la ropa de presidiario que llevabas al fugarte la noche que tenían que electrocutarte.

—Pop, no me hagas enfadar. El médico de la cárcel dijo que enfadarme era malo para mi salud, así que procuro tratarte con dulzura. No me importa si los veinticinco años de dirigir este depósito de cadáveres te han estropeado las marchas y piensas que tus muñecos te hablan, pero *conmigo* no juegues.

—Oh, no hablan sólo conmigo —explicó Pop—, también hablan entre ellos. Tendrías que haberles oído hablar la noche que mataste a Pretty Boy y a Alice Johnson en el muelle de madera. ¡Qué excitados estaban...! ¡Oh, perdóname! Te cortaré la chaqueta ahora mismo y no diré ni una palabra más.

—¡Pop! —La palabra sonó como un disparo—. ¡Alguien está golpeando la puerta!

—Probablemente es Hendryx que ha vuelto. —Pop miró hacia la puerta—. No puede ser más que él.

—¡Échale! —El hombre alto, de claros ojos azules, se metió entre un grupo de figuras junto a una mesa de juego. Una de las figuras era Jesse James y detrás de él, Howard, su asesino, se aproximaba con un revólver en la mano. Junto a la mesa, Morgan se quedó inmóvil como si fuera otro mirón.

—Esperaré aquí hasta que se haya ido —murmuró Morgan—. Recuerda, te estaré apuntando. Una sola palabra equivocada y tú y el policía pasaréis a ser personajes de este cementerio tridimensional.

—Tendré cuidado —prometió Pop—. Todo el mundo debe prometer guardar silencio. Especialmente tú, Billy *el Niño*. —Y levantó la voz—. ¿Es usted, Hendryx?

El corpulento policía traspasó la puerta.

—Sólo quería volver a advertirle, Pop. Hace una hora han visto entrar a Morgan en el parque de atracciones. Vamos a recorrer el lugar palmo a palmo. Nos han dado orden de disparar a matar.

—¡Oh, por favor, no le maten! Si le prenden vivo todavía podrá ir a la silla eléctrica y yo podré utilizar mi nuevo montaje.

Se oyó un leve ruido, un breve movimiento. El joven Hendryx se quedó mirando al grupo de figuras junto a la mesa de juego.

—Pop, ¡una de esas figuras se ha movido!

—¡No puede ser! Me prometieron que se quedarían quietos.

Pero Hendryx había sacado el revólver y se dirigía al cuadro de la mesa de juego. No había dado más de dos pasos cuando el destello de un 38 rasgó las sombras sobre los rostros de cera de un montón de figuras que parecían, horrorizadas, hacer muecas de excitación.

Hendryx se quejó al entrarle la bala, exhaló un extraño suspiro gutural, y cayó de cara.

Pop permaneció rígido.

—Mejor que te marches, Morgan —le dijo—. Aunque la Policía no haya oído el disparo, no tardarán en llegar porque están registrando todo el parque. Encontraran a Hendryx y te encontrarán a ti; aquí ya no queda sitio donde esconderte.

—Ya lo creo —objetó Burke Morgan—. Así que me quedo. Primero, echa dos o tres de esas figuras de uniforme sobre el policía. Si alguien hace preguntas, di que las vas a llevar al taller para repararlas.

—Podría resultar, sí, creo que sí —accedió Pop—. El doctor Crippen, el envenenador inglés, dice que cree que saldrá bien. Y tú, ¿qué?

—Por mí no te preocupes, Pop. ¿Se te ha olvidado ya?, ¡tengo imaginación! Así que cuando llegue la Policía estaré preparado. Y tú no me delatarás o recibirás lo que recibió Hendryx. Ahora date prisa y amontona las figuras encima de él.

—Sí, Morgan, así lo haré. Y no diré una palabra a la Policía. Y esto vale para todos. —Pop levantó la voz—. Si viene la Policía, ni una palabra de lo ocurrido, ¿me habéis oído?

Esperó, luego movió afirmativamente la cabeza:

—Lo han prometido, Morgan. Incluso Billy *el Niño* lo ha prometido. Por mí. No dirán una sola palabra.

—Mantenga los ojos abiertos, Pop —le gritó el inspector de Policía en el momento de salir—. Si oye algo, no tiene más que tocar el silbato que le he dado. Vendremos corriendo. Morgan está en alguna parte por aquí cerca.

—Así lo haré, inspector —contestó Pop Dillon, manteniéndose cuidadosamente delante de la figura sentada en la silla eléctrica, una figura con el rostro cubierto por una caperuza negra, con una chapa de metal sobre el cráneo, con unas correas sujetándole las manos y los tobillos.

—Buenas noches —dijo el inspector Mansfield, y salió seguido de sus hombres.

Al cerrarse la puerta, la figura de la silla eléctrica se movió. Burke Morgan apartó las falsas correas que parecían sujetarle pies y manos, apartó la cacerola de metal de su cabeza y se quitó el trapo negro de la cara. Hizo una mueca de dolor cuando su hombro herido protestó.

—Creí que no se iban nunca —dijo—. Suerte que tenían prisa, porque mi hombro estaba doliéndome mucho. Pero, ya viste, ni siquiera me miraron.

—¡Oh, fue una idea muy original! Pero ahora, ¿qué puedes hacer? Si salieras, incluso vestido de policía, te reconocerían; hay muchísimos.

—No lo creo. De todos modos, voy a quedarme aquí otro par de horas hasta que se marchen a otra parte. Si vuelven, volveremos a hacer lo mismo. Yo me voy a quedar aquí en esta silla y tú puedes sentarte en tu vieja mecedora. Esperaremos juntos, Pop.

Pop se limitó a mover la cabeza. Le parecía haber oído a Jack *el Destripador* preguntar: «¿Y qué se propone hacer contigo, Pop, cuando se marche?». Pero creyó más prudente no pasar la pregunta a Burke Morgan.

—Apaga la luz —le ordenó Morgan—. Saben que estás aquí y que no puedes dormir con la luz encendida.

Pop, obediente, tiró del cordón. El hombre alto y flaco masculló una maldición.

—¡Pretty Boy Thomas y la muchacha! —exclamó—. ¡Sus rostros brillan en la oscuridad!

—Es fósforo —le explicó Pop mientras se acomodaba en su vieja mecedora—. Figura que son espectros, o algo así, contemplando tu muerte. Deberías oír la cinta que grabé. Es muy dramática.

—Basta de charla. Debería enfadarme por tus exhibiciones, pero no lo haré.

Pop se recostó cómodamente. ¡Cuántas noches había pasado adormilado hasta el amanecer en la vieja mecedora! Observó a Morgan tratando de acomodarse en la rigidez de la falsa silla eléctrica, y se dio cuenta de que el hombro de Morgan tenía que haber empeorado..., y mucho, porque Morgan se revolvía muy inquieto.

—El pobrecillo necesita una droga. Sospecho que morfina.

Era el doctor Crippen, susurrándole al oído.

—Está mal. —era Dillinger, que comentaba en tono frío y profesional—. Probablemente le inyectaron cuando le sacaron y ahora necesita otra. Seguro que sus nervios se revuelven como gusanos metálicos dentro de su piel.

Pop estaba de acuerdo. Había visto en su oficio demasiados casos para no reconocer los síntomas. Burke Morgan estaba sufriendo, pero Pop no podía hacer nada por él. Cerró los ojos; su respiración se hizo profunda y regular. A los pocos minutos estaba roncando.

El hombre alto, sentado en la silla, en la pequeña plataforma, oyó los ronquidos y se quedó malhumorado. El dolor del hombro se había transformado en un ardor continuo, interrumpido, a veces, por ramalazos de dolor agudo. Sentía que el sudor le bañaba la frente. Le temblaban las manos. Hubiera querido gritar, maldecir, intentar la huida, abrirse paso a tiros por entre los policías del exterior.

Pero no hizo nada. Así era como podía morir un hombre..., por obrar impulsivamente. Había matado a Pretty Boy Thomas impulsivamente y le habían cogido. Ahora se instaló bien en la silla, decidido a mantenerse quieto, y lo consiguió. Se concentró de lleno en la necesidad de pasar la noche.

Había estado aquí, en el museo de figuras de cera de Pop Dillon, infinidad de veces. Ahora, en la oscuridad solamente rota por la escasa luz procedente de un farol cercano a la ventana, podía percibir las figuras de bandidos, criminales, asesinos y sus víctimas. Podía percibirlos hasta el punto de casi oírles hablar y verles moverse. No era extraño que Pop, después de tantos años, pudiera creer que hablaban. En aquel silencio, Burke Morgan se encontró esperando que una voz lo rompiera.

—Morgan...

Hubiera jurado que oyó pronunciar su nombre.

—Burke Morgan...

Sí, lo había oído. Miró a Pop. A la escasa luz vio a Pop dormido en su mecedora, con la boca entreabierta por los ronquidos, con el pecho subiendo y bajando con cierta irregularidad.

Burke Morgan se pasó la lengua por los labios. Era la falta de polvos blancos. No hubiera debido aceptar el pinchazo cuando le sacaron de la furgoneta de la cárcel. Pero le había ayudado. Ahora iba a tener que parar su imaginación. Hacía falta imaginación para conseguir desbaratar una silla eléctrica gracias al soborno de un electricista, organizar su traslado, preparar su fuga y llevarla a cabo pese a que todo saliera mal. Pero ahora era preciso dominar su imaginación. Podía esperar. Otras veces lo había hecho.

El silencio parecía estirarse como una goma tensada al máximo que no se rompe. Apretó los dientes y agarró con fuerza los brazos de la silla para aquietar el temblor de sus manos.

—Burke Morgan...

Esta vez lo oyó con toda claridad, pero sabía que era una voz en su mente, no en sus oídos. El rostro fosforescente de Pretty Boy Thomas parecía sonreírle.

—¿Qué te parece esperar a que tiren de la clavija a medianoche? ¿Qué te parece saber que sólo te quedan un par de minutos de vida?

Estuvo a punto de contestar sin darse cuenta, pero apretó los labios. Así es como uno enloquecía, contestando a voces que no existían. Otra vez el silencio volvió a estirarse al máximo.

—No lo sabe.

Era la dulce voz de la muchacha. Miró hacia Alice Johnson y hubiera jurado que los labios de la muchacha se habían movido.

—Explicadle que está soñando, que está libre y lo entenderá.

—No es más que eso, Burke. —Y esta vez pudo oír bien la voz de Pretty Boy—. Estás soñando con nosotros. Es casi medianoche, necesitas desesperadamente el polvo blanco y estás amarrado a la silla eléctrica. No puedes soportar la idea de morir, así que sueñas que te has fugado, sueñas que vas a alejarte. Pero no es así.

Burke Morgan cerró la boca y cortó la respuesta que casi había formulado. Había oído hablar de toda esa historia fantástica que le hace a uno creer que está libre antes de bajar la clavija. «La mente huyendo de la realidad», lo llamaban. Pero esto era real. No era ningún sueño.

Se mordió los labios hasta que le sangraron y los rostros de Pretty Boy Thomas y de la muchacha dejaron de tener vida, se volvieron de nuevo simples caras de cera.

Silencio, largo y tenso silencio.

—Casi medianoche —dijo Alice Johnson, y Morgan pegó un salto.

—Dentro de un minuto te reunirás con nosotros —anunció Pretty Boy—. Fíjate, se puede oír el reloj que da las primeras campanadas de medianoche.

No tenía que fijarse. La primera campanada del reloj de la torre hizo vibrar el aire, y para él fue como el doblar a muerto.

—Pronto habrá terminado todo. —La voz de Pretty Boy era casi tierna—. A la sexta campanada bajarán la clavija y tres mil voltios se estrellarán en tu cuerpo, quemarán tus nervios y el cortocircuito deshará tu cerebro. Fíjate, ésta es la cuarta campanada..., la quinta...

Burke Morgan creyó oír un coro de voces contando juntas *cuatro...*, *cinco...*, *seis...*

Hizo un esfuerzo por no oírlas, por no oír el sonoro reloj, por no oír nada. Pero no pudo impedir el chasquido de la corriente eléctrica entrando en su carne. No pudo ignorar el enorme ramillete de chispas que surgió junto a su cabeza, junto a sus manos, junto a sus pies, ni el olor a quemado...

Burke Morgan dio un salto. Exhaló un grito y le pareció que cien gargantas le respondieron. Luego, silencio, oscuridad, nada.

Pop Dillon volvió a acomodarse en su mecedora porque pronto llegarían los fotógrafos y los reporteros y tenía que estar dispuesto. En los periódicos de mañana habría artículos sobre la cámara de los horrores. ¡Oh, sería un verano maravilloso! Ahora por fin se había ido la Policía, llevándose los cuerpos de Burke Morgan y del pobre oficial Hendryx al depósito, cuerpos que eventualmente serían inmortalizados, en cera, en la cámara de los horrores.

—Pop. —Era la voz de Pretty Boy Thomas..., sí, lo era—. Muy inteligente, Pop. Incluso a mí me pareció mi propia voz.

—Y también la mía me lo pareció. —Aquella dulce y tímida vocecita sólo podía ser la de Alice Johnson.

—Bueno, después de todo, yo fui un buen imitador —respondió Pop con modestia, pero encantado con las alabanzas—. Lo fui por espacio de diez años en una compañía de ferias. ¿Sabéis lo que es un imitador? Un ventrílocuo, sí. La gente de las giras los llama así.

—Lo manejaste muy bien. —Esta vez era Jack *el Destripador*. Las voces no eran más fuertes que el roce de los ratones en la madera, o el movimiento de las cortinas en las ventanas. A cualquiera, excepto a Pop, es lo que le hubieran parecido—. Me estuve preguntando si intentarías el chorro de chispas que inventaste para impresionar a la gente y sorprenderla, apretando con el pie un botón junto a la plataforma.

—Sí, pensé que le sorprendería el tiempo suficiente para dar lugar a llegar a la puerta y pedir auxilio.

—Lo que no sabías era que fue por el corazón por lo que fue al hospital de la cárcel —dijo el doctor Crippen, el envenenador, con indiferencia profesional—. Pero la necesidad de droga, la tremenda tensión, el sobresalto y el corazón en mal estado le mataron. Ahí mismo, en tu silla eléctrica.

—Recibió su merecido —refunfuñó Dillinger—. Deberías permitirme tener balas de verdad en mi pistola y te hubiera ahorrado todas esas molestias.

—Así ha sido mejor —afirmó Billy *el Niño*—. Tendremos un verano estupendo. La gente llegará en oleadas.

—Las oleadas serán para verme a *mí* y no a ti, viejo polvoriento y apolillado —rezongó una voz suave, y un silencio de asombro llenó la enorme estancia.

Los ojos de Pop Dillon se abrieron sorprendidos para mirar la figura de Burke Morgan que había subido del taller y la habían sentado en la silla eléctrica en honor a los fotógrafos.

—¿Es éste el modo de hablar, Morgan? —preguntó Pop, severamente—. Apenas acabas de morir y ya estás fanfarroneando.

—Es verdad, y lo sabes —protestó Burke Morgan—. Invadirán el lugar para ver la silla eléctrica donde morí, a medianoche, en el preciso momento en que la sentencia decía que debía morir.

Pop se disponía a contestar, cuando Jack *el Destripador* le interrumpió:

—Déjale que hable cuanto quiera. No le contestes y se cansará de que no se le haga caso. Es una tontería preocuparse por lo que más atrae a la gente, porque lo que es bueno para uno es bueno para todos. Pensemos únicamente en lo que ocurriría si Pop tuviera que dejar el negocio. Nos venderían, nos fundirían..., nos *matarían*.

Hubo un murmullo en la estancia, una agitación de ansiedad, un rumor como los crujidos de madera vieja.

—¡Oh!, todavía me queda tiempo —les tranquilizó Pop—. Pero deseo que este verano os portéis mejor que nunca, que la representación sea la mejor de todas.

—Lo haremos... Lo haremos... Ten la seguridad de que así lo haremos... —le aseguraron.

Cerró los ojos, satisfecho. Formaban un buen grupo de trabajo. Iba a ser un verano maravilloso.

Mientras iba adormeciéndose, pudo oír el susurro de voces menudas que departían en la oscuridad. Todas ahora discutían los acontecimientos de la noche.

Incluso Jesse James.

Una pistola con corazón

William Logan

Me he convencido de que los asesinos son hombres que aman su trabajo. Al terminar el día, cuando marchan a su casa, tienen realmente la sensación de que han cumplido bien su cometido. Al contrario del empleado de camisa blanca y traje de franela gris, llevan su trabajo hasta el final..., hasta el final de uno u otro.

—No quiero volver sin él —dijo George.

Su mujer, sentada ante la mesa blanca de la cocina, tenía un calcetín y el huevo de zurcir en la mano. Metió el huevo dentro del calcetín, levantó la mirada y preguntó:

—¿Por qué no? ¿Qué diferencia hay?

—En primer lugar, para mí, una gran diferencia —respondió George—. Y en segundo lugar, soy un hombre en el que se puede confiar y tengo que seguir siéndolo. Es cuestión de reputación.

—Terry no va a deshacerse de ti porque vuelvas sin ese hombre —observó su mujer—. Puedes irte y pasar un par de días buscando..., pero buscando de verdad. Sabes perfectamente dónde no está, no sé si me entiendes. Puedes hacer que parezca bien hecho, George. Luego regresas, ¿qué mal hay en ello?

—No me gusta, ahí está el mal —insistió George—. Nunca hice nada como esto.

—Tampoco nunca tuviste un encargo como éste —le recordó su mujer.

George se acercó a la nevera, la abrió, estudió por un momento su contenido, sacó una naranja y empezó a mondarla cuidadosamente, sentado al otro lado de la mesa blanca.

—Ésta no es la cuestión —replicó—. La cuestión es, ¿se puede o no se puede confiar en mí?

—George...

—Me gusta tan poco como a ti, pero Terry sabía lo que hacía al pedirme que me ocupara de esto. Debió de imaginar que yo le conozco mejor que nadie y, por tanto, soy el hombre indicado para encontrarle. Debió de pensarlo así.

George se metió un gajo en la boca. Su mujer no le quitaba ojo de encima, hasta que le preguntó:

—¿Cómo puedes estar sentado aquí comiendo, hablando de ello y sin perder la calma? ¿Para ti no significa nada?

—No digas eso —la recriminó George, tragando otro gajo—. Éramos íntimos. En algún momento, tan íntimos que más parecíamos hermanos. Y lo siento, pero ¿qué otra cosa puedo hacer?

—Puedes hacer lo que te he dicho. Simular bien que has estado buscándole. ¿Nunca has buscado a nadie sin encontrarle?

George movió la cabeza afirmativamente. Se metió otro gajo en la boca, lo masticó y lo tragó.

—Solamente una vez. Luego resultó que el hombre había muerto de muerte natural.

—No importa cómo resultó —insistió su mujer—. ¿Acaso entonces Terry quiso deshacerse de ti?

—Pero no quedó nada contento.

—Pero sigues aquí. —Dejó el calcetín y el huevo de zurcir sobre la mesa—. Sigues estando vivo.

—Sí —asintió George—, claro. Será mejor que me vaya. Me espera un largo viaje.

—Piensa en lo que te he dicho —insistió la mujer—. Quiero decir, piénsalo en serio.

—Claro que sí.

Se levantó, se tragó el resto de la naranja, se ajustó la pistolera y la cubrió con la chaqueta.

—Quizá convenga que me lleve un impermeable —dijo—. Puede que llueva. Nunca se sabe.

Su mujer permaneció sentada, sin contestarle. George fue al armario de la entrada, recogió el impermeable, lo dobló con cuidado y se lo colgó del brazo.

—Te veré cuando te vea.

—George, por favor...

—No discutamos más. Me voy. Tengo que irme.

—No me gusta nada —repitió la mujer.

—Pensaré en lo que me has dicho —aseguró George—. Te lo prometo.

—¿Es que no puedes hacer lo que yo quiera? Es lo mismo que quieres tú, o lo que me dijiste que querías.

—Ya hemos hablado bastante. —Se fue hacia la puerta—. Me voy de verdad.

—¡Por favor, George! —insistió su mujer.

George se encogió de hombros.

—Te llamaré cuando vaya a volver.

George conducía cuidadosamente, no demasiado de prisa; salió de la ciudad hacia la autopista. Había muy poco tráfico; George se permitió el lujo de fumar un pitillo mientras conducía y pensó en lo que iba a hacer a continuación.

Pensó en que Fred era su primo, y que quizá su mujer tuviera razón; había que pensarlo bien. No era lo mismo que ir tras un desconocido. Él y Fred se habían querido más que como primos; durante muchos años habían sido como hermanos. George recordaba secretos compartidos, expediciones a las que habían ido juntos. Cuando Fred terminó en la escuela superior, George, un año mayor que él, ya era un correo para la organización y consiguió a Fred su primer empleo.

Ahora Fred había abandonado la organización: anunció que iría por el camino recto y que no quería tener nada que ver con la organización. Naturalmente, Terry también tenía razón; no podía permitir que se saliera con la suya; un hombre en una situación de responsabilidad debía mantener la boca cerrada si alguna vez decidía abandonar. No se podía volver a confiar en un hombre una vez alejado de la organización. Y si ese hombre conocía demasiados secretos, había que eliminarlo. Aparte de lo que decía Terry sobre dar una lección a los demás, estaba la cuestión de que Fred sabía demasiado y George se daba perfecta cuenta de que Terry tenía razón.

Fred no había sido un correo de poca monta ni siquiera

un operador independiente cuando se fue, no era como un tenedor de libros o un segundón que apenas sabe nada sobre los jefes y el trabajo de la organización. Él había formado parte del grupo, un principiante que había subido. Nunca anduvo armado, naturalmente; no servía para este tipo de trabajos, y George, que estaba convencido de ser uno de los mejores tiradores de la organización, sabía también cómo era su primo. Fred había sido valioso a su modo, valioso y de confianza. «Si un hombre en un cargo de responsabilidad se aparta de la organización —se dijo George—, hay que cerrarle la boca; ya no se puede confiar en él.» George lo sabía perfectamente: aunque uno le hubiera situado en la posición de responsabilidad, aunque fuera pariente cercano, aunque hubieran sido hermanos.

George tenía, pues, que hacer el trabajo, y lo aceptaba. Pero al salir de la autopista y acercarse a Nueva York donde Fred había ido, donde estaría escondido, empezó a sentir cierta angustia.

«Ella debería conocerme mejor y evitar discutir conmigo», se dijo George. Estaba nervioso, sin saber por qué; pensó que podía ser la conciencia o la compasión, no sabía bien lo que era o cómo podía manifestarse; lo achacó solamente al nerviosismo. «Debió callarse —pensó George—. Ella me conoce y sabe que haré lo mejor; pero empiezo a preocuparme.»

George temió que esto afectara su búsqueda, o el momento en que lo encontrara. Tenía miedo a hacer algo mal y entonces, ¿qué ocurriría? A pesar de las palabras de ánimo, a pesar de la confianza de su mujer, ignoraba qué le ocurriría si informaba a Terry de haber fracasado. Era posible que se decidiera que su utilidad había terminado y entonces sería él el perseguido, tendría que correr para salvar la vida..., y enfrentarse finalmente a otra pistola, movida por las órdenes de la organización.

«Fred debió pensarlo mejor —se dijo—. Lo que hizo no ha sido por mi culpa. Sabe perfectamente lo que le espera.»

George iba repitiéndose esto una y mil veces. El trayecto a oscuras iluminado sólo por las farolas de la autopista era largo y solitario. Fred sabía lo que estaba haciendo. Volvió a repetirse: «No puedo permitirme indisponerme con la organización o dejar que me maten sólo por su causa. Si él quiere hacerse el idiota no significa que yo no pueda seguir trabajando bien.

»Y lo que siento..., bueno, eso es cosa mía. Éste es mi trabajo. Esto es lo que hago y lo que tengo que hacer. No puedo jugar con mi trabajo, como si no significara nada».

George llegó a los suburbios de la ciudad, la primera salida fue Queens, y disminuyó la velocidad. El trayecto casi había terminado; ahora empezaría la búsqueda. «Deja de pensar tonterías —se dijo desesperadamente—. Basta.»

Encontrar a Fred iba a ser sencillo. Sabía que estaría con una muchacha, y conocía a la muchacha...

«Fred no se habría molestado en esconderse por nada», se dijo. Se irritaba, y no sabía por qué; se esforzó por no pensar. ¡Había tantas cosas en este trabajo que le angustiaban!; este trabajo era completamente distinto, no como los que estaba acostumbrado a llevar a cabo.

De todas formas, George sabía que la muchacha vivía en la Calle 53 Este y sabía que Fred estaría con ella tarde o temprano. Condujo el coche a través del enorme tráfico de Nueva York, teniendo buen cuidado de no verse envuelto en ningún accidente y se detuvo junto a la acera, a tres casas de los apartamentos donde vivía la novia de Fred.

Tan pronto como aparcó, vio pararse un taxi delante de la casa y bajar a una muchacha. George se preguntó si esperaría a Fred, pero decidió que puesto que la joven había llegado ya, sería mejor subir con ella y no darle a Fred la oportunidad de escabullirse. También cabía la posibilidad de que él ya estuviera arriba. Ahora pensaba maquinalmente, sin permitirse ni siquiera el placer de recordar otros trabajos bien hechos, limpiamente planificados y cuidadosamente ejecutados; en este trabajo, en particular, no podía haber el menor placer. Completamente insensible, supo que existía el peligro de que reaparecieran aquellas raras sensaciones, conciencia, compasión o lo que fuera; no podía permitírselo en aquel estado de cosas.

Siguió a la muchacha desde la puerta de entrada al ascensor. Contempló las paredes de espejos del vestíbulo y la puer-

ta principal; él y la muchacha eran desconocidos y ni uno
ni otro habló o dio a entender que podían conocerse. Unos
segundos después llegó el ascensor. La joven entró y George tras ella.

Apretó el botón del cuarto piso. George se quedó esperando. Cuando el ascensor se detuvo, la joven abrió la puerta y George la siguió. Fue directamente a su puerta pensando, probablemente, si pensaba algo, que aquel hombre iría
a otro apartamento del mismo piso. Pero iba pegado a ella
hasta que llegaron a la puerta, donde sacó cuidadosamente
la pistola procurando que quedara totalmente oculta por la
chaqueta al tiempo que le decía en voz baja:

—Abra la puerta y entre delante de mí; no le pasará nada.

La joven se volvio y se le quedó mirando.

—No... —dijo finalmente.

—Abra la puerta —repitió George—. No quiero hacerle
daño.

—... si está buscando a..., no está aquí. No sé lo que
quiere.

—Sabe perfectamente lo que quiero. No nos quedemos
aquí hablando. Vamos. Entremos.

—No puede...

George le hizo un gesto con la pistola.

—... están esperándole dentro. Le matarán.

George movió la cabeza.

—Estoy harto de perder el tiempo.

Y volvió a señalar, irritado, con la pistola.

La muchacha se volvió sin decir palabra, abrió la puerta
y entró. En el último momento trató de darle con la puerta en las narices, pero George se lanzó hacia delante y pe-
netró en el apartamento.

Cerró la puerta tras él y se apoyó en ella un instante.
Ante él se extendía un largo corredor alfombrado de rojo
con las paredes pintadas de gris perla. Al final había una
gran habitación. Las puertas daban al corredor, a su izquierda.

George sacó el revólver de debajo de la chaqueta. Los ojos
de la muchacha se abrieron asustados.

—No trate de hacer ruido —le advirtió—. Puede que vi-

niera alguien, pero llegaría demasiado tarde para usted.
Y tampoco ayudaría en nada a su Fred.

—¿Fred? —repitió la joven—. No conozco a ningún Fred.
¿De quién está hablando?

—No juegue conmigo.

—Oiga... Por favor, por favor, créame, no conozco a ningún Fred.

George se apartó de la puerta, pero se mantuvo entre ella
y la joven. La hizo retroceder por el corredor hasta llegar
a la sala de estar y se sentó en un sofá.

—Siéntese y escuche. Puede que sea una larga espera.

—No conozco a ningún Fred —insistió la joven—. Estará
usted en un sitio equivocado. La verdad es que..., no sé de
qué me está usted hablando.

—Claro —dijo George—, claro.

—Puede usted bajar y preguntar. Le dirán que vivo sola.
Así que a quien esté buscando...

—Siéntese —ordenó George, señalando con la pistola. La
joven se dejó caer, atontada, sobre una silla—. ¡Con que
vive sola! ¡Ya! ¡Ya! Fred paga el alquiler. Bien, no me enga-
ña y es inútil que lo intente.

La joven guardó silencio largo rato. George supuso que
intentaba decidir si continuaba o no con su cuento.

—No puede matarle —dijo con dulzura, a media voz—.
Fred no quiere hacer daño a nadie. Lo único que quiere es
que le dejen en paz.

—Pero yo tengo un trabajo que hacer —replicó George.

—Pero es que Fred no ha hecho nada.

—Ésa es una suerte que no podemos correr.

Estudió a la muchacha y admiró el gusto de Fred. No era
muy alta, pero sí esbelta, con cabello castaño claro y un rostro en forma de corazón. Era muy bonita y agradable y esto
contaba mucho.

De pronto no supo si podría llevar a cabo el trabajo. Estaba asustado y se esforzaba por acallar sus sentimientos.

—¡Por favor! ¡Por favor, haré cualquier cosa! —suplicaba
la muchacha.

—¡Es inútil y usted lo sabe —dijo George, irritado.
Si abandonaba ahora, Terry mandaría a alguien más, y

quizás incluso a un tercero a por él. Incluso imaginar que podía dejar el trabajo sin hacer, era pura demencia...

—¿Por qué me hace esto?

—Quiero que se quede sentada aquí, donde está, y deje de hablar. Una sola palabra y disparo. Llevo silenciador, así que podré seguir esperando a que llegue Fred.

—Por favor...

Al fin se quedó callada.

Permanecieron sentados, sin moverse. El apartamento estaba mudo; estaban como envueltos en una masa de algodón, y no había solución, no había salida posible, no podía volver a un período más simple de su vida pasada.

Sostenía el arma en una mano, como una pesa, y se mantenía inmóvil, esperando.

Se oyó el timbre de la puerta y George y la joven salieron juntos del salón hacia la entrada. George andaba tras ella, pero ahora el revólver estaba escondido en el bolsillo.

—Abra —ordenó a la muchacha.

El timbre volvió a sonar y ella alargó la mano. Una voz dijo desde fuera:

—Tintorería.

Abrió la puerta. El muchacho que esperaba fuera llevaba una percha en la mano.

—Un dólar cincuenta.

A George le pareció que el chico se asemejaba un poco a Fred. Tenía sus mismos ojos, su misma mandíbula, era delgado, nervioso; pero sabía que el chico no tenía nada que ver con él. Tanteó la pistola y trató de apartar la mano del bolsillo, pero la mano siguió allí, pegada al frío metal. Le pareció que el chico le miraba de un modo raro, después de cobrar y mientras se cerraba la puerta.

«Puede que algún día vaya tras él —pensó George. Y al momento—: ¿Cómo se me ha ocurrido esto? ¿Qué demonios me está pasando?»

—Quizá Fred no venga hoy —iba diciendo la joven—. Quizá...

—Si hoy no aparece —declaró George—, esperaré hasta que lo haga. Usted camine y vaya a sentarse.

La muchacha se sentó en la silla. George anduvo paseando nervioso por la habitación, pero se paró de pronto al oír que la puerta se movía y una llave se introducía por fuera en la cerradura.

La joven se puso en pie y George se colocó rápidamente a su lado, murmurando, con el arma apoyada en su espalda:

—No haga ruido.

En la muchacha el silencio fue tan tenso como su cuerpo. La puerta se abrió lentamente.

Fred les vio inmediatamente a los dos, pero se detuvo una vez dentro, y de un empujón cerró la puerta tras él. Sonrió, relajó su rostro y se apoyó en la puerta sin decir una palabra.

—Te he estado esperando —anunció George.

Fred tenía un rostro delgado; empezaba a perder el pelo y llevaba un traje liso, marrón. George se fijó que era como uno que él había tenido colgado en el armario de su casa. Pensó en meter una bala en el traje y experimentó una extraña mezcla de miedo y asco. Fred dijo:

—No...

George se apartó de la joven, sosteniendo el arma delante de sí, situándose en una posición desde donde pudiera vigilar a los dos. Fred quiso dar media vuelta hacia la puerta, pero él le apuntó directamente:

—No llegarías —le advirtió—. Antes de terminar de traspasar la puerta, te habría puesto como un colador.

Fred volvió a la habitación, muy despacio:

—No podrás matarme. —Hablaba despacio, muy quedo—. Tú no, George. No podrás hacerlo.

—Para eso he venido.

—Soy Fred —le recordó.

George tosió para aclararse la garganta. Se preguntó: «¿Por qué no disparo? ¿Por qué no termino el trabajo y me largo...?». El silencio era interminable.

—Oye —declaró Fred—, lo que quiero decir es..., que ella no tiene nada que ver. Puedes dejarla en paz.

—Está bien —concedió George.

—Óyeme, yo tampoco haría nada, George. No iría a la Policía. ¿Qué te crees que soy? Me conoces bien.

—Sí, sí, pero te fuiste.

Entoces habló la joven.

—Oh, Dios mío, por favor... Oiga, es sincero. No hará nada. Puede dejarnos en paz...

George guardó silencio, esperando, no sabía bien qué.

—Un hombre debe tener la oportunidad de ir por el buen camino, George.

George movió la cabeza afirmativamente.

—Me di cuenta de que no tenía por qué estar en la organización..., para siempre —explicó Fred.

—No tenías que hacer nada —añadió George, asintiendo con demasiada rapidez—, en efecto.

—Oye, George, ¿por qué te portas así? Éramos amigos, éramos más que amigos...

George seguía allí, empuñando el arma.

—No puedo escucharte —dijo de pronto—. No puedo.

Creía oír la voz de su mujer, oyó la de Fred, la de la joven, todas ellas moviéndose y hablando en su mente, agitándose en fragmentos sonoros.

—Tienes que escucharme —insistió Fred—. Tienes que hacerlo, George.

La joven, que estaba a su lado, se movió de pronto y George se volvió, pero no lo bastante rápido. Se le echó encima, tratando de hacerle girar, pero George movió su mano libre sin esfuerzo, golpeando a la joven y derribándola. Fred corrió hacia delante, pero se detuvo en seco, George había dado un paso atrás y la pistola volvía a apuntarle.

—Es inútil —exclamó George.

—Cielos... —exclamó Fred, y George sintió que los dedos se le tensaban en el gatillo. Hubo un estallido y George, sorprendido, vio caer a Fred, en un mundo de silencio, en un mundo de horrenda pantomima y consciencia, la extraña sensación que ahora entendía y reconocía y que ya nunca le abandonaría.

La joven estaba arrodillada junto a Fred. George la contemplaba porque era como una figura de piedra, como un ídolo presidiendo un sacrificio.

—¿Por qué tuvo que...? —preguntó la muchacha, contemplando a Fred, con los ojos llenos de dolor y de lágrimas.

George contempló el arma en su propia mano. Ya no había nada que hacer, ninguna decisión que tomar. Uno tenía que vivir en el mundo, tal como era; había que ser digno de confianza y cuidar las responsabilidades. Había un trabajo que hacer y debía hacerse, le gustara o no, pensara en él o no, sintiera lo que sintiera...

La muchacha no representaba ningún peligro, lo sabía. El apartamento y el edificio estaban en silencio.

George se dijo que tenía que marcharse rápidamente. El trayecto de regreso era largo; la Policía no tardaría en llegar; Terry querría saber lo que había ocurrido. Pero seguía en la habitación, empuñando el arma. Bruscamente dio media vuelta y anduvo hacia la puerta, muy despacio, en medio del silencio sepulcral, con sumo cuidado.

Le pareció que nunca llegaría a la puerta o al rellano, vacío y libre, que había detrás.

Asesinato

Dion Henderson

En otros tiempos, un hombre podía echar un discurso en público sin arriesgar ni el pelo de la ropa, ni la propia vida. El público, en realidad, solía sufrir bastante más que el orador. Ahora que vivimos en una época en que todo se ha mejorado, un mal gobernante en un mal discurso, debe disponer de buenos guardaespaldas.

En el interior del auditórium el Primer Ministro estaba largando el discurso final de su visita de buena voluntad. Fuera, en el espacio restringido, detrás de la puerta del escenario, estaba la Policía: la Policía de la ciudad, la Policía del Estado, la Policía del auditórium y dos miembros de la propia Policía del *premier* custodiando el equipaje. Todos se giraron al unísono, como la torreta de un complicado tanque, cuando el taxi frenó brusca y peligrosamente ante la barricada que protegía los coches de la comitiva.

Un hombre alto, canoso, con un traje azul, cruzado, y una cartera negra en la mano, salió precipitadamente del taxi. Un policía uniformado y sudoroso le cerró el paso.

—Lo siento. Aquí sólo pueden estar las personas autorizadas.

—¿Está usted al mando? —preguntó el hombre de pelo cano.

—Estoy al mando —declaró el sargento, desolado—, y lo estoy porque el hombre del Servicio Secreto no está aquí en este momento.

—Lo sé —se excusó el hombre—. Siento mucho haberme retrasado. Nos salimos de la carretera y el chófer quedó herido. Tuve que conseguir un taxi.

Sacó de un bolsillo interior un carnet de piel, muy sobado.

—Mr. Smith —suspiró, aliviado, el sargento, leyendo el

nombre en la tarjeta de identificación del Departamento de Estado—. No sabe cuánto me alegro de verle.

El alivio era patente. Se comunicó al resto de los policías. Se oyó claramente el suspiro de todos al relajarse; todos excepto los dos policías de seguridad del país del Primer Ministro. Ellos no se relajaban nunca. Se habían vuelto como los demás cuando llegó Smith, pero permanecían tensos, alerta.

Smith y el sargento pasaron ante ellos, camino de la puerta del escenario. Desde allí podía oírse el vozarrón del Primer Ministro, luego el relativo murmullo mientras el intérprete traducía y algún que otro discreto aplauso.

—Me alegro de que no haya habido heridos en el accidente —exclamó el sargento.

—No fue realmente un accidente —aclaró Smith. Estudió el corredor desierto que conducía al escenario. Dos oficiales apostados allí. Volvió sobre sus pasos y comprobó el área restringida..., los coches alineados y más policías, pero todo con movimiento rápido, limpio y profesional, como si no hiciera nada—. En realidad, se reventó un neumático y mi chófer se salió de la carretera. Aparté el coche en un camino secundario. Cuando Su Señoría se vaya envíen un coche radio a recogerle.

—Por supuesto —aseguró el sargento—, ¿le parece bien todo esto?

—Perfecto —contestó Smith—. Lo ha hecho muy bien, casi no me necesitaban. Aunque, ¿no cree que sería una buena idea apostar a un hombre allí, a la vuelta del bulevar?

—¿Dónde, señor?

Smith carraspeó, le molestaba la cartera y la dejó junto al equipaje. Casi hablando para sí, dijo a los dos policías de seguridad del país del *premier*:

—Vigílenla, ¿quieren?

Los de seguridad le miraron impertérritos, con los brazos cruzados. No dijeron ni palabra.

Smith se volvió al sargento y señaló a la calle.

—Buen campo de tiro, ahí, si uno quisiera. Claro que no lo quiere nadie, porque sería un incidente muy feo.

—Sí, señor —contestó el sargento, convencido—. No me

echaría a llorar si alguien se cargara al tío ese, pero no van a hacerlo en mi ciudad.

—Efectivamente —sonrió tranquilo Smith—. Y yo tengo bastante más terreno que cubrir. No puedo permitir que lo hagan en mi país.

—Sí —confirmó el sargento asintiendo.

Dio unas órdenes y una moto salió rugiendo.

—Habrá revisado esto más de una vez y habrá recorrido el camino al aeropuerto y demás.

—Sí, señor. Hicimos un recorrido completo la semana pasada con uno de sus hombres. Los del Condado y la Policía de las líneas aéreas se ocupan del aeropuerto.

—Estoy seguro de que lo harán perfectamente —afirmó Smith—. Pero me pregunto si no sería mejor que fuéramos para allá unos minutos antes de que llegue la comitiva oficial para echar un último vistazo.

—Muy bien. Y será mejor que nos apresuremos —añadió el sargento—. Las cosas están terminando en el auditórium.

—Muy bien. Vámonos —decidió Smith.

Ocuparon un coche policía sin distintivo alguno, conducido por uno de la patrulla. El trayecto previsto para la comitiva llevaba directamente al aeropuerto. No sería nada vistoso. Los anteriores desfiles en que había participado el *premier* en otras ciudades desaconsejaban los recorridos lentos y largos. Permitía a los miembros de la comitiva leer las frases burlonas de las pancartas, en las aceras e, incluso, oír y comprender alguno de los gritos de los espectadores. Pero éste iba a ser el último desfile y sería muy rápido. Había pocos espectadores a lo largo del camino. Sólo una pancarta que decía: «¡Adiós, y gracias a Dios que te vas!».

Smith frunció el ceño y el sargento preguntó:

—¿Cree que deberíamos pedir a los muchachos que la retiren?

—No —respondió Smith—. Libertad de expresión y todo eso. Además, es buena señal. Cuando piensan en escribir frases, no piensan en apostar un tío con un rifle.

Al llegar a la terminal, traspasaron la puerta principal y se detuvieron en un área de servicio guardada por dos subordinados del sheriff. La carretera de servicio daba un amplio rodeo por las cercanías de la terminal y acababa entre las dos alas principales del edificio del aeropuerto. Había guardias y una barricada en la misma entrada donde giraron para pasar al área de carga del avión. Los policías levantaron la barrera para dejarles pasar y el sargento les advirtió, desde la ventanilla.

—Diez minutos más.

Llegaron hasta las pistas y experimentaron la súbita sensación de que la ciudad desaparecía al penetrar en la amplia extensión señalada para los aterrizajes. Las pistas habían sido despejadas de cualquier aparato menos el del Primer Ministro, que aparecía completamente aislado en el área, desconocido y ominoso a la caída de la tarde.

Abandonaron el coche patrulla en un ángulo de los edificios. Por encima se alzaba la torre de control, con sus radares girando incesantemente y a ambos lados se extendían las largas alas de la terminal como penínsulas adentrándose en un mar tranquilo. Mientras tanto, las ventanas superiores, detrás de las terrazas, iban iluminándose a medida que avanzaba el crepúsculo.

Smith se detuvo un momento, haciendo la misma rápida inspección que había hecho en el auditórium, mientras el sargento hablaba con el capitán de los hombres del sheriff encargado del destacamento de Policía del Condado.

—Sólo debemos revisar un área —dijo Smith, y la señaló—: aquella terraza; sobre todo, la parte que da al campo.

—Bien, señor —contestó el capitán—. Los coches oficiales llegarán hasta allí y la terraza da directamente sobre la escalerilla.

—Bien, ¿vamos hasta allá? —sugirió Smith, sonriendo.

Subieron y dieron una vuelta por las terrazas. Había poca gente. Al final, los tres hombres se detuvieron.

—Parece que todo está tranquilo —comentó el sargento.

—Sí —dijo Smith—, pero sospecho de la muchacha, ya se lo habrán figurado, claro. Me pregunto —se dirigió al capitán que realmente no la había visto— si podría pedirle un hombre por un ratito.

El capitán hizo una señal y se encontraron con un subordinado al final de la escalera mecánica. Luego, anduvieron por la terraza, indiferentes, y Smith se acercó a la baranda y se apoyó junto a la muchacha. Llevaba zapatos de tacón alto. Pero en lo que se fijaba uno no era en los zapatos, sino en los pendientes dorados.

Smith no miró a la muchacha, mientras le hablaba en voz baja:

—Le ruego me disculpe, señorita. Pero no puede quedarse aquí, ¿sabe? Si no le importa entre ahora y quédese tras los cristales con ese oficial hasta que el avión despegue; no le causaremos ninguna molestia.

La muchacha no se volvió. La única indicación de que había comprendido fue la crispación de sus manos sobre la bolsa que llevaba.

—Venga conmigo —insistió Smith, sin levantar la voz.

La muchacha se echó a llorar, pero le siguió. El sargento insinuó:

—Deberíamos echar un vistazo a la bolsa.

—No lo haga —replicó Smith.

—A lo mejor lleva un arma escondida —objetó el sargento.

—Seguro que sí —asintió Smith, sin dejar de sonreír—, pero si la encontráramos tendríamos que detenerla. Y aparecería en los periódicos y crearía un espantoso escándalo internacional.

—¡Oh! —exclamó el capitán, comprendiendo de pronto, y se dirigió a su subordinado para decirle—: No se mueva de su lado; aparente amabilidad, pero no la deje salir.

—Muy bien. No es mal servicio.

Y no lo era. Era preciosa, incluso con lágrimas en los ojos. Pero no había abierto la boca; tampoco ahora dijo nada. En el campo, entraba ahora el primero de los coches oficiales. Era el de avanzadilla y venía con el equipaje. Frenó junto al avión del *premier* y la tripulación abrió la escotilla de carga. Trabajaron de prisa.

—¡Maldita sea! —exclamó Smith de pronto—. Esa gente se lleva mi cartera. La había dejado junto al equipaje, en el auditórium.

—Vamos a recuperarla —se ofreció el sargento—. Si no vamos ahora, esos bestias son capaces de llevársela.

—Bien —contestó el capitán.

Se dirigieron los tres a la escalera mecánica. No querían perder el tiempo. Una vez abajo, fueron rápidamente al avión donde la tripulación estaba ya cargando las maletas. Cuando estaban llegando, uno de los tripulantes tenía la cartera en la mano, la miró y la metió dentro.

—Oiga —protestó Smith—, eso es mío, ¿sabe?

Dos miembros de Seguridad del Primer Ministro aparecieron de pronto saliendo de un área en sombras debajo del avión. Se plantaron con los brazos cruzados, sin expresión. Smith dijo a uno de ellos:

—Coronel, tenga la bondad de decir a uno de sus hombres que me devuelva mi cartera.

El hombre a quien se había dirigido sonrió con sarcasmo y respondió:

—No he visto ninguna identificación.

Era la primera vez que uno de los guardias de seguridad del Primer Ministro hablaba.

—Pues tráiganla —insistió Smith, fastidiado— y se la mostraré.

—Lo siento de veras —dijo el coronel de Seguridad del *premier* con acentuado sacasmo—. Tenemos el horario muy apretado. No disponemos de tiempo para corregir los errores cometidos por otras personas.

—No sea mal educado —insistió Smith sin perder la calma—. Entrégueme la cartera, como un buen autómata.

El coronel no pareció entender la palabra. Satisfecho de sí, dijo:

—Cuando lleguemos a la capital y revisemos el equipaje, si encontramos algo que parezca pertenecer al gran Departamento de Estado de su país, lo devolveremos a su Embajada.

—Después de fotografiarlo todo, incluso las bisagras —masculló Smith.

El coronel de Seguridad permaneció con los brazos cruzados, riéndose. El capitán murmuró algo al oído de Smith.

—No, no debemos hacerlo —contestó Smith—. No merece la pena. Si no hubiera insistido, me figuro que esos tíos me hubieran tirado la cartera, rabiosos, desde arriba. —Se encogió de hombros y sonrió de pronto al capitán—. La verdad es que significa, sobre todo, que tendré que comprarme otra navaja y jabón de afeitar.

Al oírle, tanto el capitán como el sargento de Policía, se sonrieron felices.

—Esperen hasta que analicen mi loción *after shave* —comentó Smith—. Eso distraerá mucho a sus muchachos bioquímicos.

Se alejaron del avión. Se oyeron, lejanas, una sirenas. Era la comitiva del *premier*. Las sirenas se hicieron cada vez más estridentes y a los pocos minutos llegaron los largos coches negros hasta la pista, apagándose el silbido de las sirenas al detenerse. Smith se alejó del avión y se quedó de espaldas a él, de espaldas al grupo oficial que subía a bordo, vigilando las ventanas y las terrazas. Tras los cristales aparecía la muchacha con el policía. No hablaban. Detrás de Smith el grupo oficial seguía subiendo a bordo. Hubo un destello de flash y el coronel de seguridad protestó, furioso. No hubo más destellos. A los pocos minutos, se cerraron las puertas y escotillas con los motores ya en marcha.

Sólo entonces Smith se giró y echó un vistazo a su reloj.

—Un minuto más —dijo al capitán y al sargento de Policía— y habrán terminado.

—Me alegro de verles marchar —comentó el capitán—. Y me alegro de que esté usted aquí.

—Ustedes lo han organizado todo perfectamente —les felicitó Smith—. Lo único que he tenido que hacer es pasearme un poco. Siempre hay que hacerlo así. Somos pocos.

—Y no hubiéramos visto a la muchacha —comentó el sargento—. Desde allá arriba, pudo haber sacado un arma y ¡bum!, y nos hubiéramos metido en una guerra o algo así.

—¡Bah!, no tanto —le tranquilizó Smith—. El blanco estaba demasiado lejos para hacer impacto. Pero, desde luego, el incidente habría sido gordo.

—¿Qué vamos a hacer con ella? —preguntó el sargento—. ¿La encerramos ahora?

—De ninguna manera —contestó Smith—. Incluso si la detuviera por algo tan tonto como pisar el césped, se las ingeniaría para hablar con un reportero. Si a ustedes no les importa, me la llevaré y veré si intercambiamos alguna palabra.

—Bien, señor, como usted diga —accedió, agradecido, el capitán—. Así, oficialmente, todo habrá salido bien.

—¿Quiere que le lleve un coche patrulla, señor? —preguntó el sargento.

—No, gracias. Tengo que ir al casco antiguo, escribir un informe y luego regresar a la división central. Probablemente haya algo más que hacer. Pero, por favor, no se olviden de mi coche, está aparcado junto a la carretera. El chófer debe de sentirse muy solo.

—Ha sido un placer —dijo el sargento—. Vuelva a vernos cuando disponga de tiempo. La pesca aquí es muy buena.

—Me encantaría —contestó Smith sonriendo.

Ahora llegaba la muchacha acompañada del policía. Todos se estrecharon las manos, menos la muchacha, que esperaba tranquilamente, a un lado. Fuera, en la penumbra, los motores del avión del *premier* atronaron, callaron un momento, luego el aparato avanzó, adquirió velocidad y de pronto subió por encima de la ciudad, para recorrer kilómetros sobre el país salpicado de ciudades resplandecientes, y luego el océano, y otro mundo, el mundo del Primer Ministro.

Smith y la joven cruzaron el vestíbulo de la terminal. Él la llevaba del brazo, salieron fuera y se metieron en un taxi.

Una vez dentro, la muchacha dijo a media voz, amargamente, decepcionada:

—¿Por qué no me dejó hacerlo? El mundo habría estado mucho mejor sin él.

—Posiblemente —la tranquilizó Smith—. Pero no hubiera hecho un buen trabajo. La gente emotiva no suele hacerlo bien, ¿sabe?

—No puedo evitar la emoción. Mi padre murió en uno de sus campos de trabajo. —Luego añadió—: ¿Cómo ha podido reconocerme, si no hizo más que pasar?

—Uno reconoce a los suyos —observó Smith, desde el asiento trasero del taxi—. Yo les disfruté durante siete años. Tuve la suerte de sobrevivir, aunque en aquellos momentos no me pareció una suerte.

—Y ahora está en el Departamento de Estado americano. La muchacha no quería creer en su mala suerte.

—Sólo por un día —respondió Smith—. Tuve la suerte de

ocupar un sitio de chófer provisional. El tipo del Servicio Secreto, el auténtico, estaba impresionado conmigo.

Cambiando el tono de voz, la joven preguntó:

—Es que le ha...

—De ningún modo. Aquel policía tan amable encontrará el coche, y a mi jefe temporal encerrado en el portaequipajes. Apenas habrá sufrido un rasguño.

Para entonces habían llegado al centro de la ciudad. En uno de los semáforos, Smith golpeó el cristal de separación y dijo al taxista que se detuviera. Salió del coche y le dijo:

—Lleve a la señorita a donde quiera ir.

—Espere —rogó la muchacha—. Si ha hecho lo que me ha dicho, ¿por qué me detuvo? ¿Por qué les dejó que se fueran?

—No debemos poner a nuestros amigos en apuros —explicó Smith—. Nada de incidentes internacionales, nada de asesinatos emocionales, nada de alborotos. Nada de nada. Perdóneme por parecerle crítico, pero uno no prepara semejante plan en pocos días. Ni..., en pocos años.

—Pero...

—La cartera que insistieron tanto en llevarse —dijo Smith—. Es característico en ellos aprovecharse de una oportunidad tan trivial ¡para demostrar así su superioridad!

La muchacha le miró, con el asombro todavía reflejado en el rostro. Smith prosiguió:

—De modo que tuvieron que demostrar lo que son y llevarse mi cartera. Y ahora, arriba, en pleno océano, no habrá incidentes internacionales, ni habrá asesinatos emocionales, no habrá nada. Nada.

En un murmullo, preguntó:

—¿Y si no se hubieran llevado la cartera?

La sonrisa de Smith fue muy tierna.

—Entonces, no habrían sido lo que sabemos que son, ¿no cree?

Y al decirlo, cerró la puerta del taxi.

Un pequeño fratricidio

Richard Deming

En mi mente no cabe la menor duda de que el impulso de Homer de cargarse a su hermana era justificado. Para empezar, se llamaba Samantha.

Samantha Withers no se recataba lo más mínimo de mostrar sus sentimientos.

—¿Es que no puedes acordarte de nada, so idiota?

Homer Withers era un hombrecito bajo, rechoncho, de aspecto dulce que parecía más pequeño al encogerse cada vez que estallaba su hermana solterona. Aunque diariamente le tratara como si fuera un deficiente mental, jamás se le ocurrió revolverse. Llevaba demasiados años bajo su férula.

Samantha Withers era un palmo más alta que Homer, pesaba quince kilos más y era tan musculosa como un hombre. Jamás había empleado la violencia física con él, pero siempre parecía estar a punto de escapársele la mano, de modo que apenas levantaba la voz, Homer se encogía. Estaba seguro de que en caso de una pelea llevaría las de perder.

—La póliza no caducará —dijo para tranquilizarla—. El agente ingresa el dinero de la prima cuando ésta vence, y yo me limito a rembolsarle, ¿sabes? Echaré el cheque al correo inmediatamente después de cenar.

—Ve inmediatamente al correo si cuentas con que te dé de cenar —saltó Samantha—. Y que no se te olvide que a donde vas es al buzón.

—Soy perfectamente capaz de echar una carta al buzón sin instrucciones previas —replicó Homer con inusitada aspereza.

Pero al momento se desinfló bajo el brillo de los ojos de su hermana mayor.

Pocas veces se rebelaba hasta el extremo de contestarle
con violencia y en ocasiones en que había hecho acopio de
valor para plantarle cara, invariablemente deseaba no haberlo intentado. Porque después solía hacerle la vida imposible durante varios días.

Se escabulló antes de que ella pusiera en marcha su artillería pesada; pero, así y todo, le largó un último disparo.
Al bajar los tres escalones de la entrada, le gritó a través
de la mampara:

—Mira a derecha e izquierda cuando cruces la calle, estúpido. De regreso no me importa. Una vez esté la prima
en correos, puedes...

Homer se lo sabía de memoria..., *puedes caerte muerto,
que no me importa*. Ésa era la muletilla, la conocía bien, por
eso no esperó a oírla.

Homer suspiró. Probablemente *estaría* encantada si él muriera. ¿Por qué aguantaba su continua censura? Desesperado, se respondió a la pregunta de su mente tan pronto como
la formuló. Lo aguantaba por hábito.

Recordaba desde siempre que su hermana le había dominado, incluso cuando sus padres vivían. Desde que murieron, hacía ya quince años, su dominio había aumentado gradualmente hasta que en su madurez el dominio sobre su vida
entera era como algo envolvente, sofocante, que le iba ex-
primiendo hasta la última brizna de su resistencia y hasta
las últimas gotas de su personalidad.

«No es justo que una persona que ha evitado cuidadosamente el matrimonio, sea el hombre más torturado de la ciudad», pensó mientras obedecía maquinalmente las instrucciones de Samantha; es decir, mirar a derecha e izquierda
al cruzar la calle.

Llegó al otro lado y pasó de largo, distraído, junto al buzón, en dirección al *drugstore*; iba preguntándose qué pasaría si muriese y se librase de Samantha. Casi deseó que su
reiterada sugerencia se hiciera realidad, cuando, de pronto, se le ocurrió otra idea. ¿No sería estupendo que muriera
Samantha en su lugar?

Este pensamiento era tan agradable que se ensimismó en
él y casi dejó atrás el *drugstore*. Se detuvo para hacer memo-

ria a qué le había enviado Samantha. Su mente estaba vacía hasta que, por fin, se dio cuenta del sobre que llevaba en la mano. Avergonzado, retrocedió hasta el buzón, echó la carta y volvió a cruzar la calle.

El sueño persistía. Mientras iba calle arriba, imaginó lo agradable que sería regresar, cada tarde, del trabajo a una casa vacía y silenciosa, donde pudiera fumar en el salón, sentarse sin corbata, o en camiseta si así se le antojaba, e incluso tener una cerveza en la nevera.

Se perdió en el sueño. Mentalmente recorrió las incidencias del entierro de Samantha, completó el necesario período de luto, y ya estaba transformando la habitación de ella en un refugio masculino, cuando abrió la puerta de entrada. El sueño había sido tan real, que exhaló un suspiro entrecortado al ver allí a Samantha.

—¿Qué te pasa? —le espetó ésta—. Parece como si fueras a vomitar.

—Es..., es que no me siento muy bien.

Subió a refrescarse, apeado de su mundo de ensueño a la cruda realidad. Al examinar su pálido rostro en el espejo del cuarto de baño, comprendió lo intolerable de la realidad mientras Samantha viviera.

La idea de matar a su hermana se le ocurrió sin el menor esfuerzo y sin que le sobresaltara. Su única reacción emocional fue la sorpresa de que no se le hubiera ocurrido antes.

Desgraciadamente, Homer Withers descubrió que había una inmensa diferencia entre llegar a la decisión de matar y llevarla a cabo. No obstante, tardó en descubrirlo. Aquel día, mientras preparaba el chocolate que cada noche le servía, sus planes tomaron forma con asombrosa facilidad.

Los planes violentos, como el estrangulamiento, quedaron eliminados por la sencilla razón de que Samantha era de mayor envergadura, y más fuerte que él. Un tiro o una puñalada tampoco servían porque no deseaba que le ahorcaran por el asesinato de Samantha. Jugueteó con la idea de preparar un accidente fatal, pero lo desechó por la misma razón que desechaba el estrangulamiento. No tenía la seguridad de que si trataba de lanzar a Samantha por la ventana o echarla escaleras abajo, no acabara siendo él la víctima.

Siguiendo el proceso de eliminación llegó al veneno como el medio más práctico. Minutos después de servirle el chocolate a Samantha en el salón, supo cómo debía administrarle el veneno. La observó cómo tomaba un sorbo para comprobar si quemaba, cómo dejaba el plato en el suelo y vertía en él un poco de chocolate de la taza.

Roger, el gato de Samantha, bajó del alféizar de la ventana, se acercó majestuosamente al plato y lo olió. Luego, lo probó, y se sentó a esperar que se enfriara.

Homer se dijo que su hermana tomaba el chocolate tan azucarado que sería fácil disimular el gusto de cualquier veneno. También pensó que la costumbre que tenía de compartirlo con el gato ofrecía cierta complicación, pero no una complicación grave. Samantha prefería su chocolate muy caliente, mientras que *Roger* lo prefería frío; de modo y manera que su taza estaba ya vacía cuando el gato empezaba el suyo en el plato.

Podía esperar a que su hermana, tras beber el veneno, cayera muerta para retirar el plato de *Roger*.

Al día siguiente, Homer aprovechó la hora del almuerzo para visitar la biblioteca, donde se informó algo sobre venenos. Eligió el cianuro potásico por dos razones: porque era rápido y seguro y porque los síntomas de la muerte se parecían a los de un ataque al corazón.

Su plan había llegado hasta este punto sin tropiezos. No encontró dificultades hasta que intentó conseguir el veneno.

Suponía vagamente que la ley establecía ciertas restricciones para la venta libre de venenos. Se preparó por si le interrogaban para qué lo quería cuando comprara el cianuro, y también contaba con firmar en un registro de venenos. Por esta razón fue a una farmacia del centro donde no le conocían con la intención de dar un nombre falso.

Para lo que no estaba preparado, sin embargo, era para estrellarse contra un muro.

El farmacéutico, un hombre afable entrado en años, sonrió con indulgencia cuando Homer le pidió tímidamente algo de cianuro potásico como raticida.

—No se puede comprar cianuro sin receta médica, señor
—le dijo—. No se puede adquirir ningún veneno sin receta.
Es una ley federal. Aquí tiene lo que necesita para matar
ratas.

Y sacó una lata con una etiqueta que decía: *Raticida*. Homer lo miró dubitativo:

—¿También necesito receta para esto?

El farmacéutico negó con la cabeza, sonriendo:

—Sólo necesita receta para los venenos que pueden ser in-
geridos por las personas.

—¿Es que esto no le hace nada a los seres humanos?

El farmacéutico se encogió de hombros:

—Claro que sí. Incluso puede matar a un hombre. Pero
lo más probable es que lo vomite. El raticida éste contiene
fósforo blanco que es un veneno mortal, pero muy difícil
de retener en el estómago. Hace efecto a las ratas porque
no saben vomitar. En todo caso, el motivo de la ley federal
es evitar los asesinatos. Supongo que si uno quiere suicidarse puede encontrar un medio de matarse que no sea el veneno. Podría usted suicidarse con esto si lograra retenerlo, pero
le costaría mucho matar a otro sin llamar la atención. El primer sorbo le resultaría tan ardiente, que lo escupiría sin tra-
garlo.

—Comprendo —dijo Homer—. ¿Cuánto le debo?

Antes de salir de la tienda con el paquetito en el bolsillo,
sintió la necesidad de agradecer al hombre su extensa información. La idea de Samantha probando su chocolate caliente, escupiéndolo y comprendiendo que había intentado
matarla, le provocaba un sudor frío. Sería capaz de obligar-
le *a él* a beberlo.

Se había alejado de la farmacia algo así como una manzana cuando sacó la latita del bolsillo, la contempló decepcionado y la arrojó a una alcantarilla.

Siendo, como era Homer, hombre de pocos recursos, este
incidente llevó su plan de asesinato a un punto muerto. Aparte de ir a comprarlo a una farmacia o a una droguería, no tenía
la menor idea de cómo conseguir el veneno. Seguía pensando en el asesinato, pero dejó de ser un plan activo. Volvió
a sumirse en su mundo de ensueños y si exceptuamos que

tenía una nueva fantasía para entretenerse, su vida seguía deslizándose como antes de haber pensado en el asesinato.

Veinticinco años llevaba Homer como primer pasante de la firma de abogados Marrow y Fanner, un nombramiento que implicaba más prestigio que el del trabajo que hacía. Era primer pasante porque era el único pasante; su verdadera situación era la de un buen oficinista.

Cinco días a la semana realizaba un trabajo rutinario para los abogados asociados. Cada viernes llevaba religiosamente su paga a casa y le entregaba la mitad a Samantha. Con lo que le quedaba, apenas cubría sus gastos, que incluían transportes, necesidades personales y la prima mensual del seguro.

Aparentemente la rutina continuaba, pero secretamente Homer empezó a vivir una vida enteramente distinta. Por una especie de proceso esquizofrénico lograba imaginar, siempre que estaba lejos de casa, que el asesinato era un hecho consumado y que ahora vivía en despreocupado aislamiento. En el trayecto de ida y vuelta a casa, hacía planes sobre cómo transformar la vieja habitación de Samantha en una leonera, redactaba mentalmente anuncios en el periódico solicitando una mujer de limpieza una vez a la semana, y luchaba con el problema de qué prepararse para la cena de aquella noche.

No obstante, evitaba cuidadosamente perderse en su propia fantasía como aquella noche en que se le ocurrió por primera vez el asesinato de Samantha, porque no deseaba que se repitiera la experiencia de asustarse hasta el punto de casi perder el conocimiento viendo el fantasma de su hermana. Cada atardecer, al llegar a los peldaños de la entrada, volvía automáticamente a la realidad a tiempo de saludar a su hermana sin sorprenderse. La fantasía tomaba entonces otro giro; en lugar de que el asesinato fuera un *fait accompli*, se transformaba en un proyecto planeado para mañana.

Pero, claro, mañana no llegaba nunca.

Homer tenía el aguante necesario para vivir razonablemente satisfecho con este sueño fluctuante durante años, sin tomar nunca una decisión, y probablemente habría seguido así, de no surgir la ocasión con que la propia Samantha le proporcionó el ímpetu necesario para empujarle a actuar.

Samantha cogió un resfriado acompañado de una tos espantosa que precisó de los servicios del médico de cabecera. Cuando Samantha dejó que se fuera, ya eran más de las diez de la noche. Cuando Homer salió con las recetas, la farmacia del barrio estaba ya cerrada. Las otras dos, también.

Homer no trabajaba los sábados, así que después del desayuno volvió a salir con las recetas. Las miró distraído.

El médico las había escrito sin desprenderlas del bloc recetario de forma que seguían aún sujetas por la cola del borde superior. Al parecer, pasó dos hojas al escribir la segunda, porque entre ésta y la primera había una hoja en blanco.

La primera era una receta para unas gotas nasales. Al final decía:

Tab. codeína XXX TT 1/2 gr[1]
Sig. una tab. Q 3 H.

Aunque desconocía el significado de las abreviaciones farmacéuticas, Homer reconoció la palabra «codeína» por sus investigaciones sobre venenos. No sabía si era algo realmente peligroso, pero sí recordaba que era una especie de narcótico. Al mismo tiempo se dio cuenta de que tenía una receta en blanco, y que con el original como modelo, sería sencillo imitar un duplicado.

En lugar de pararse en la farmacia cercana anduvo un par de manzanas hasta una biblioteca, retiró un libro de texto de Medicina y se fue con él a la sala de lectura.

Descubrió que uno de los usos principales que asignaba a la codeína era el de disminuir la tos, lo que explicaba la receta. También se enteró de que era un compuesto de morfina y uno de los alcaloides activos del opio. Figuraba como una droga menos peligrosa que la morfina y rebuscó todas las referencias relacionadas con la droga sin encontrar ninguna indicación que señalara qué dosis era fatal, ni siquiera que se trataba de un veneno peligroso.

1. Gr. abreviación de *grain*, equivalente a 0,06 gramos.

No obstante, estaba seguro de que sería mortal en grandes dosis porque venía incluida bajo el título general de «Depresivos cerebrales y medulares», junto con el opio, la morfina y la droga ilegal, la heroína. Revisando la receta, dedujo que la cifra XXX significaría probablemente treinta tabletas. A 0,06 gramos cada tableta sumaban una cantidad suficiente de droga para matar a una persona.

Convencido de que tenía un veneno que funcionaría, sacó su estilográfica y escribió cuidadosamente la receta primera en la hoja en blanco. Imitó razonablemente la firma del médico, sin esforzarse demasiado porque sabía que no estaría tan sujeta a escrutinio como un cheque en un Banco. El membrete y la terminología eran auténticos, así que bastaron para que resultara aceptable a un farmacéutico corriente.

Recorrió seis manzanas hasta encontrar otra farmacia donde no le conocieran y conseguir la receta falsificada. Luego volvió a la farmacia de su barrio para que le sirvieran las dos auténticas escritas por el doctor.

Cuando llegó a casa, recibió una reprimenda de su hermana por haber tardado tanto, pero la aceptó estoicamente. Para consolarse acarició el frasco que llevaba en el bolsillo.

Por primera vez en muchas semanas, Homer no se refugió en su mundo de fantasías, porque ahora poseía la realidad de un acto decididamente planificado para remplazar sus sueños. Durante todo el fin de semana estuvo tan excitado que apenas podía esperar a que llegara el lunes por la noche.

Si en la mente de Homer Withers hubiera habido el más leve temor porque iba a cometer un fratricidio, hubiera desaparecido inmediatamente ante la recepción que le hizo Samantha. Su agresividad normal se había agravado con el resfriado y estaba realmente inaguantable.

Le recibió con un amenazador:

—Supongo que se te habrá olvidado otra vez echar la prima al correo.

En más de una ocasión el tiempo se le iba de las manos a Homer sin enterarse. Fue para él una verdadera sorpresa saber que había transcurrido un mes entero desde que enviara la última prima.

Samantha se lanzó a tan impetuoso ataque sobre sus fallos mentales, que Homer se retiró corriendo, escaleras arriba, en mitad de su diatriba. Las manos le temblaban mientras escribía el cheque. Volvió a bajar, corriendo también, y enfiló el camino del buzón antes de que su hermana recobrara el aliento.

El incidente estropeó la posibilidad de que su última noche juntos fuera agradable. La cena estuvo amenizada por un monólogo de Samantha sobre su tema favorito: por qué no le hacía Homer el favor de caerse muerto. Después, sentados en el salón, le congeló con un silencio tan glacial, que le dio miedo abrir la boca.

Fue un alivio cuando al fin indicó que iba siendo hora de acostarse, al decirle:

—Tomaré el chocolate ahora, si eres lo suficientemente sensato para prepararlo como es debido.

Homer tuvo el chocolate listo, bien caliente y servido ya en la taza, antes de darse cuenta de su olvido. Hubiera sido mejor triturar las treinta tabletas de codeína para que se disolvieran más fácilmente. Masculló una maldición entre dientes ante su crónica falta de memoria.

Vació unas cuantas tabletas en la mano, las contempló idiotizado por un instante, luego cogió una taza vacía y empezó a aplastarlas una a una con una cuchara.

Fue un proceso lento; le faltaban aún unas cuantas cuando la voz impaciente de Samantha le llamó desde el salón.

—¿Qué estás haciendo, cataplasma? ¿Contemplando las musarañas?

Con el corazón desbocado por temor a que entrara en la cocina, le respondió:

—Ya casi estoy, Samantha. Sólo un minuto.

Acabó de triturar el resto de las tabletas tan rápidamente como pudo, echó el polvo en el chocolate y lo revolvió vigorosamente. Cuando estuvo completamente disuelto, mojó la punta de la lengua y se asustó al encontrarlo levemente amargo. Echó un par de cucharadas de azúcar, lo removió y volvió a probarlo. Ahora estaba normal.

Llevó la taza a Samantha, que la tomó con un bufido, y cumplió con el ritual de verter un poco en el plato para *Roger*.

El gato saltó inmediatamente desde su lugar favorito en la ventana, se acercó al plato y exploró la temperatura del chocolate. Y en lugar de sentarse a esperar que se enfriara, dejó el plato vacío y limpio en un santiamén.

Homer se le quedó mirando horrorizado, comprendiendo que el tiempo dedicado a aplastar las tabletas de codeína, había hecho que el chocolate se enfriara lo bastante como para gustarle al gato. Homer observó, fascinado, al animal lamiéndose los bigotes, estirándose y frotándose contra la pierna de Samantha.

Samantha bebió un sorbo y estalló:

—¡Imbécil! ¿No sabes hacer nada como es debido? ¡Este chocolate sólo está tibio!

Homer tragó saliva, con los ojos puestos en *Roger*. El gato se le quedó mirando.

—Llévatelo otra vez a la cocina —ordenó Samantha—. Caliéntalo. Sabes de sobra que el chocolate lo quiero *caliente*.

Homer recogió la taza y se la llevó a la cocina. La vació en un cazo y puso el gas al máximo. Antes de que empezara a hervir, sacó el cazo del fuego y vertió el chocolate en la taza. Regresó junto a Samantha tan de prisa como pudo.

Por una vez, Homer había hecho un trabajo eficiente. Demasiado eficiente. El chocolate estaba demasiado caliente para beberlo. Después de probarlo, Samantha apartó la taza para dejarlo enfriar.

Transcurrieron unos minutos preciosos mientras Homer observaba al gato angustiosamente. Sabía que no iba a conseguir que Samantha cogiera la taza.

Roger había vuelto a la ventana, reclamando, Homer estaba seguro, más chocolate. Si *Roger* moría plácidamente allí, Samantha no se enteraría nunca.

Homer respiró profundamente al ver que Samantha volvía a levantar la taza para llevársela a los labios. Se detuvo y dijo con voz impaciente.

—Está bien, *Roger*, te daré un poco más.

El gato saltó de la ventana, vaciló sobre sus patas y volvió a mirar a Homer. El animal dio un paso hacia el plato y, de pronto, se le doblaron las patas delanteras.

Samantha se le quedó mirando asombrada y Homer contempló horrorizado cómo *Roger* se esforzaba por ponerse en pie, daba otro paso en falso y se desplomaba sobre el costado. Los ojos se le revolvieron y la respiración se hizo jadeante.

Samantha miró al gato y después a su hermano. Entrecerró los ojos y dijo:

—Esta noche beberás mi chocolate, Homer.

Homer farfulló una negativa ininteligible. El jadeo de *Roger* cesó.

—Te proponías matarme, ¿verdad? —preguntó en tono dulce y satisfecho.

Homer la miró sin comprender. Ella insistió dulcemente:

—Mi querido hermano, éste es un juego al que pueden jugar dos.

Entonces comprendió su aire de satisfacción. Su acción le había proporcionado la excusa moral que necesitaba para hacer realidad su esperanza tantas veces expresada, y Homer supo que estaba perdido. No tenía idea de cómo ni dónde obtener más veneno y no conocía otro modo de asesinar, aparte del veneno.

Pero Samantha era diferente. Era eficiente. Podría imaginar un montón de planes.

Y cualquiera de ellos funcionaría.

El hombre que se salió con la suya

Lawrence Treat

Todo eso de que un criminal vuelve siempre a la escena del crimen habría que discutirlo. Pero, de cualquier forma, las compañías de transportes continuarán encantadas con los criminales inquietos. En nuestro relato, es obvio que el regreso a la escena del crimen se hizo por ese espíritu de arrogancia que realmente distingue al hombre de las otras formas de vida inferiores.

Cuando revisó el montón de demandas de pagos de seguros que su secretaria le había dejado sobre la mesa, se detuvo en la mayor... 100.000 dólares. Se quedó lo menos medio minuto contemplando la cantidad, pensando que con aquel dinero alguien sería rico. Después, sin dejar de reflexionar, miró el nombre del beneficiario y se sobresaltó. Mrs. Marvin Seeley.

Fran.

Giró el sillón y contempló su imagen en la puerta de cristales de la librería. Vio un hombre corpulento, entrecano, de rostro carnoso, con una nariz corta y ancha y un cuidado bigotito. No había la menor relación entre este individuo, Hugh Bannerman, jefe de la sección de reclamaciones, y aquel contable de Banco buscado por estafa y asesinato. Después de veinticinco años, ¿cómo podía haberla? Sin embargo...

Volver a verla, arriesgarse y contemplarla. ¿Se atrevería? Sintió un cosquilleo en la espalda y su sangre corrió, excitada, en las venas.

Era un torbellino de mujer, esbelta, joven, preciosa, con una dote que la hacía aún más encantadora. Pero para conseguir dinero hace falta dinero, así que la cortejó con los fondos del Banco. En su mundo secreto, de enamorados, él era Blinky y ella Winky, y puede decirse que ya la tenía en el bote. Suponía que, una vez casados, después de confesar lo que había hecho por su amor, ella repondría hasta el último centavo.

El plan era perfecto, ya que los Bancos no acusan cuando se les restituye, y él disponía de todo un año antes de que los auditores le cazaran. Ciertamente sus planes se hubieran cumplido, de no ser por Mike, el hermano de ella, que lo descubrió. Mike era ayudante de cajero, y se la tenía jurada desde siempre.

Bannerman tuvo una expresión hosca al recordar aquella noche en que Mike le acusó…, haciendo gala de extrema honradez cuando en realidad lo que quería era guerra.

—Veinte mil dólares —dijo Mike—. He pensado que sería mejor decírtelo aquí, delante de Fran, antes de informar al Banco, por si tienes alguna explicación.

Bannerman acarició el arma que llevaba en el bolsillo. En aquellos días la llevaba siempre por si acaso y le dio valor para hacerle frente.

—¿Qué son veinte mil dólares para ti y para Fran? Los tenéis. Podéis sacarme de esto. Por amistad, por amor…

Fran exclamó:

—¿Cómo te atreves?

Y Mike añadió, despectivo:

—¡Tramposo de pacotilla!

Fue entonces cuando empuñó la pistola y encañonó a Mike.

—Repite eso —le advirtió fríamente— si tienes valor.

Fran gritó:

—¡No…, no lo hagas!

Trató de agarrarle la pistola y esto le sirvió a él de excusa para disparar. ¿Qué derecho tenía Mike a seguir viviendo, después de semejante faena?

El contable desapareció inmediatamente después de disparar y no dejó rastro. Con un poco de suerte, y un poco de torpeza de la Policía, un hombre listo no se deja coger. Cirugía plástica, cambio cuidadoso de voz y de gestos, y he ahí la nueva personalidad de Hugh Bannerman.

Sonriendo, hizo dos montones con los papeles que tenía delante, uno a cada lado de su mesa. Seguía todavía dubitativo al dejar la ficha de Seeley en el centro. Luego llamó a su secretaria y señalándole los montones le dijo:

—Puede dar éstos a Perkins, los demás son para Davis.

—¿Y ésta?

Contempló de nuevo la demanda de Seeley y sus palabras parecieron salir de otros labios:

—Cien mil dólares es mucho dinero. Creo que yo mismo me ocuparé de ésta.

Hizo un gesto distraído, levantó el teléfono y la llamó. No era sino una demanda más que había que solucionar, una visita rutinaria más, en la que persuadir al beneficiario de que dejara su dinero en la compañía, a determinado interés.

Oyó la llamada al otro lado del hilo telefónico y contestó su voz. La reconoció al momento, aquella vocecita de falsete excitada, como si esperara que surgiera algo maravilloso en cualquier instante. No, la voz de ella no había cambiado. Pero la suya sí, con mucha práctica, claro.

Concertó la entrevista para la mañana siguiente, a las diez, en su casa.

No sentía ningún temor. En los últimos cinco años, desde que tenía este empleo, se había tropezado casualmente con antiguos amigos: No le reconocieron. Ni sospecharon nada cuando hizo que la conversación recayera en Fran. Le dieron su nombre de casada y comentaron la vieja historia del contable de Banco, que disparó contra su hermano y lo mató, y habría muerto, probablemente.

El trabajo de Bannerman también le había puesto en contacto con la Policía. Había entrado y salido de Comisarías e incluso había estado sentado con un inspector. Así que sabía que su identidad no corría peligro.

Todo el día estuvo pensando en ella. Cuando la viera le diría: «Tenemos amigos comunes. Me han hablado mucho de usted. Es como si la conociera».

Se mostraría afable, le diría: «Es usted una mujer valiente, Mrs. Seeley, ha sabido rehacer su vida después de la tragedia». A continuación sonreiría y añadiría pensativo: «Porque debe de estarse preguntando a cada paso si su hermano seguiría con vida, de no haber cometido la tontería de agarrar la pistola».

Sería un toque delicado volver a plantear la duda en su conciencia, *hacerla sentirse* culpable. Y para él sería una protección adicional. Empezó a esperar la entrevista. Era el destino; era la aventura. Contaba sólo cuarenta y siete años y le quedaban muchos por delante. Podía ocurrir cualquier cosa.

Aquella noche durmió muy bien. No soñó y despertó en perfecta forma. Se desayunó como siempre en el *drugstore*, luego fue a la oficina y guardó el coche en el aparcamiento de la compañía. Revisó su correo, lo seleccionó y dictó unas cartas rutinarias. Luego bajó y se dirigió en coche hasta las afueras para su primera entrevista: Con Mrs. Marvin Seeley.

Calculó que la casa valdría unos cincuenta mil dólares. Reflejaba buen gusto, como tenía que ser tratándose de Fran. Las puertas del garaje, un garaje para tres coches, estaban abiertas y dentro había un descapotable. «Rica —se dijo—, pero sin alardes. Probablemente una persona de servicio y una doncella por horas.»

A lo mejor la propia Fran abriría la puerta. También se había preparado para ello.

Vería a una viuda llenita, de edad intermedia, y ella vería a un desconocido, Hugh Bannerman, de la compañía de seguros.

Tiró de la campanilla y esperó, excitado. Oyó unos pasos rápidos y ligeros, y la puerta se abrió. Como en un sueño, la vio joven, preciosa, sin acusar cambio alguno. Sus ojos azules seguían fascinando ante las maravillas del mundo; su cabello rubio brillaba destellante y su cuerpo seguía igual de joven y esbelto. Por un momento se quedó asombrado, incapaz de creer en el milagro de su juventud.

—¡Winky! —exclamó.

La joven le miró estupefacta. Luego, burlona, disfrutando con el juego, volvió la cabeza y dijo con aquella voz tan familiar:

—Mamá, preguntan por Winky. ¿Quién puede ser?

Nervioso, dio un paso atrás, su pie no encontró el peldaño y se torció el tobillo. Sintió una punzada de dolor, dobló el cuerpo y se cayó de bruces.

Quedó unos segundos inconsciente, pero mantuvo los ojos

cerrados, tratando de pensar, diciéndose que su metedura de pata no era fatal, que podría arreglarse de algún modo.

Oyó pasos procedentes del interior y alguien se inclinó a su lado, pero aún no miró a Fran Seeley. En un momento de inspiración decidió que pretendería que la muchacha no le había comprendido. Después se marcharía y dejaría que Perkins fuera mañana y arreglara lo del seguro.

Winky..., Seeley..., dos nombres parecidos. Y naturalmente, trataría con un par de mujeres que estarían trastornadas por el accidente. Ya le había ocurrido lo mismo varias veces en el curso de su trabajo.

Confiado, orgulloso de su agilidad mental y soberanamente seguro de sí mismo, abrió los ojos.

Fran había envejecido. Estaba algo más gruesa, su rostro todavía bello y sereno en su madurez, reflejaba compasión, como si hubiera sufrido mucho. Sus ojos reflejaban ternura y simpatía y lo único que evidentemente la preocupaba era su sufrimiento..., que, en cuanto a él, era beneficioso. El tropiezo obraba en su favor.

—Me temo que me he torcido el tobillo —comentó con voz temblorosa.

—¡Cuánto lo siento! ¿Cree que podrá tenerse en pie? Si se apoya en nosotras, entre Ethel y yo le ayudaremos a entrar.

—Lo intentaré.

Se incorporó torpemente y descansó su peso en los hombros de las dos mujeres. Jadeando por el esfuerzo, entró en la casa a la pata coja hasta dejarse caer pesadamente sobre los almohadones de un sofá cercano a la chimenea. Su tobillo le dio otra punzada, y la estancia cálida y suntuosa giró ante sus ojos.

—Lamento molestarla —murmuró—, pero si llamara a un médico, me vendaría el tobillo y podría valerme por mí mismo.

—Lo que necesita ahora —dijo Fran con energía— es un trago de whisky. Está blanco como una sábana. —Se volvió y mostró su claro y perfecto perfil—. ¿Quieres traer la botella, Ethel? Y un vaso de la cocina.

—Claro, mamá.

La muchacha se fue y Fran se inclinó hacia delante. Parecía sostener una lucha interna, mientras le estudiaba con extasiada concentración.

Se apartó bruscamente, vivamente consciente de que ésta era la primera vez que alguien tenía un motivo para observarle de cerca. Nunca, hasta aquel momento, se había puesto a prueba su disfraz.

—Confío —observó simulando estar divertido— que su hija no se equivocará en la bebida como lo hizo con el nombre.

Fran no replicó.

Si solamente pudiera levantarse, echar a correr, apartarla de un empujón y huir..., cualquier cosa, excepto seguir sentado, esperando, expuesto a su intenso escrutinio.

Levantó las manos hasta la cara, para cubrirla. Se frotó las mejillas vivamente y dejó caer las manos, abrumado.

No debía haber hecho aquello. No con su viejo gesto, que para ella resultaba tan familiar.

—¡Esa bebida! —exclamó, cada vez más asustado—. La necesito. ¿Por qué tarda tanto?

Entonces, finalmente, ella dijo:

—¡Blinky!

Y lo pronunció lentamente, como con asco.

Receta secreta

Charles Mergendahl

Voy a presentarles este fragmento de folklore a modo de introducción. Entre los componentes de una pequeña tribu de caníbales amantes de la paz, había uno más ingenioso que los demás. No satisfecho con comerse a los blancos, aprendió sus costumbres. Y así, durante una estación de abundante cosecha, redujo a cenizas la provisión de comida de su aldea, y colocó las cenizas en pequeños botes etiquetados con la frase Gente instantánea.

—¿Estás segura? —insistió Simon al teléfono—. ¿No quieres que te recoja nada cuando vuelva esta noche?

—No, todo está bien. Polly ha salido con Susie Steele, y yo he planeado una cena exótica..., como sugeriste.

—Verás, es muy importante.

—Claro que sí.

La voz de Sheila sonaba tranquila, demasiado tranquila, y por un momento sintió ciertas dudas. Las desechó.

—Bien. Llegaremos dentro de unos minutos.

—Estaré esperando.

—Recuerda que Mr. Brevoort quiere los martinis secos.

—Colocaré la botella de vermut junto a la de ginebra y la apartaré al momento.

Se echó a reír, casi alegremente.

Simon dijo adiós y colgó, luego se quedó sentado un minuto oyendo su risa alegre.

«Esta noche, no —rezó—, Dios mío, por favor, *esta noche no*.»

Su secretaria apareció en la puerta. Sus ojos claros observaron las manos nerviosas, los dientes clavados en el labio inferior. Anunció:

—Son las cinco, Simon.

—¡Oh...! ¡Gracias, Ida!

—Mrs. Brevoort ha llegado hace un minuto. Dije a Mr. Brevoort que les recogerías a la salida.

—Muy bien.

Ida titubeó, pero se decidió a entrar en el despacho y cerró la puerta tras sí.

—¿Simon?

—¿Qué?

—¿Te parece prudente?

—¿Qué otra cosa puedo *hacer*? —Movió las manos, desesperado—. La promoción sale el próximo martes y ya conoces a Brevoort... Le gusta visitar la casa del candidato antes de tomar la decisión definitiva. Así que tengo que llevarlos a casa a cenar, y no encuentro forma de evitarlo.

—¡Pobre Simon! —Ida se sentó al borde de la mesa y acarició los pelillos oscuros del cogote del hombre, diciendo dulcemente—: No puedo olvidar aquellos seis meses en que tu mujer estuvo fuera.

—Sí —rió con ironía—. Fuera.

—*Podría* volver a irse —insinuó Ida.

—Se *irá* —le aseguró.

Siguió un silencio mientras los dedos de Ida seguían acariciándole el cogote. De pronto se inclinó y le besó. Sus labios duchos recorrieron duramente los suyos, y repitió en tono práctico:

—¡Pobre Simon...! Bien, ya son las cinco y cinco. —Saltó de la mesa, se arregló la blusa, y dijo mientras salía del despacho—: No te preocupes. Saldrá bien.

—Saldrá bien —musitó Simon.

Se levantó, se limpió el carmín de Ida y empezó a ordenar la mesa. Por detrás de la puerta una de las mecanógrafas rió nerviosamente y Simon se cubrió los oídos con las manos. «*Esta noche, no.* Por favor, Sheila, no hagas nada mal *esta noche.*» Se irguió y se arregló la corbata. Respiró profundamente, se puso el sombrero, sonrió animosamente a Ida al pasar, y cruzó la antesala en dirección al despacho del presidente Mr. Walter Brevoort.

Las hojas de octubre caían como enormes copos de nieve pardos, mientras conducía al atardecer en dirección a su casa de Brentwood. Detrás de él, en el asiento posterior, se sentaban los Brevoort, separados uno de otro, cada uno mirando por su ventanilla. El señor era rechoncho y calvo, con un mechón blanco sobre las orejas. Su mujer era gordita y alegre.

—Tiene una hija, ¿verdad, Simon? —preguntó Mrs. Brevoort.

—Sí, Polly, de doce años; es una niña muy guapa. —Se rió como excusándose de su orgullo. Pero Polly era realmente hermosa: rubia, delgada; sentía verdadera pasión por ella. quizá de forma dominante, posesiva. Repitió—: Muy bonita.

—Debió de heredarlo de su madre —bromeó con una risita Mr. Brevoort.

Y Simon dijo que sí, que Sheila era muy atractiva también, y recordó que así se lo había parecido en otros tiempos, antes de que la enviaran al sanatorio y regresara con sus «rarezas» que había tratado de tolerar y que ahora aborrecía. «*Podría* irse», había dicho Ida. «Se irá», contestó él. Y se *iría*, porque así lo había planeado. Atosigarla y atosigarla. Exagerar sus rarezas al doctor Birnam. Poner a Polly en contra de su madre. Empujarla hasta el punto límite. Transformarla en una idiota incoherente; pero esta noche, no.

—Esta noche, no —exclamó en voz alta.

—¿Cómo dice, Simon? —preguntó Mr. Brevoort.

—Nada, nada.

Y siguió conduciendo bajo una verdadera lluvia de hojas secas que caían de los árboles, hacia la casa blanca y cuidada de la esquina.

—Preciosa —comentó Mrs. Brevoort mientras era ayudada a salir del coche.

—Queremos a nuestra casita —dijo, y casi retuvo el aliento mientras andaban.

No respiró del todo hasta que Sheila abrió la puerta y les dio la bienvenida y vio que todo iba a salir bien. Iba elegantemente vestida de negro, con su cabello oscuro bien peinado, las palabras serenas y amables, de modo que nada la traicionaba..., excepto, quizás, el desacostumbrado brillo de sus ojos negros, la media sonrisa en sus labios cuando los levantó para que se los besara.

—¡Qué habitación más acogedora! —exclamó Mrs. Brevoort, y Mr. Brevoort dejó caer su cuerpo cuadrado en su
sillón, diciendo:

—Se aprende mucho de un hombre por su forma de vivir.
Un hombre que no vive bien en su casa, tiene que reflejarse
en su trabajo.

—Sí, señor.

—A la fuerza.

—Sí, señor.

—Me gustaría conocer a su hija, Simon.

—Más tarde —dijo Simon—. Ha salido con unos amigos.
—Miró a Sheila que estaba sirviendo los martinis—. ¿Adónde ha ido Polly, querida?

—A la primera sesión de cine —respondió Sheila—. Volverá a las siete.

—Entonces todavía *podemos* conocerla —dijo Mrs. Brevoort.

—Es la «hija» de su padre —comentó Sheila yéndose a la
cocina.

Simon la siguió con la mirada, ceñudo.

—Encantadora.

—Preciosa —corroboró Mr. Brevoort—. No sé cómo pudo
vivir todos esos meses que se fue a visitar a la familia.

Simon murmuró algo relativo a que había sido un tiempo
difícil para todos, tragó su martini, murmuró una excusa y
pasó a la cocina cerrando la puerta tras sí. Sheila estaba inclinada sobre los fogones, revolviendo un guiso antes de meterlo en el horno. Prudentemente preguntó:

—¿Todo va bien?

—Perfectamente. Salvo que estás planeando volver a en-
viarme al sanatorio y separarme de Polly y seguir tu ligue
con esa Ida.

—Sheila...

—Por lo demás todo va bien.

—*Esta noche, no,* Sheila.

—Anoche, la semana pasada y el mes pasado. Pero esta
noche, no.

—Si trataras de comprender...

—¡Oh, lo comprendo, Simon! Lo comprendo perfectamente. Tengo que representar un papel que te proporcionará una promoción en la oficina. Después te desharás de mí y te quedarás con Polly para ti solo.

—Mira, Sheila...

—Y puede que te deshagas de mí, pero no te quedarás con Polly.

—Está bien. Pero ahora, no. ¡*Ahora*, no!

Se volvió y le sonrió levemente. Sus ojos parecían más brillantes. «Lo mismo que aquella noche lejana, poco antes de que llegaran los hombres con sus batas blancas», pensó. De pronto sintió frío y preguntó:

—¿Puedo hacer algo?

—Puedes sacar la basura si quieres.

—Después de cenar.

—Ahora, antes de que la cocina huela mal.

Puso el pie en el pedal y sacó la bolsa del cubo blanco. La bolsa estaba repleta y bien cerrada.

—No la abras —aconsejó su mujer—. Te marearás.

Se encogió de hombros, metió la bolsa en un cubo, la sacó por la puerta trasera, tiró la bolsa en el depósito de basuras y volvió a la cocina.

—¿Algo más? —preguntó.

—Recuerda solamente lo que te he dicho.

—Te *advierto*, Sheila... —Pero se calló. Ahora no debía amenazarla. Tampoco debió haberlo hecho anoche. Era locamente celosa y tenía que manejarla con delicadeza, por lo menos hasta que los Brevoort se marcharan.

Volvió al salón y sirvió otra ronda de martinis. Sonó el teléfono. Era Mrs. Steele. Quería saber si Susie estaba con Polly y si era así que la enviara a casa inmediatamente después de cenar. Le explicó que Polly y Susie habían ido al cine a la sesión de las cinco. Mrs. Steele comentó que era raro que Susie no hubiera ido a casa a pedirle permiso.

—Un minuto. —Dejó el teléfono y llamó a Sheila—. ¿Estás segura de que Polly se fue al cine?

—Claro que estoy segura —contestó Sheila viniendo de la cocina y mirándole.

—Pero Mrs. Steele dijo que era raro...

—No es raro. No hay nada raro. —Sus ojos volvían a bri-

llar curiosamente. Se excusó con Mrs. Steele, colgó y volvió a reunirse con los Brevoort. Hablaban de una nueva serie televisiva que era algo sorprendente y estuvo de acuerdo,
pero le resultaba imposible concentrarse. Miró hacia la ventana y vio que se había hecho de noche, de pronto. Pensó
que Polly no debía estar fuera de casa a esas horas. Miró
a Sheila, que hablaba animadamente con Mrs. Brevoort. Se
dijo que los ojos no debían brillarle tanto, ni sus labios estar tan húmedos y tan rojos. Tampoco debería reírse tanto.

—¡Simon!

Se sobresaltó.

—Phil Silvers...

—Sí, sorprendente.

—No te fijas en lo que se dice —le riñó Sheila.

—Perdóname. Estaba pensando en lo que me ha dicho
Mrs. Steele. Me preguntaba a dónde habrá ido Polly en realidad.

—Ya te lo he dicho, Simon. Yo *sé* a dónde ha ido.

Volvió a reír y su risa parecía llegar de otra habitación,
de otro mundo, antes de anunciar que la cena estaba lista.

Simon se sentó en la cabecera de la mesa rectangular con
Mrs. Brevoort a su izquierda y Mr. Brevoort a la derecha.
Sheila encendió las velas, luego pasó a la cocina y volvió con
el estofado servido en una gran fuente de cobre. Encendió
la pequeña llamita en el soporte de hierro forjado y colocó la
fuente de cobre encima.

—Así, claro, no se cocerá —explicó—, pero resulta precio-
so y se mantiene caliente.

Simon volvió a mirar hacia la ventana. Las hojas secas
pasaban rozando el cristal. Apretó los puños por debajo
de la mesa. Pensó que Sheila estaba hablando demasiado.
Fuera era noche cerrada. Oyó la exclamación de placer
de Mrs. Brevoort al pasarle el plato servido. Oyó decir a
Mr. Brevoort:

—Curry..., cualquier cosa con curry... Me encanta, me
encanta...

Después le pasaron su plato y se quedó mirándolo, humean-
te a la luz de las velas. La señora lo había probado ya. Suspiró:

—¡Hummm! Delicioso, pero, ¿qué es?

—Es una receta secreta —explicó Sheila—, aunque debo confesar que no la había preparado anteriormente.

—Impresionante —dijo Mr. Brevoort.

—¿Simon? —preguntó Sheila.

—¡Oh, sí...!, sí. —Probó el estofado. Estaba excesivamente sazonado y eso dominaba sobre otro sabor extraño que no podía distinguir—. No está mal —terminó diciendo. Levantó la mirada y se fijó en que el plato de Sheila estaba vacío—. ¿Es que no vas a comer nada?

—No tengo hambre.

—Pero nunca *dejas* de cenar.

—Ya lo sé. Pero esta noche no tengo hambre.

Y dejó oír de nuevo aquella risita, y vio los rojos labios húmedos, los ojos relucientes. Fuera, un vientecillo empezó a mover los árboles y, en alguna parte, gritó un niño. Sintió frío. Ojalá Polly estuviera en casa. Ojalá hubiera terminado aquella noche y la promoción quedara resuelta para no tener que hacer más comedia con Sheila. Podía hacer que la encerraran..., para siempre..., y vendería esta casa que odiaba y se llevaría a Polly con él y con Ida.

—No estás comiendo, Simon.

—Sí; está bien. Muy bueno.

Pero no tenía hambre. Nunca le habían gustado las cosas raras y solamente había insistido en un plato exótico por los Brevoort. Probó un bocado más y se fijó en un largo pelo rubio en su tenedor, lo retiró disimuladamente, pensando, distraído, que era de Polly porque el cabello de Sheila era castaño oscuro. Se daba cuenta de que los árboles se agitaban cada vez más con el viento que se había levantado. Oyó que Mr. Brevoort decía:

—Sí, repetiré, por favor.

Y que su esposa insistía:

—Sencillamente, *tiene* que darme esta receta. Cebollas, setas, pimientos y curry... Y me figuro que la carne ha sido antes salteada, pero, ¿qué carne es?

Sheila rió secretamente, él tomó otro bocado y fue entonces cuando encontró una uña. Era pequeña, dura y curvada. Se le había clavado entre los dientes y cuando la examinó a la luz de las velas, al principio no estuvo seguro de lo

que era. Luego, cuando se dio cuenta, fue como una extraña sensación de despego, hasta que levantó la mirada y tro-
pezó con la de Sheila que le sonreía.

—¿Te ocurre algo?

—No. Sólo que yo...

—No te preocupes más. Yo *sé* dónde está Polly.

—Claro..., claro. —Colocó la uñita cuidadosamente a un
lado del plato. La miró, como ausente. Sheila había dicho:
«No te quedarás con Polly». Y ahora: «Yo *sé* dónde está...,
es una receta secreta..., saca la basura, pero no abras la bolsa o te marearás...». Sus ojos brillaban demasiado. Se reía
demasiado. En el fondo siempre había odiado el cariño que
sentía por Polly. Nunca hasta entonces había dejado de cenar. Su cabello era castaño oscuro y sus uñas, largas y rojas,
llevaban días sin cortar. El viento gemía entre los árboles.
Y era raro, había dicho Mrs. Steele. ¿Y por qué no volvía
Polly a casa? ¿Y por qué había sentido frío toda la noche
y ahora se encontraba mareado, y la mano le temblaba des-
controladamente, y su cuerpo empezaba también a temblar
en un horrible espasmo que no cedía?

—¿Pollo? —preguntó Mrs. Brevoort.

—No, no es pollo.

—¿Ternera? —sugirió Mr. Brevoort.

—No.

—¿Cordero?

—No.

—¿Cerdo?

—No. —Sheila seguía sonriendo—. ¿Lo adivinas tú, Simon? ¿Lo miraste? Apuesto a que miraste cuando fuiste a
dejar la basura. Simon... Simon.

Simon dio un chillido. Se levantó y volvió a chillar una
y otra vez. Corrió a la puerta y gritó en la noche y en el viento.

—¡Polly...! ¡Polly!

Cruzó corriendo la casa y salió por la puerta de la cocina,
jardín abajo hasta el depósito de basura. Levantó la tapa,
metió la mano, volvió a sacarla y dejó caer la tapa con estruendo. Vomitó violentamente, y se apoyó, estremecido,
contra el porche mientras las hojas se arremolinaban a su
alrededor.

—¡Oh, Dios mío! —sollozó—. ¡Oh, Dios mío! ¡Dios mío!

Entró tambaleándose, en el salón. Los Brevoort se marchaban apresuradamente, hablando de coger un taxi. Apenas les vio. Seguía chillando. La puerta se cerró y Sheila se volvió hacia él diciéndole:

—¿Ves lo que has hecho, Simon? Después de todo, pensarán que éste no es un hogar feliz.

Pero él siguió gritando:

—Estás *loca... Realmente loca...* Y esta vez te vas a ir para *siempre.* ¡Oh, Dios mío!, ¡oh, Dios mío!

Llegó dando traspiés junto al teléfono y marcó el número del doctor Birnam con dedos temblorosos. Sus palabras eran prácticamente incoherentes.

—No llegué a *darme cuenta...,* algo terrible... Traigan la ambulancia..., y una camisa de fuerza... ¡Oh, Dios mío!

Y apoyó la cabeza contra el teléfono y se estremeció y sollozó histéricamente sin poder parar.

—Terrible —dijo el doctor Birnam, después que los hombres de bata blanca se llevaron al ser que no dejaba de protestar—. Simplemente terrible.

—Pero, *por qué* —preguntó llorando inconsolable—. *Por qué..., por qué...*

El médico se encogió de hombros.

—Estas cosas suelen ser difíciles de explicar. Si solamente lo hubiera previsto..., pero es imposible que lo hubiera adivinado.

—Y, precisamente esta noche..., precisamente esta noche que era tan *importante.*

—No sabría... decírselo. —El doctor alargó la mano, tranquilizador, y anduvo hacia la puerta—. Naturalmente, haremos cuanto podamos. Camisa de fuerza por un tiempo y luego tratamiento... La verdad es que no lo sé... —Abrió la puerta y exclamó—: Vaya, ¿cómo está mi pequeña favorita?

—Muy bien —contestó Polly entrando. El médico se fue y Polly comentó—: Susie se la va a cargar por haber ido al cine sin decírselo a su madre. —Miró a su alrededor y preguntó—: ¿Dónde está papá?

—Se ha ido.

—¿Por mucho tiempo?

—Me temo que sí.

—Él me dijo que eras tú la que te *ibas*. Pero me alegro de que sea él y no tú.

—¿De verdad, cariño? —Se secó las lágrimas—. ¿De verdad?

Polly asintió, añadiendo:

—Tengo hambre.

—Yo también.

Se sentaron a la mesa y se sirvieron una buena ración de estofado, que se había mantenido caliente sobre la lamparilla.

—¡Qué bueno! —exclamó Polly—. ¿Qué es?

—¿Adivínalo?

—¿Pollo?

—No; pollo, no.

—¿Ternera?

—No.

—Entonces, ¿qué es?

—Una receta secreta —contestó sonriendo levemente, con cariño, a su hija.

Papi

David Alexander

Generalmente se está de acuerdo en que hace falta todo tipo de gente para formar un mundo..., quiero decir, un mundo imperfecto. Esta historia de creciente malestar, nos presenta a un villano especialmente desagradable, un tal Mr. Heavenridge. Y en cuanto al tal Mr. Heavenridge, mi humana impresión me dice que también sirven los que huelen muy mal.

Marcia había vuelto a huir. Helen pensó con amargura que ésta era la corta y triste historia de su hermana menor. Marcia huía continuamente. Nunca supo hacer frente a nada desagradable, a ninguna realidad. Cuando ocurría algo así, huía, y para conseguirlo tenía diversos medios. La pastilla para dormir que acababa de tomarse, era uno; el alcohol, otro. Pero huía, sobre todo, a un mundo de fantasía, merced a un extraño y propio proceso mental, donde todo era exactamente igual a como deseaba que fuera. Era incapaz de aceptar las cosas como eran.

Naturalmente, Helen la había advertido respecto de Paul Carter. Paul era el último de la infinidad de jóvenes que mariposeaban en la vida de su hermana. Helen la había advertido sobre casi todos, pero ella se negaba a escucharla. No escuchar nunca era otro de los métodos empleados por Marcia para escapar a la realidad de la vida. Helen suponía que Paul era un joven bastante agradable pese a su débil barbilla; de modales amables, guapo aunque vacuo, iba bien vestido y era, económicamente, seguro. Pero estaba casado y era padre de dos hijos. Y lo que aún era peor, estaba casado con la hija de Mr. Enright, dueño de la empresa donde entonces Marcia trabajaba como secretaria. Como secretaria de Paul Carter.

El suegro de Paul le había nombrado vicepresidente de la Agencia Enright.

Helen estaba segura de que todo el asunto no era obra de Paul. Su hermana probablemente se había echado sobre el joven. Cuando Marcia abandonó su puesto, un puesto muy bien remunerado, porque sus relaciones con Paul eran demasiado notorias, creía estar segura de que se divorciaría de su esposa, sacrificaría su carrera y se casaría con ella. Naturalmente, tampoco ésta terminó bien, lo mismo que el resto de sus fantasías. Esta noche, precisamente, Paul vino al apartamento para decirle que no podía volver a verla, que la historia había llegado a oídos de su mujer y de su suegro. Tuvo que hacer un inusitado acopio de valor para decírselo, porque él, lo mismo que ella, tenía la costumbre de huir de los problemas, en lugar de afrontarlos.

Helen se estremeció y se ciñó más la bata sobre su esbelto cuerpo al recordar la terrible escena que había tenido lugar. Estaba trabajando en una ilustración para una revista de modas, en su alcoba, que también hacía las veces de estudio, cuando a través de la puerta cerrada oyó las imprecaciones histéricas que Marcia espetaba a Paul. Se acordó de que estaba abierta la ventana de la sala de estar que daba a un patio, con la posibilidad de que los vecinos oyeran lo que estaba ocurriendo, y corrió a cerrarla. Fue entonces cuando Marcia rompió el jarrón en la cabeza de Paul. Era un jarrón macizo, pero el golpe fue tan fuerte que se rompió en mil pedazos. Los fragmentos de loza ofrecían un feo espectáculo sobre el suelo. Paul cayó de su silla y quedó tendido en el piso, terriblemente inmóvil, con el rostro sin color, sangrando lenta e insidiosamente de un corte en la cabeza. Por un momento Helen creyó que estaba muerto. Naturalmente, Marcia había huido, había huido a su alcoba y cerrado la puerta con llave. Helen lavó y curó la herida de Paul y éste se fue del apartamento, tambaleándose. Helen miró el reloj. Había pasado ya más de media hora. «Ojalá esté bien. Ojalá tenga la suficiente sensatez para ir en busca de un médico. Y ojalá se le ocurra una explicación plausible para justificar en casa su cabeza rota», pensó.

Helen observó que la ventana de la sala de estar seguía

aún abierta, que no había bajado la persiana, que todo había ocurrido con tal rapidez que había olvidado la razón que la había llevado a la sala de estar. «Bueno —se dijo—, el apartamento de enfrente está oscuro.» El apartamento solía estar a oscuras. Lo ocupaba un hombre gordo y vulgar que aparentemente vivía solo. Helen se había encontrado con él en un par de ocasiones en el rellano.

«Es un apartamento bastante grande para que un viejo viva en él, solo», pensaba Helen, esforzándose voluntariamente por apartar de su mente el incidente violento recién ocurrido. La distribución era la misma que la del piso que ella y Marcia ocupaban. El edificio era una antigua casa de pisos de la parte alta de Nueva York, cercana a Broadway, una buena zona años atrás, que ahora se iba pudriendo por abandono. Las calles estaban llenas de jóvenes de piel morena y chaquetas de cuero. Sus miradas eran duras, inapropiadas para la edad. Helen les tenía miedo. No le gustaba llegar por la noche, tarde, a casa. Pero su piso era grande, con dos dormitorios, y el alquiler razonable. Cuando Marcia llegó a Nueva York reclamó una alcoba para ella sola, alegando que estaba nerviosa y que en el mejor de los casos dormía mal. Helen se ganaba la vida como ilustradora para revistas de moda y podía trabajar en casa, y como su habitación tenía luz del Norte podía servirle de estudio.

Volvió a mirar el reloj. Ahora ya pasaba de la medianoche. «Debo acostarme —pensó—, aunque no pueda dormir.» Empezó a apagar luces en la sala de estar. Vio su imagen en un espejo de la pared y creyó vislumbrar el principio de pequeñas patas de gallo junto a sus ojos y a su boca. Pensó que tenía veintiocho años. «Me figuro que esto me convierte en una solterona.» Había dedicado la mayor parte de su juventud a cuidar de su hermana menor.

Se disponía a apagar la última de las lámparas cuando oyó una súbita llamada a la puerta del piso.

De pronto quedó paralizada de miedo. «Será la Policía —se dijo—. Paul debe de haberse desplomado por la pérdida de sangre y de un modo u otro han averiguado lo ocurrido aquí.»

En la puerta había una diminuta mirilla cubierta por una lengüeta de metal. Helen la levantó y miró. El viejo gordo que vivía frente a ellas estaba ante la puerta, golpeando repetidamente con el llamador de bronce. A través de la mirilla, Helen dijo:

—Deje ya de golpear. Mi hermana está durmiendo. ¿Qué quiere?

Era la primera vez que oía hablar al viejo. Su voz era profunda y pegajosa, aunque se esforzaba por hablar bajo:

—Abra la puerta, querida —le dijo—. Es muy importante. Es un asunto de vida o muerte, y no puedo hablar por este agujero.

Helen dudó. Por fin decidió abrir la puerta, tratando de impedir la entrada con su cuerpo, pero la mole del viejo la desplazó, empujándola a un lado, y se metió en la casa.

—¡Hay que ver! —exclamó Helen—. Dígame de una vez de qué se trata. Es más de medianoche.

—Le pido perdón por mi intrusión, hija —dijo tranquilamente el viejo—. Permítame que me presente. Mi nombre es Heavenridge. George M. Heavenridge. Setenta años cumplidos, retirado, incapaz de hacer daño, se lo aseguro, pequeña. Ésta es mi historia. Ahora pasemos a mi asunto.

Sus gruesos labios sonrieron a Helen. La habitación quedó impregnada del olor de su ropa sucia y del humo rancio del cigarro. Se frotó la barbilla mal afeitada y las mejillas caídas con una mano carnosa. Tenía los dedos manchados de nicotina y terminados por medias lunas negras.

—¿Qué asunto? —preguntó Helen, advirtiendo que su voz era demasiado estridente.

El viejo se sentó sin haber sido invitado.

—Se trata de la habitación, hija mía —respondió—. La habitación que anunciaban en el periódico para alquilar.

Helen miró al viejo, estupefacta. Luego se recobró:

—¡No he anunciado que alquilaba nada! Hay un error. Y si hubiera puesto el anuncio tampoco éstas son horas para venir a preguntar.

El viejo agitó un dedo sucio y gordo en dirección a Helen. Sus gruesos y húmedos labios sonrieron descubriendo una dentadura repugnantemente falsa y blanca.

—Ya lo creo que sí, hijita. Anunció que alquilaba una habitación. Creo que nos pondremos de acuerdo. Tan pronto como sea su inquilino. Inmediatamente. Esta misma noche, ¿entiende? Vivo ahí en frente. Esta noche traeré sólo lo que necesite hoy. Mañana y en los próximos días, trasladaré mis otras pertenencias. Tengo derecho a subarrendar mi apartamento, pero no tengo prisa. Esperaré a encontrar alguien que me guste y me pague un buen alquiler. En cambio, su necesidad es grande. La suya y la de su hermana. Deben estar inmediatamente bajo mi protección. Es vital, hija mía. También en esto coincidiremos.

Helen se quedó muda de asombro contemplando al viejo sonriente. Sacudió la cabeza lentamente y exclamó:

—¡Esto es de locos! ¿Por qué demonios necesitamos su «protección» mi hermana y yo, como usted dice?

El anciano gordo no dejó de sonreír y contestó:

—Porque han encontrado el cuerpo, hija mía. La Policía, quiero decir. Han encontrado el cuerpo, hace un momento, delante de la casa. ¡Un hombre tan joven! ¡Qué tragedia ser abatido en la flor de la vida!

Súbitamente Helen sólo experimentó una sensación: Estaba helada. Después notó que no podía ver bien. Veía al viejo y al mobiliario familiar de la estancia, pero todo parecía como difuminado, como si estuviera observando las cosas a través de la caída de una cascada. Se agarró al respaldo de una silla y habló.

—Le agradeceré que se explique lo antes posible y que sea breve, Mr. Heavenridge. Después, por favor, salga de este piso o me veré obligada a llamar al conserje.

Mr. Heavenridge estaba encendiendo un repugnante puro. Exhaló el humo y comentó:

—Espero que no le molesten mis puros. Fumo muchos. Es el vicio de un anciano, hija mía. Prefiero el tabaco fuerte y confío en que se acostumbre.

Miró la punta encendida del puro y movió la cabeza, satisfecho. Luego siguió diciendo:

—Usted y su hermana, en cuanto a las persianas de su ventana, niña, son de lo más descuidadas. Tal vez porque viviendo en la parte trasera de la primera planta, suponen que no las ve nadie. Pero yo las observo con frecuencia. Yo me siento bien a oscuras; la oscuridad, para un viejo, es más amable que la luz. La oscuridad está llena de recuerdos. En la oscuridad mis dos hijas salen de la tumba. Las veo con claridad, con sus trajes veraniegos y sus sombreros de ala ancha, con el rubor juvenil en sus mejillas. Y un buen día, cuando usted y su hermana se trasladaron a este piso frente al mío, me di cuenta de que aquellas vagas figuras percibidas en la oscuridad, se volvían reales, ¡que vivían! Usted es muy parecida a mi hija mayor, Alice. Dulce y tranquila, siempre obediente. Y su hermana menor, es como mi hija pequeña, Dora. Caprichosa, pero bonita. Ahora me doy cuenta de que no fui lo bastante severo con ella. Pero no es tarde para rectificar mi error. Usted y su hermana van a ser mis hijas, querida. Y yo pasaré a ser su amante padre, siempre cerca para protegerlas. Y eso va a suceder a partir de esta noche, hasta que el buen Señor me llame a su lado. ¡Ah, qué felices vamos a ser los tres!

El viejo expulsó el humo y siguió diciendo:

—Yo maté a mis hijas, ¿sabe? Las maté hace más de veinte años.

La cascada volvió a oscurecer la visión de Helen y atronó en sus oídos. Le resultaba imposible controlar su voz, y casi chilló:

—Usted... ¿Que *usted* mató a sus hijas?

El viejo asintió tranquilamente:

—No fue exactamente un asesinato, ¿sabe? No fue como lo ocurrido aquí esta noche. ¡Qué terrible! Yo consentí demasiado a mis hijas. Su madre murió cuando aún eran muy jóvenes. Cuando se hicieron mayores quisieron un coche. Compré uno, pero era muy mal conductor y un día lo estrellé. No irá usted a creer que lo hice a propósito, ¿verdad? En todo caso, Alice y Dora murieron. Solamente yo me salvé para seguir viviendo en solitario. Pero ahora todo ha terminado. Usted y su hermana van a ser mis hijas. Yo me mostraré severo, pero siempre comprensivo.

A Helen le castañeteaban los dientes por el frío extraño que la dejaba aterida.

—¡No! —gritó—. ¡No! ¡No!

El viejo encogió sus gruesos hombros y observó:

—La elección es suya. Dudo de que electrocuten a su hermana; es demasiado joven y bonita. Pero pasará la vida tras los muros grises de la prisión, con toda seguridad. Yo lo vi todo. Vi cómo le golpeaba. Cuando él salió, noté cómo se tambaleaba. Conozco algo sobre las heridas en la cabeza. Después de recibirlas se tarda un tiempo en morir. Le observé por la ventana que da a la calle y le vi rodar en el callejón desierto. Cayó. Yo salí y le examiné. Su corazón había dejado de latir. Llamé a la Policía pero no les di mi nombre. Vinieron, llamaron al piso del conserje y hablaron con él. Escuché por una rendija de mi puerta. El conserje no sabía nada. Si me instalo aquí y me preguntan, juraré que estuve aquí todo el tiempo. Cualquier padre haría lo mismo por sus hijas.

El viejo calló, suspiró, movió su calva cabeza y agregó:

—Pero si rehúsan..., entonces, claro, deberé contar lo que sé, como cualquier ciudadano cumplidor de su deber.

Alguien gritó. Marcia estaba apoyada en la puerta de su habitación. Tenía los ojos vidriosos, alocados.

—¡No llame a la Policía! —suplicó—. ¡Oh, Helen, por favor, no le dejes que llame!

El viejo se puso de pie. Sorprendía su agilidad dada su gordura. Cruzó rápidamente la estancia y dio a Marcia una sonora bofetada.

—Vete a tu habitación, Dora —tronó—. Tu hermana y yo arreglaremos este asunto.

Y lo arreglaron porque no cabía hacer otra cosa. Por lo menos la perpleja y aterrorizada Helen no podía pensar en otra cosa. Y Marcia había volado a la cama. Las ropas le cubrían la cabeza y el lecho se agitaba con su llanto.

Mr. Heavenridge se instaló allí aquella misma noche. Ocupó la habitación que había sido dormitorio-estudio de Helen. Ésta pasó a ocupar la habitación pequeña con Marcia.

Mr. Heavenridge anunció que los ruidos le molestaban, que no podía soportar el bullicio callejero y que no le hacía gracia la luz del sol. Mantenía todas las ventanas cerradas y las persianas bajadas. Llamó inmediatamente a la Telefónica y mandó desconectar el teléfono. Quitó las antenas a la televisión y desconectó el receptor de radio.

El apartamento se hizo insoportablemente agobiante; ya

no tenía el agradable aroma juvenil a polvos, jabón y flores frescas. Todo quedó impregnado del asfixiante olor a rancio del viejo. Las dos muchachas disponían solamente de un armario para las dos y toda su ropa, porque los demás los reclamó el viejo. Este problema quedó aliviado, en cierto modo, por una decisión dictatorial de Mr. Heavenridge. Hizo un inventario de sus ropas y lo que consideró inmodesto lo hizo pedazos y sugirió que los trozos se utilizaran como trapos de limpieza.

La mañana del primer día, Helen le encontró examinando su cuenta bancaria, libros de contabilidad y correspondencia personal. Cuando ella protestó, la alejó con un gesto, y la riñó por levantarse tan tarde.

—De ahora en adelante —le dijo— tú y tu hermana os levantaréis a las seis y media. Ésta es mi hora. A las siete en punto deseo tener el desayuno servido.

Las mandaba a la cama a las diez y media. Una noche vio una línea de luz por debajo de la puerta del dormitorio de las muchachas después de la hora establecida. Se enfureció y aflojó todas las bombillas. A partir de entonces, todas las noches a la hora fijada, retiraba las bombillas.

A las muchachas las llamaba Alice y Dora. Trajo de su piso una pesada Biblia familiar y solicitó de una de ellas que todas las noches le leyera, como habían hecho sus hijas, por espacio de una hora o algo más. Le gustaban especialmente ciertos pasajes del libro de *El Apocalipsis*.

Era un glotón. Prefería todo lo que estuviera fuertemente sazonado con ajo y se enfurecía como un loco si se abría la ventana de la cocina mientras guisaban. Gustaba enormemente de los quesos fuertes, que hacía madurar sobre los vasares de la cocina. Solía sentarse a escuchar a Marcia o Helen leyéndole la Biblia mientras movía la cabeza pelona y lamía Limburger o Liederkrantz pegado a sus sucios dedos.

A veces Helen pensaba que era un viejo senil completamente loco. Las acusaba de bromas y jugarretas que, al parecer, sus dos hijas habían cometido de niñas. No se recataba de pegarlas y golpearlas cuando estaba disgustado por algo.

Era sucio y desastrado. Tiraba la ceniza sobre las alfom-

bras y quemaba la madera de las mesas con sus colillas en-
cendidas. Dijo que temía resbalar en la bañera, así que cuando
decidía bañarse lo hacía con la esponja en el lavabo dejando
charcos de agua jabonosa por todo el suelo, y luego las muchachas tenían que secarlos.

No eran solamente sus hijas, sus sirvientas, sus cocine-
ras, sus acompañantes, también le servían de enfermeras.
Tomaba diferentes tipos de medicinas: había un jarabe para
su dispepsia que tenían que administrarle durante las comi-
das. Las vitaminas eran lo primero que tomaba por la mañana. Tenía el corazón débil y la tensión muy alta. Para eso
tenía un frasco de pastillas en una estantería del cuarto de
baño. Les advirtió que si se le presentaba un ataque le dieran rápidamente una de aquellas pastillas. Una de las jóvenes tenía que friccionarle su gruesa espalda todas las noches
con alcohol.

Exigió que se dirigieran una a otra con los nombres de
Alice y Dora. Si se les olvidaba, le cogía una pataleta.

Todos los días salía de casa por espacio de una hora más
o menos. Obligaba a Helen a que rellenara un cheque al por-
tador; con esto compraba comida, medicinas y tabaco. Durante sus breves ausencias podían por lo menos airear la casa,
que apestaba, y hablaban sin esperanza de huir. Se había
apoderado de todas las llaves. Cuando salía, las encerraba
dentro. El apartamento estaba a nivel de la calle y las ventanas tenían rejas. Helen se había quejado con frecuencia
de que las rejas hacían que el apartamento pareciera una cárcel, sin saber que su observación era una profecía. La idea
de limar los barrotes con una lima de uñas tuvo que dese-
charla por melodramática y sin esperanzas.

Mr. Heavenridge no permitía que Helen entregara per-
sonalmente su trabajo a las revistas. La obligó a escribir cartas
a todos los editores de arte que conocía, informándoles de
que su teléfono había sido desconectado porque sus llama-
das la distraían y que, de ahora en adelante, aceptaría los
encargos solamente por correo. Llegaban los encargos y el
viejo era un severo vigilante que se aseguraba de que se cum-
plieran. Cuando escribía a las revistas, él leía detenidamen-
te sus cartas. Leía incluso las instrucciones a los grabado-

res, anotadas a lápiz debajo de sus diseños, para ver si añadía alguna encubierta llamada de auxilio. Cuando llegaban los cheques de los editores, Mr. Heavenridge obligaba a Helen a endosarlos. Doblaba los cheques y los guardaba en su cartera. Helen nunca veía el dinero. Con frecuencia los cheques eran por grandes cantidades.

El primer día de su asentamiento con las jóvenes, el viejo se apropió del Diario de Marcia. Por él se enteró de que el hombre que había visto en el apartamento era Paul Carter.

Siempre que salía de compras traía un periódico. Durante la primera semana después de instalarse en el piso, la primera y segunda hojas del periódico venían recortadas. Mr. Heavenridge explicó que lo que faltaba eran historias relacionadas con el asesinato de Carter y pensaba que su lectura disgustaría a las muchachas. Pasada la primera semana, por lo visto no hubo más historias sobre Carter, porque no había nada recortado en los periódicos que traía.

Por lo visto, el viejo olvidó su intención de alquilar su piso. De vez en cuando iba a visitarlo y se traía viejos muebles que abarrotaban aún más el ya atestado apartamento.

Solamente por la noche, cuando se iban a dormir juntas en una estrecha cama, Helen y Marcia disfrutaban de algo parecido a la intimidad. E incluso entonces tenían miedo a hablar incluso en voz baja. El viejo gordo era una eterna presencia en sus vidas. Imaginaban siempre que las estaba escuchando por la rendija de la puerta.

Para Helen lo más repulsivo de todo era tener que llamarle «papá». Sus propias hijas le llamaban así, les había dicho, e insistió en que Helen y Marcia hicieran lo propio. El regusto que le dejaba la palabra era amarga bilis en la boca de Helen.

Marcia trató desesperadamente de refugiarse en el mundo de la fantasía que siempre había hecho en el pasado, pero por una vez le falló. La presencia del viejo llenaba demasiado toda la casa. Cuando Marcia trataba de refugiarse en su mundo peculiar, Mr. Heavenridge parecía darse cuenta inmediatamente. Se alzaba amenazador sobre ella y le decía:

—Estás soñando despierta, Dora. No hagas que papá se enfade. ¡Ya sabes lo que pasa cuando papá se enfada, niña!

Vigilaba sus trajes y las demás cosas. Tiró sus rulos y exigió que dejaran crecer su pelo y se lo recogieran en un moño en la nuca. No les permitía usar pintura de labios, ni esmalte de uñas, ni perfumes.

No era de extrañar que la mano de Helen temblara cuando cogía un lápiz, un carboncillo o una pluma. Los editores le devolvían los dibujos cada vez con más frecuencia porque los encontraban poco satisfactorios. Perdió varias de las mejores firmas y el viejo se enfureció con ella.

En cuanto a Marcia, ni dormía ni comía. El viejo encontró un día su somnífero y se lo tiró a la basura llamándola drogadicta.

A poco, Marcia enfermó de gripe con alta fiebre. Helen suplicaba al viejo que llamara a un médico, pero se negó, obligando a Marcia a atiborrarse de sales y aspirinas. Mientras yacía desesperada y febril, se sentaba junto a su cama, durante horas y horas, leyéndole la Biblia en voz alta.

Marcia se recuperó. Pese a su debilidad, el viejo la obligaba a colaborar en las tareas de la casa, porque Helen, le dijo, necesitaba el tiempo para ganar el sustento de todos con sus obras de arte.

Con el tiempo, Helen notó que trabajaba maquinalmente, como una marioneta manipulada por los dedos gordos del viejo. Había perdido todo sentido del tiempo, toda ambición, toda esperanza. Jamás podrían escapar y se resignaba a ello. Se le ocurrió la idea loca de gritar desde la ventana cuando viera pasar un policía por la calle, luego se dio cuenta de lo que aquello significaría para Marcia. También se le ocurrió asesinar al viejo, y cuando pensaba en ello, se daba cuenta de que se refugiaba en el imposible mundo de la fantasía de su hermana.

Se dijo que había muerto la noche en que el viejo llamó a su puerta. Ella y su hermana habían sido cómplices de un espantoso asesinato y ahora se hallaban en el infierno. Casi no hablaba a su hermana. Era inútil recordar el pasado..., si alguna vez había existido el pasado. Nada era real, salvo el viejo y sus caprichos y su poder sobre ellas, que ahora era completo. Llevaba viviendo con ellas más de un mes, la noche en que Marcia entró en la sala de estar con el rostro arrebolado, los ojos muy brillantes y una extraña sonrisa en sus labios pálidos. El viejo estaba sentado en un sillón comiendo Limburger y galletas. Una colilla de puro ardía sobre una mesita junto a él. El suelo a su alrededor estaba lleno de migas de galleta y ceniza.

Helen despertó de su habitual letargo para mirar con la máxima curiosidad a su hermana. Marcia llevaba un periódico que el viejo había traído de vuelta de la compra.

—Quiero leerle algo, *papi* —le dijo Marcia.

El viejo casi se atragantó. Su barbilla se cubrió de migas de galleta.

—¿Cómo me has llamado, Dora?

—Le he llamado *papi* —respondió Marcia—. Es un nombrecito afectuoso para un viejo gordo.

El viejo se levantó del sillón, escupiendo migas. Se abalanzó sobre Marcia, con el brazo, grueso como una rama, alzado en gesto amenazador. Marcia se rió de él.

—No debería pegarme hasta que le haya leído algo, *papi*. A lo mejor grito para que me oiga la Policía y les diga qué clase de cochino viejo es usted.

El viejo quedó como petrificado y bajó el brazo. Su rostro reflejaba alarma. Le siguió una expresión astuta. Volvió a su sillón y se dejó caer en él.

—Tienes razón, hija —dijo—. Ya es casi hora de la Biblia. Léeme.

—La Biblia hoy, no, *papi*. Quiero leerle algo del periódico.

—Ya lo he leído, niña. Me interesan poco las noticias del mundo. Tú, tu querida hermana y yo tenemos nuestro pequeño y cálido mundo aquí. Debemos mantenerlo así, sagrado para nuestra pequeña y feliz familia.

—Creo que ya no podremos, *papi* —dijo Marcia abriendo el periódico.

Miró al viejo y se le escapó una sonrisa burlona. Y añadió:

—Le voy a leer las notas de sociedad, *papi*. Dudo que se entretenga leyendo las notas de sociedad.

Calló, haciendo rabiar al viejo. Éste permanecía inmóvil, sin perderla de vista. Su puro cayó de la mesa y empezó a quemar la alfombra. Helen lo vio, pero no se movió para recogerlo.

Marcia empezó a leer:

> «Mr. y Mrs. Paul Carter de Rye, N. Y., se encontraban hoy entre los pasajeros del *S. S. Constitution* que ha zarpado hacia Europa. Harán un largo recorrido por Inglaterra y el continente. Mrs. Carter fue de soltera Sylvia Enright. Mr. Carter es vicepresidente de la Agencia de Publicidad Enright.»

Marcia dejó el periódico y rió con estrépito, mirando al viejo.

—Paul Carter es el hombre que, según usted, yo maté, *papi*.

El rostro del hombre palideció de pronto. Empezó a respirar con dificultad, ruidosamente.

—Error..., ya te dije, Policía...

De repente, su rostro se distorsionó por el dolor y su cuerpo se inclinó hacia delante. Sus manos se agarrotaron sobre su pecho.

—Ataque —jadeó—. Pastillas. Rápido. Baño.

Marcia no se inmutó.

—Pues claro, *papi*. La pequeña Dora irá a buscarte tus pastillas.

Se dirigió al cuarto de baño.

Helen permaneció sentada, tiesa, mirando fijamente al viejo.

«Realmente, creo que se está muriendo —pensó—. Yo creí que no se moriría nunca. Antes de ahora jamás vi morir a nadie. ¡Mamá y papá murieron siendo nosotras tan pequeñas! Nunca hasta ahora vi morir a nadie, y no siento nada.»

Marcia volvió del lavabo con la extraña sonrisita todavía en los labios.

—Lo siento, *papi* —le dijo—, pero debes de haberte terminado las pastillas. No queda ni una. Ni una sola. ¡Qué pena que no tengamos teléfono! Si lo tuviéramos, podría llamar a un médico.

El viejo emitía extraños ruidos. Fue resbalándose hasta que la mitad de su cuerpo quedó en el suelo. Jadeó:

—Por favor... por favor...

Podía estar suplicando a Marcia. Podía estar suplicando a su Dios. Volvió a decir *por favor* y dejó de respirar.

Marcia, sonriendo aún, se agachó, cogió un mechón de pelo de su calva cabeza y empezó a retorcerlo entre los dedos.

—¡Pobrecito *papi*! Creo que el pobrecito *papi* está muerto, Helen.

Siguió un largo silencio.

—¡Oh, Dios mío, Marcia! ¿Qué vamos a hacer? —exclamó Helen—. No deben encontrarle aquí.

Por una vez Marcia no se escabulló.

—No será fácil porque está muy gordo. Esperaremos a que sea de noche. Ha conservado su piso; guarda la llave en el bolsillo. No podemos llevarle, pero le arrastraremos por el rellano. Después trasladaremos de nuevo todos sus trastos a su apartamento. Y allí le encontrarán; habrá muerto de un ataque al corazón. ¡Y ahí terminará todo!

Marcia se metió la mano en el bolsillo de la bata y sacó un frasco de pastillas.

—Las pondremos junto a su cuerpo —dijo—. Será un detalle fino, ¿no te parece?

Y, de pronto, Marcia y Helen se echaron a reír como tontas.

De pequeñas también reían así cuando hacían alguna travesura.

La máquina del crimen

Jack Ritchie

Conseguir algo por nada ha sido el sueño del hombre desde que vio por primera vez las ventajas de ser intolerablemente codicioso. Pero sueños como éste han sido los que han hecho al hombre lo que es. Pese a sus defectos, el hombre es lo más grande.

—Yo estaba presente la última vez que usted cometió un crimen —declaró Henry.

—¿De veras? —dije encendiendo el puro.

—Claro, pero usted no podía verme.

—¿Qué, estaba usted en su máquina del tiempo? —pregunté sonriendo.

Henry asintió.

Naturalmente, no creí una sola palabra. Me refiero a lo de la máquina del tiempo. Claro que pudo haber estado presente, pero no de esa manera tan fantástica.

El asesinato es mi oficio, y el hecho de que hubiera un testigo cuando me deshice de James Brady, era, naturalmente, desconcertante. Y ahora, por razón de seguridad, tendría que inventar algún medio para deshacerme de Henry. No tenía la intención de dejarme chantajear por él. Y, en todo caso, no por mucho tiempo.

—Debo advertirle que me he esforzado para que la gente supiera que he venido aquí, Mr. Reeves. No saben por qué he venido aquí, pero sí saben que estoy aquí. Lo comprende, ¿verdad?

Volví a sonreír.

—Yo no asesino a la gente en mi propio apartamento. Sería el colmo de la falta de hospitalidad. Así que no habrá necesidad de que intercambiemos las bebidas. Le aseguro que su vaso no contiene nada más fuerte que el coñac.

La situación resultaba básicamente desagradable; sin embargo, me encontré disfrutando con la extraña historia de Henry.

—Esa máquina suya, Henry, ¿no será algo parecido a un sillón de barbero?

—Hasta cierto punto —admitió.

Evidentemente ambos habíamos visto la misma película.

—¿Con una cosa parecida a un reflector redondo, detrás de usted? ¿Y unas palancas enfrente, de las que tira para proyectarse al pasado? ¿O al futuro?

—Solamente al pasado. Todavía estoy trabajando en el mecanismo que me llevará al futuro... —Henry bebió un sorbo de coñac—. Mi máquina es también móvil. Es decir, no sólo me proyecta al pasado, sino también a cualquier parte de la tierra que yo desee.

«Excelente —pensé—. Un gran adelanto sobre los viejos modelos de las máquinas del tiempo.»

—¿Y resulta usted invisible?

—Correcto. No puedo participar de ningún modo en el pasado. Sólo puedo observar.

Este loco por lo menos pensaba con cierta lógica. El mero hecho de lastimar el ala de una mariposa diez mil años atrás, podía verosímilmente modificar el curso de la Historia.

Henry llegó a mi apartamento a las tres de la tarde. No me había dicho su apellido, lo que era normal, puesto que se proponía chantajearme. Era alto y delgado, con unas gafas que le daban cierto aspecto de lechuza y un pelo con inclinaciones anárquicas.

Se echó hacia delante.

—He leído en el periódico de ayer que un tal James Brady fue muerto a tiros en un almacén de Blenheim Street, aproximadamente a las siete de la tarde del veintisiete de julio.

Yo sabía que podía proporcionarle el resto de la información.

—Así que saltó usted sobre su máquina del tiempo, puso los relojes al veintisiete de julio, en Blenheim Street, y allí estaba usted en un asiento de primera fila esperando a que yo recometiera el crimen.

—Precisamente.

Tendría que discutir este tipo particular de locura con el doctor Powers. Es un maduro y —desde que le eliminé a su mujer— rico psiquiatra.

Henry sonrió secamente.

—Disparó contra James Brady a las diez cincuenta y un minutos exactamente. Al inclinarse sobre él para cerciorarse de que estaba muerto, se le cayeron las llaves del coche. Entonces exclamó: «¡Maldita sea!», y las recogió. En la puerta del almacén se volvió y levantó la mano en un gesto burlón, de saludo, hacia el cadáver. Luego se fue.

Indudablemente había estado allí. No en aquella fabulosa máquina del tiempo, pero probablemente escondido entre los cientos de bultos y cajas del almacén... Un testigo accidental del asesinato. Fue una de esas desgraciadas coincidencias que suelen ocurrir, de vez en cuando, para estropear lo que podía haber sido un crimen perfecto. ¿Por qué molestarse en recurrir a esa historia fantástica?

Henry dejó la copa.

—Creo que cinco mil dólares serían suficientes para que me olvidara de lo que vi.

Me pregunté cuánto tiempo duraría. ¿Un mes? ¿Dos? Di una chupada al puro.

—Si fuera a la Policía sería su palabra contra la mía.

—¿Podría usted resistir una investigación?

La verdad es que no lo sabía. Practico muy cuidadosamente mi oficio, pero cabía la posibilidad de que, en un punto u otro, hubiera cometido algún ligero error. Por supuesto, no deseaba despertar el interés de las autoridades. De eso sí estaba seguro. Volví a llenar mi copa.

—Parece que ha tropezado usted con un negocio interesante y productivo. ¿Ha establecido contacto con otros asesinos?

Me fijé en su traje. Sin duda se lo vendieron con dos pares de pantalones.

Creo que leyó mi pensamiento.

—Acabo de empezar, Mr. Reeves. Usted es el primer asesino al que me he acercado.

Sonrió discretamente:

—He investigado mucho sobre usted, Mr. Reeves —prosiguió—. El día diez de junio, a las once y doce minutos de la noche, un automóvil robado por usted para ese propósito, atropelló a Mrs. Erwin Perry.

Pudo haberse enterado de la muerte de Mrs. Perry por los periódicos. Pero, ¿cómo sabía que yo era el conductor? ¿Acertó al azar?

—Aparcó aproximadamente a unos cien metros del cruce. Mantuvo el motor en marcha mientras esperaba a que Mrs. Perry apareciera. Diez minutos antes de llegar, pasó un coche de bomberos y tres minutos antes llegó disparado un modelo Ford A lleno de juventud. El tubo de escape del coche fallaba porque metía un ruido infernal.

Arrugué la frente. ¿Cómo era posible que supiera todas esas cosas? Henry disfrutaba de lo lindo.

—El 28 de septiembre, a las dos y quince de una tarde más bien fresquita, un tal Gerald Mitchell «cayó» por un precipicio cerca de su casa, cuando daba un paseo. Tuvo algo de trabajo con él. Aunque era bajito, mostró una fuerza sorprendente. Consiguió arrancarle parte del bolsillo izquierdo de su americana antes de poder precipitarlo al vacío.

Me encontré mirándole fijamente, y sentí la necesidad de beber un sorbo de coñac.

—Cinco mil dólares —repitió Henry—. En billetes pequeños, naturalmente. Nada superior a quinientos. Por supuesto, no contaba que tuviera tanto dinero en efectivo en casa. Volveré mañana por la noche, a las ocho.

Me esforcé por recobrarme. Por un momento casi tuve la certeza de que Henry poseía realmente una máquina del tiempo. Pero tenía que haber alguna otra explicación y necesitaba pensar en ella. Al llegar a la puerta de entrada sonreí y le dije:

—Henry, ¿quiere usted meterse en su máquina del tiempo y descubrir quién era en realidad Jack *el Destripador*? Siento una enorme curiosidad.

—Lo haré esta noche —asintió Henry.

Cerré la puerta y pasé a la sala de estar. Mi esposa Diana dejó la revista de modas:

—¿Quién era esa extraña criatura?

—Dice que es un inventor.

—¿De veras? Desde luego parece lo bastante loco para serlo. Imagino que pretendía venderte su invento, ¿no?

—No era vendérmelo exactamente.

Diana es fría, de ojos verdes y no es, tal vez, más codiciosa o infiel que cualquier otra mujer casada con un hombre rico, treinta años mayor que ella. Tengo completa conciencia de la naturaleza de nuestras relaciones, pero me doy cuenta de que uno tiene que pagar de distintas formas por el disfrute de una obra de arte. Y Diana es una obra de arte..., un triunfo de la naturaleza física. La valoro tanto como a mis Modigliani y mis Van Gogh.

—¿Qué se supone que ha inventado?

—Una máquina del tiempo.

—Soy partidaria de las máquinas de movimiento perpetuo —declaró sonriente.

Yo me sentí parcialmente irritado.

—A lo mejor funciona.

Se me quedó mirando y terminó:

—Confío en que no tengas intención de permitir que ese extraño individuo te saque el dinero.

—No, querida mía. Todavía conservo mis facultades mentales.

Su solicitud por mi dinero hubiera sido enternecedora de no ser porque sabía que prefería gastarlo ella. Por lo que a Diana se refería, la oportunidad de Henry para quedarse con parte del dinero era inexistente. Recogió la revista y preguntó:

—¿Te ha pedido que la veas?

—No. Y si lo hace, no tengo la menor intención de verla.

No obstante, me preguntaba a mí mismo cómo podía Henry haber logrado conocer los detalles de aquellos tres asesinatos. Su presencia en uno de ellos podía ser una coincidencia aceptable. ¡Pero los tres!

No existía cosa que se asemejara a una máquina del tiempo. Tenía forzosamente que haber alguna otra explicación, algo que un hombre inteligente pudiera aceptar como verosímil, al menos.

Miré el reloj y enfoqué mi mente hacia otro asunto:

—Tengo algo que hacer, Diana. Estaré de vuelta dentro de una o dos horas.

Me llegué en mi coche hasta la oficina central de Correos
y abrí mi casilla con una llave. La carta que estaba esperando se encontraba dentro.

Yo llevo la mayor parte de mi negocio por correspondencia a una lista de correos. Mis clientes desconocen mi nombre, incluso en las ocasiones en que el contacto personal es
necesario.

La carta era de Jason Spender. Habíamos cruzado algunas cartas para negociar la eliminación de un tal Charles Atwood. Spender no daba razones para ese deseo y en cuanto
a mí, eran innecesarias. Sin embargo, en este caso me atre-
vía a adivinar. Spender y Atwood eran socios en un negocio
de construcción y, al parecer, la idea de repartir las ganan-
cias no atraía a Spender.

La carta aceptaba mis condiciones..., quince mil dólares...,
y aportaba la información de que Atwood tenía una cena
mañana por la noche y volvería a casa a eso de las once. Spender tendría una coartada para aquella hora por si la Policía
se dedicaba a investigaciones molestas.

Me dirigí a la agencia de detectives Shippler y hablé directamente con Andrew Shippler.

No puedo, claro está, utilizar su agencia continuamente
para vigilar a mi mujer. Pero varias veces al año me sirvo
con precaución de sus servicios durante una o dos semanas.
Suele ser suficiente.

Por ejemplo, en 1958, Shippler descubrió a Terence Reilly.
Era extremadamente atractivo: rubio, atlético, ese tipo que
suele atraer a Diana... Y no puedo censurarla demasiado. No
obstante, Terence Reilly no tardó en dejar este mundo.
No cobré por eliminarlo. Fue un trabajo hecho por amor.

Shippler era un hombre gordito, de unos cincuenta años,
con aspecto de contable. Cogió de una carpeta un folio me-
canografiado, y se caló las gafas sin montura.

—Su esposa salió ayer dos veces del apartamento. Por la
mañana, a las diez y media, fue a una pequeña tienda de sombreros, donde estuvo una hora. Al final compró uno blanco
y azul con...

—Déjese de detalles.

Aquello pareció molestarle un poco:

—Pero los detalles pueden ser importantes, Mr. Reeves.
Tratamos de hacer el trabajo a conciencia. —Volvió a mirar el escrito—. Luego se tomó un batido de fresa en un
drugstore y siguió hasta...

—¿Se vio con alguien? ¿Habló con alguien?

—Con el dueño de la tienda de sombreros y con el empleado de la barra en el...

—Además de ellos —le interrumpí.

—No. Volvió a salir del piso a las dos y media y estuvo
en un pequeño bar en Farwell. Allí se encontró con dos mujeres de su edad con las que parecía estar citada. Al parecer,
eran compañeras de clase en la Universidad que hacía años
que no se veían. Mi empleado pudo oír casi toda la conversación. Hablaron de sus antiguos compañeros y de lo que hacían ahora. —Shippler se aclaró la garganta—. Parece que lo
que más las impresionaba era que su esposa hubiera... Bueno, que hubiera conseguido un marido tan rico.

—¿Y qué dijo Diana?

—Fue extremadamente discreta. —Shippler cruzó las manos—. Su esposa se tomó un Pink Lady y un Manhattan en
el transcurso de dos horas.

—No me interesan las preferencias de mi esposa en cuanto a bebidas. ¿Se encontró con alguien más? ¿Con un hombre?

Shippler negó con la cabeza.

—No. A las cuatro y diez se despidió de las dos mujeres
y volvió a su apartamento.

La mente humana es muy peculiar. Me sentía aliviado,
claro..., pero también un poco decepcionado.

—¿Seguimos vigilándola? —preguntó Shippler esperanzado.

Esta vez había tenido a Diana vigilada durante una semana. Reflexioné sobre la pregunta de Shippler, que cobra-
ba cien dólares diarios y eso resultaba bastante caro. Sonreí. Si dispusiera de la máquina del tiempo de Henry podría
ahorrar mucho dinero. Por fin le dije:

—Vigílela unos días más. Tengo algo para usted.

—¿Sí?

—Mañana a las ocho de la noche espero un visitante. Estará en casa de diez a veinte minutos. Cuando salga quiero que le sigan. Deseo saber quién es y dónde vive. —Di a Shippler una descripción de Henry—. Telefonéeme tan pronto como lo sepa.

Fui al Banco y saqué cinco mil dólares.

Al día siguiente, a las siete, Diana salió para ir a ver una película. O por lo menos eso me dijo. Pero ya lo averiguaría más tarde.

Henry llegó puntualmente a las ocho de la noche, le hice pasar a mi despacho, se sentó y, sin más, me dijo:

—Era un empleado en una sociedad de importación.

—¿Quién? —pregunté.

—Jack *el Destripador*. Era de aspecto tímido, de poco más de cuarenta años, diría yo. Al parecer soltero, vivía con su madre.

—¡Qué interesante! —sonreí—. ¿Y cómo se llamaba?

—Aún no lo sé. Verá usted, la gente no va por el mundo con carteles colgados del cuello y puede ser difícil descubrir quién fue en realidad.

Podía, fácilmente, haber inventado un nombre para ese Jack *el Destripador*, pero así era mucho más inteligente..., y lógico.

—¿Tiene los cinco mil dólares? —preguntó Henry.

—Sí.

Cogí el paquete y se lo entregué. Henry se levantó.

—Esta noche creo que volveré a ver la matanza de Custer. Encuentro la historia verdaderamente fascinante.

Sólo me quedaba un consuelo. Cuando llegara el momento de matarle, disfrutaría del principio al fin.

Cuando se marchó, me senté junto al teléfono y esperé impaciente. A las nueve y media sonó el timbre y levanté inmediatamente el auricular.

—Aquí, Shippler.

—Bien, ¿dónde vive?

La voz de Shippler sonó avergonzada.

—Siento comunicarle que mi hombre lo perdió.

—¿Qué?

—Fue de autobús en autobús hasta que finalmente desapareció. Creo que sospechaba que se le seguía.

—¡Imbécil incompetente! —rugí.

—Realmente, Mr. Reeves —protestó Shippler picado—, es mi empleado el imbécil incompetente.

Colgué y me serví un bourbon. Esta vez Henry se me había escabullido, pero habría más ocasiones. Volvería. Los chantajistas no están nunca satisfechos.

Era pronto y comprendí que aún me quedaba mucho que hacer aquella noche. Me puse el abrigo y el sombrero y bajé al garaje del apartamento. La casa de Charles Atwood era grande, situada en medio de varias hectáreas de arboleda. Era una ubicación que me encantaba porque ofrecía el máximo de posibilidades para poder ocultarme.

La vivienda estaba a oscuras, salvo unas luces que brillaban en el último piso donde, supuse, estaban las habitaciones del servicio.

El amplio garaje de Atwood estaba separado de la casa. Me situé detrás de un árbol y esperé.

A las once y cuarto un coche enfiló la avenida y se dirigió al garaje. Se detuvo momentáneamente mientras la puerta automática se levantaba y luego desapareció en el interior.

Treinta segundos más tarde, se abrió una puerta lateral y un hombre alto salió a la luz de la luna. Echó a andar hacia la casa. Yo tenía dispuesto ya el revólver y el silenciador y esperé que estuviera a unos quince pasos de mí, antes de abandonar mi escondrijo.

Atwood se detuvo con una exclamación de sorpresa y sobresalto al verme.

Apreté el gatillo y se desplomó sin el menor ruido. Me aseguré de que estaba muerto... No me gusta dejar las cosas a medio hacer. Luego retrocedí por la arboleda hasta la calle donde había dejado el coche.

El encargo se había cumplido con éxito y, por primera vez en treinta y seis horas, experimenté cierta paz con el mundo.

Regresé a mi apartamento poco antes de la medianoche; estaba ya descansando, cuando sonó el teléfono.

Era Henry.

—Veo que esta noche ha matado a alguien más —comentó amablemente.

Sentí las manos húmedas.

—Al llegar a casa, me metí en mi máquina del tiempo y la situé a la hora en que salí de su domicilio. Quería ver si había intentado seguirme. Debo ser cauteloso, ¿sabe? Después de todo, estoy en tratos con un asesino.

No dije nada.

—No me siguió usted, pero sí abandonó su apartamento y le seguí en mi máquina por simple curiosidad.

¡Esa infernal máquina del tiempo! ¿Sería posible?

—Me estaba preguntando —dijo Henry— si era ése el hombre que tenía que matar... Quiero decir, el que mató.

¿Qué querría decir?

—Porque en el coche había dos hombres —prosiguió Henry.

—¿Dos? —exclamé involuntariamente.

—Sí. Disparó usted contra el primero que salió del garaje. El segundo salió unos cuarenta y cinco segundos después.

Cerré los ojos y pregunté instintivamente:

—¿Me vio?

—No. Para entonces ya estaba usted lejos. Se inclinó sobre el hombre al que disparó y llamó: «¡Fred! ¡Fred!».

Yo estaba empapado en sudor.

—Henry, quisiera verle.

—¿Por qué?

—No puedo discutirlo por teléfono. Pero tengo que verle.

Su voz parecía dudar.

—No sé.

—Significa dinero. Mucho dinero.

Lo estuvo pensando y, por fin, accedió:

—Está bien. ¿Mañana? ¿Sobre las ocho?

Yo no podría esperar tanto tiempo.

—No. Ahora mismo. Tan pronto como pueda venir.

Henry necesitó tiempo para pensarlo.

—Nada de trucos, Mr. Reeves —insistió—. Estaré preparado para cualquier eventualidad.

—Ningún truco, Henry. Se lo juro. Venga tan de prisa como pueda.

Llegó cuarenta y cinco minutos después.

—¿De qué se trata, Mr. Reeves?

Yo había estado bebiendo..., no con exceso, pero sencillamente descubrí que aceptar aquella idea, y estaba a punto de aceptarla, resultaba hiriente para mi inteligencia.

—Henry, quisiera comprar su máquina. Si realmente funciona...

—Funciona. Pero no quiero venderla.

—Cien mil dólares, Henry.

—Ni hablar.

—Ciento cincuenta mil.

—Es mi invento. Ni en sueños me desprendería de ella.

—Podría hacerse otra, ¿verdad?

—Bien..., sí.

Y se quedó mirándome, suspicaz.

—Henry, ¿acaso piensa que voy a producirlas en serie una vez haya comprado la suya y vendérselas a los demás?

Su expresión indicaba que, evidentemente, lo sospechaba.

—Henry —insistí, impaciente—, la última cosa que deseo es que alguien en el mundo se apodere de la máquina. Después de todo, *soy* un asesino. No me atrae la idea de que otra persona indague en el pasado, especialmente en mi pasado... Sería idiota, ¿no?

—Claro —asintió—. Otra persona podría querer entregarle a la Policía. Hay gente así.

—Doscientos mil dólares, Henry —dije—. Mi última oferta.

La verdad es que el dinero no era lo que me importaba ahora. Con la máquina de Henry..., si funcionaba..., podría ganar millones.

En sus ojos brilló una luz astuta:

—Doscientos cincuenta mil. Tómelo o déjelo.

—Henry, me está acosando. Pero aceptaré su precio. No obstante, tengo que asegurarme de que la máquina funciona. ¿Cuándo puedo verla?

—Me pondré en contacto con usted. Mañana, pasado mañana o dentro de una semana.

—¿Por qué no ahora mismo?

Negó con la cabeza y dijo:

—No. Es usted muy inteligente, Mr. Reeves. A lo mejor ha preparado una trampa para ahora mismo. Prefiero ser yo quien elija el momento y las condiciones.

Fui incapaz de hacerle cambiar de idea, y se marchó cinco minutos después.

Me levanté a las siete de la mañana y bajé a comprar un periódico En efecto, había matado a un hombre distinto. Un tal Fred Turley. Ni siquiera había oído hablar de él.

Atwood y Turley volvían juntos después de una cena y una partida de cartas, y entraron en el garaje. Turley salió por la puerta lateral, mientras Atwood se quedó para cerrar el coche. Luego se dio cuenta de que su cartera estaba en el asiento de atrás y después de recuperarla volvió a cerrar el coche. Al salir del garaje encontró a Turley muerto en el camino que lleva a la casa. Al principio pensó que Turley había sufrido un ataque de algo. Cuando al fin descubrió la verdad, dio la alarma. La Policía no tenía el menor indicio de la identidad del asesino ni del motivo del asesinato.

Toda la mañana me la pasé dando vueltas, nervioso, por el apartamento, esperando a que Henry me telefonease. Repasé el periódico media docena de veces hasta que un suelto en la sección local me llamó la atención.

Al parecer, un imbécil había comprado otra vez una «máquina de hacer dinero».

Este timo era probablemente tan viejo como el propio dinero. Un desconocido se acercaba a la víctima asegurando que tenía una máquina de hacer dinero. Bastaba meter simplemente un dólar, girar una manecilla, y un billete de veinte dólares salía por el lado opuesto. En el caso presente la víctima adquirió la máquina por quinientos dólares..., asegurando el desconocido que se había visto obligado a venderla porque necesitaba dinero.

¡La gente es increíblemente idiota!

¿No podía la víctima tener la mínima inteligencia e imaginación para darse cuenta de que si la máquina era realmente auténtica, lo único que debía hacer el desconocido para conseguir quinientos dólares era girar la manecilla veinticinco veces y transformar veinticinco dólares en quinientos?

Sí, la gente es tremenda...

Me encontré volviendo a leer el artículo. Después fui al mueble-bar.

Después de dos bourbons, me permití descansar al sol de la renaciente sensatez.

Casi había caído en la trampa de Henry. Fui —lo reconozco de mala gana— un poquito estúpido.

Sonreí. Pero..., podía ser una aventura divertida ver la máquina del tiempo, de Henry, ver de qué modo esperaba convencerme de que funcionaba de verdad.

Henry llegó a mi apartamento a la una de la tarde. Venía impresionado; murmuró:

—¡Es horrible! ¡Horrible!

—¿Qué es horrible?

—La matanza de Custer. —Se secó la frente con el pañuelo—. En el futuro tendré que evitar semejantes cosas.

Por poco me echo a reír. Un bonito detalle. Henry sabía cómo actuar.

—Y ahora, ¿puedo ver su máquina?

Henry asintió:

—Supongo que sí. Iremos en su coche. El mío está en el taller a reparar.

Habíamos recorrido casi un kilómetro, cuando me indicó que me acercara a la acera. Miré a mi alrededor:

—¿Es aquí donde vive?

—No, pero de ahora en adelante yo conduciré el coche. Le vendaré los ojos y se echará en el asiento trasero.

—¡Venga, Henry!

—Es absolutamente necesario si quiere que le lleve junto a la máquina —porfió Henry—. Tengo que registrarle, además, por si lleva un arma.

No llevaba arma alguna y la idea que tenía Henry de un vendaje consistía en un capuchón negro que cubría toda mi cabeza y estaba amarrado por cordones en la nuca.

—Le vigilaré por el espejo retrovisor —me advirtió—. Si le veo tocarse el trapo no habrá trato.

Mentalmente traté de retener los giros que daba con el coche e identificar los ruidos que pudieran delatar dónde me llevaba. No obstante, la tarea resultó demasiado complicada y al final me relajé cuanto pude y esperé a que terminara el viaje.

Pasada una hora, el coche se detuvo. Henry dejó el volante y oí lo que creí reconocer como unas puertas de garaje que se abrían. Henry volvió al coche; adelantamos unos quince pasos y nos detuvimos de nuevo.

Las puertas se cerraron y oí el ligero clic de un interruptor.

—Ya hemos llegado —dijo Henry—. Ahora le destaparé los ojos.

Como había sospechado, estábamos en un garaje... Unas chapas cubrían las ventanas y sobre nosotros solamente brillaba una bombilla. Una puerta de roble, maciza, estaba incrustada en la pared de bloques de cemento, a la izquierda.

Henry sacó un revólver. Un terrible pensamiento se apoderó de mí. ¡Qué imbécil había sido! Había permitido que me trajera a ciegas..., lo que se dice literalmente a ciegas hasta aquí. Y ahora, por razones que yo desconocía, ¡Henry se disponía a matarme!

—Henry —empecé—, estoy seguro de que podemos discutir el asunto y llegar a...

Movió el arma:

—Esto es sólo una precaución. Por si tuviera usted alguna idea rara.

Me sentía demasiado incómodo para tener ideas.

Henry sacó una llave y fue hacia la puerta.

—Este garaje era para dos coches, pero lo partí por la mitad. La máquina del tiempo está ahí dentro.

La máquina del tiempo de Henry era tal como yo había supuesto: una silla metálica con asiento de cuero, una gran chapa de aluminio brillante como un espejo o reflector y una serie de palancas, esferas y botones en un tablero de controles acoplado a la plataforma en que estaba la silla.

La estancia carecía de ventanas; las cuatro paredes..., con sólo tres respiraderos, cubiertas por rejas, a la altura aproximada de los hombros, eran bloques de cemento sólidos. El suelo también era de cemento y el techo estaba enyesado. Sonreí:

—Henry, su máquina se parece mucho a una silla eléctrica.

—Sí —musitó—, se le parece bastante, ¿verdad?

Me quedé mirándole. Podía haber sido tan ingenuo como para creerme... Volví a fijarme otra vez en la máquina:

—Naturalmente deseo una demostración. ¿Cómo funciona?

—Suba a la silla y le mostraré las palancas que hay que accionar.

Aquel aparato se *parecía* muchísimo a una silla eléctrica. Me aclaré la garganta:

—Se me ocurre una idea mejor, Henry. Supóngase que es usted el que se sube a la silla. Yo me quedaré aquí, esperando, hasta que regrese.

Henry lo pensó.

—Está bien. Pero tendrá que salir del cuarto.

«Ah, ja», pensé.

—Verá usted, cuando la pongo en marcha crea una gran turbulencia a mi alrededor. Por eso tuve que hacer este cuarto tan resistente. He instalado estos respiradores para que absorban parte de la turbulencia, pero no estoy muy seguro de cómo funcionan. No tengo idea de lo que podría ocurrirle si permaneciera aquí.

Sonreí.

—¿Quiere decir que podría lastimarme o matarme?

—Exactamente. Así que si sale y cierra la puerta yo la pondré en marcha. Y otra precaución. Cuando regrese yo, también tiene que estar usted fuera del cuarto.

Me reí interiormente al salir y cerrar la puerta tras de mí. Divertido, encendí un cigarro y esperé.

Lo que sucedió a continuación fue de lo más impresionante. Primero oí un zumbido bajo, como si un generador se pusiera en marcha. El ruido aumentó gradualmente, luego vino un rumor extraño seguido del ulular de un viento huracanado. Aumentó de volumen y duró aproximadamente un minuto. Cesó después, bruscamente, y siguió un silencio absoluto.

«Sí —me dije—, en conjunto una buena representación.» Pero, claro, tenía que ser así si Henry esperaba poder sacarme doscientos cincuenta mil dólares.

Fui a la puerta y la abrí.

¡El cuarto estaba vacío!

Me quedé con la boca abierta. ¡No podía ser! La única salida de la habitación era la puerta por la que yo estaba entrando e incluso ésta era demasiado pequeña para poder dar paso a la silla. Las únicas aberturas además eran los tres respiraderos enrejados, que medían unos dos palmos cuadrados.

De pronto, volvió a oírse el zumbido. Unas corrientes de aire recorrieron la estancia y me sentí medio ahogado al salir violentamente del cuarto y cerrar la puerta tras de mí.

El ruido se hizo ensordecedor y, de pronto, tan súbitamente como antes, cesó.

Se abrió la puerta y Henry salió del cuarto. Detrás de él pude ver la máquina del tiempo otra vez en su sitio.

Henry parecía pensativo. Sacudió la cabeza:

—Cleopatra, ni siquiera era tan guapa.

Mi corazón todavía palpitaba:

—Sólo ha estado fuera uno o dos minutos —le dije.

Agitó una mano.

—En sentido temporal. En realidad pasé una hora en su barca. —Volvió al presente—. ¿Podrá reunir doscientos cincuenta mil dólares?

Asentí débilmente:

—Me llevará una o dos semanas. —Me sequé la frente—. Henry, tengo que meterme en la máquina.

Henry frunció el ceño:

—Lo he estado pensando, Mr. Reeves. No. Podría robarme el invento.

—Pero, ¿cómo, no tengo necesariamente que volver?

—No. Podría viajar al pasado y luego regresar a cualquier otra parte del mundo. Tal vez a miles de kilómetros de aquí.

Sacó una pequeña llave inglesa del bolsillo y empezó a desconectar una sección del tablero de control.

—¿Qué está haciendo?

—Me voy a llevar unos transistores conmigo. Así, si alguien pretendiera robarme mi máquina, se encontraría con que no le serviría para nada.

Henry volvió a llevarme a casa, tomando las mismas precauciones que antes, y allí me dejó.

En América parece que sentimos cierta sensación de culpabilidad si tiramos las viejas matrículas de coche y Henry no era ninguna excepción. Había unos cuatro o cinco juegos viejos, colgados en la pared del garaje y yo había memorizado un par de números.

Telefoneé a Shippler:

—¿Puede localizarme viejos números de matrículas de coche?

—Sí, Mr. Reeves, tengo algún contacto en la central estatal.

Le di los números.

—El primero es del año 1958 y el otro es de 1959. Quiero el nombre y dirección del propietario tan pronto como sea posible. Telefonéeme en cuanto tenga la información.

Me disponía a colgar cuando le oí decir:

—Por cierto, Mr. Reeves, tenemos el informe de ayer sobre su esposa. ¿Desea que se lo lea por teléfono?

Se me había olvidado.

—¿Qué hay?

—Salió del apartamento a las diez y media de la mañana. Compró unos palitos de naranjo y esmalte de uñas, en la perfumería.

—¿Qué color de esmalte? —pregunté secamente.

—Summer Rose —contestó orgullosamente—. Luego se fue a...

—Eso no me importa. ¿Se encontró con alguien?

—No, señor. Sólo habló con la empleada. Pero por la tarde volvió a salir, después de las siete. Se encontró con una mujer llamada Doris. Mi empleado oyó a Doris decir que tiene gemelos.

Suspiré.

—Fueron a un espectáculo y salieron a las once y media.

No pensaba preguntarle el nombre del espectáculo, pero insistí:

—¿Nada más?

—Sí, señor. Volvió a casa a las once cincuenta y seis y el nombre del espectáculo era...

Colgué y me preparé un whisky con soda.

La idea de una máquina del tiempo era fantástica. Pero, ¿lo era realmente? Todos sabemos que hay una cuarta dimensión y que los futuros viajeros del espacio tendrán que servirse eventualmente de una curvatura espacial a fin de alcanzar planetas que son físicamente inaccesibles en el sentido actual del tiempo.

Diana entró en la habitación con un estuche de manicura.

—Pareces pensativo.

—Tengo mucho en que pensar.

—¿Tiene acaso algo que ver con el hombre que estuvo aquí, con el inventor?

Bebí un sorbo de whisky.

—Supón que te digo que la máquina del tiempo funciona.

Empezó a pulirse las uñas.

—Espero que no te haya engatusado.

Me fijé que uno de los frascos de esmalte se llamaba Summer Rose.

—¿Y por qué iba a ser imposible una máquina del tiempo?

—No me digas que te ha convencido.

Me puse a la defensiva:

—Quizá.

Sonrió:

—¿Te ha pedido dinero?

La contemplé mientras se quitaba el esmalte, y pregunté:

—¿Cuánto crees que puede valer una máquina del tiempo?

Levantó una ceja.

Yo alcé una mano y dije:

—*Supongamos* por un momento que existe tal cosa. ¿Cuánto estarías *tú* dispuesta a pagar por ello?

Se contempló las uñas.

—Mil o dos mil quizá. Podría ser un juguete divertido.

—*¿Un juguete?* Querida mía, ¿no te das cuenta del tremendo alcance de semejante cosa? Podrías viajar al pasado y descubrir cualquier secreto.

—¿O intentar un simple chantaje? —insinuó.

—Mi querida Diana, no un *simple* chantaje, sino un extenso chantaje, doble, cuádruple. Ningún secreto de ninguna nación estaría a salvo de ser descubierto. Podrías vender tus servicios al Gobierno..., a cualquier gobierno..., por millones. Podrías estar presente en las más importantes salas de consejo, en los laboratorios más aislados...

Ella volvió a mirarme.

—¿Es eso lo que harías si dispusieras de esa máquina, utilizarla para hacer chantaje?

Me había dejado llevar del entusiasmo. Sonreí:

—Pura fantasía, querida mía.

Sus ojos parecieron calibrarme:

—No hagas ninguna tontería —me dijo.

—Mi amor, soy el hombre más cauto del mundo.

Decidí que tardaría más de media hora en tener noticias de Shippler, así que me fui a Correos.

Había una carta de Spender. Expresaba una gran decepción por haber dado muerte a Turley en lugar de Atwood. Había jugado muchas veces al golf con Turley y lo echaría en falta. También sugería que le devolviera los quince mil dólares o cumpliera el encargo.

Shippler llamó a las tres y media.

—Ambas placas pertenecen a la misma persona. Un tal Henry Pruitt. Vive en el número 2349 de West Headley de esta ciudad.

Esperé hasta las diez de la noche. Cogí entonces mi linterna, una cinta métrica y mi llavero especial que guardo en la caja fuerte y bajé al garaje.

La casa de Henry estaba en un área poco poblada de la ciudad. Había solares vacíos a ambos lados de su hogar, un edificio de dos pisos, relativamente pequeño. Había un garaje junto al camino de entrada.

Aparqué mi coche a unos cien pasos calle abajo y encendí un cigarro. A las once se apagaron las luces del salón y un instante después se encendieron arriba, en lo que aparentemente debía ser un dormitorio.

Pasados diez minutos todo quedó a oscuras.

Esperé media hora más y me encaminé hacia el garaje a través de los solares llenos de desperdicios. Originariamente había sido un garaje doble, pero ahora la puerta del lado izquierdo había sido reemplazada por una sólida pared de cemento. No pude mirar al lado derecho porque, como ya observé antes, las ventanas estaban cegadas por una lámina de madera. Era obvio que Henry creía necesario un secreto absoluto para su invento.

Medí el exterior del garaje: la altura, la anchura y la profundidad. Saqué el llavero del bolsillo y probé varias veces hasta conseguir abrir la puerta. Entré, cerré por dentro y encendí la linterna.

Sí, éste era el lugar donde estuve a primeras horas del día..., los cuatro juegos de matrículas clavados en la pared, el banco de trabajo al fondo y la puerta que conducía a la máquina del tiempo, a la izquierda.

Encendí la luz del techo.

La puerta de la habitación contigua también estaba cerrada, pero no presentaba ningún problema para mí. Di la luz con cierta aprensión.

Pero sí, allí estaba. ¡La máquina del tiempo!

Por un momento me pasó por la mente la idea de robarla. Pero al instante recordé que Henry se había llevado una parte de los controles. Y, además, ¿cómo podría sacarla del cuarto? La puerta era demasiado pequeña.

Pero respecto a eso, ¿cómo había logrado meter Henry la máquina *en* el cuartito?

Reflexioné y decidí que debió de haberla metido por piezas y montado después.

Lo que también me tenía perplejo era cómo se las había arreglado antes, para sacar la máquina *fuera* del cuarto.

Eso era lo que había ido a tratar de descubrir.

Empecé examinando los muros. Eran bloques de cemento por los cuatro costados y absolutamente sólidos. Tomé las medidas interiores del cuarto y del garaje completos. Mis cálculos demostraron que no había compartimientos secretos, ni cámaras falsas. Examiné las rejas de ventilación minuciosamente. Las sacudí pero estaban bien atornilladas. No podían ser retiradas en poco tiempo y sin esfuerzos. Examiné el suelo. Era de cemento compacto, de una sola pieza.

No había más que una posibilidad: el techo. Quizás Henry disponía de algún mecanismo, de una serie de poleas que izaran la máquina a alguna hendidura del techjo.

Cogí la escalera de mano de la otra habitación y repasé todo el techo, meticulosamente. El yeso era viejo y un poco sucio, pero no había ni siquiera una grieta que pudiera indicar un acceso a algún compartimiento secreto.

Bajé la escalera y noté que estaba temblando.

No había ninguna salida posible del cuarto. Ninguna.
¡Salvo por medio de la máquina del tiempo!

Tardé diez minutos en recobrarme. Apagué las luces y cerré las dos puertas con llave al salir.

A la mañana siguiente empecé a convertir mi capital en dinero contante y sonante. Shippler me llamó por la tarde para darme el informe diario:

—Mrs. Reeves fue a una partida de cartas en casa de Doris, a las dos de la tarde. Descubrí su apellido. Es Weaver. Los nombres de los gemelos son...

—Al cuerno con los nombres, no tengo el menor interés por el nombre de los malditos gemelos.

—Lo siento. Su esposa salió de allí a las cuatro y treinta y seis. Se detuvo en un supermercado y compró cuatro chuletas de cordero, dos libras de...

—Fue a comprar para la cocinera —grité—. ¿Tiene algo *importante* que decirme?

—Creo que nada realmente importante.

—Entonces mándeme la factura. No voy a necesitarle más.

—Pero si no fuera así, ya sabe dónde nos tiene —se ofreció alegremente Shippler—. Y enhorabuena.

—¡Enhorabuena! ¿Por qué?

—Pues..., por su esposa..., por..., su fidelidad..., esta vez.

Colgué.

No. Ya no iba a necesitar más a Shippler. Si quería descubrir algo sobre Diana, no tardaría en poder hacerlo yo solo.

Pensé en Henry. Indudablemente podía fabricarse otra máquina del tiempo, pero no se lo permitiría. Para que mis planes fueran efectivos, debía tener el monopolio. Henry tendría que desaparecer y yo me ocuparía de ello tan pronto como tuviera la máquina.

A final de semana ya tenía los doscientos cincuenta mil dólares en efectivo. Sentí la tentación de telefonear a Henry, pero temía que hiciera marcha atrás si sabía que me había enterado de su identidad.

Transcurrieron tres dolorosos e interminables días hasta que Henry llamó a la puerta de mi apartamento. Le hice pasar al instante.

—Ya tengo el dinero. Todo.

Henry se frotó la oreja y comentó:

—Realmente no sé si debo vender la máquina.

Le miré, furioso.

—Doscientos cincuenta mil dólares. Es todo el dinero que tengo en el mundo. No le daré ni un centavo más.

—No se trata del dinero. Es sólo que no sé si debo seguir adelante con la venta.

Abrí el maletín:

—Mírelo, Henry. Doscientos cincuenta mil dólares. ¿Sabe lo que se puede adquirir con todo este dinero? Puede fabricarse docenas de máquinas del tiempo. Puede cubrirlas de láminas de oro. Puede incrustarles piedras preciosas.

Seguía mostrándose remiso.

—Henry —le dije severamente—, hicimos un trato, ¿verdad? No puede volverse atrás.

Henry suspiró al fin.

—Supongo que no. Pero sigo pensando que estoy cometiendo un error.

Me froté las manos.

—Ahora vamos al coche. Puede vendarme los ojos y llevarme a su casa.

—Vendarle no va a ser necesario, ahora —masculló Henry—. Desde el momento en que consiga la máquina del tiempo, podrá descubrir quién soy y dónde vivo.

¡Cuánta razón tenía! Henry estaba condenado.

—Pero le cachearé.

El trayecto hasta el garaje de Henry me pareció interminable, hasta que estuvimos dentro. Henry buscó las llaves para entrar en el cuartito y casi cedí a la tentación de arrebatárselas y abrir yo.

Finalmente abrió la puerta y dio la luz del techo.

Allí estaba la máquina. Preciosa. Reluciente. Y ahora era mía.

Henry se sacó del bolsillo el fragmento vital de los controles y lo encajó en su sitio. Cogió una hoja de papel del bolsillo interior de su chaqueta:

—Éstas son las instrucciones. No pierda este papel o po-

dría encontrarse perdido en el tiempo. Mejor que se las apren-
da de memoria.

Le arranqué el papel de las manos.

—Puede que en el primer intento no consiga la exacta fe-
cha que desee —continuó diciendo Henry— porque los ca-
lendarios han ido cambiando con el tiempo y además fuera
de los últimos quinientos años encontrará toda suerte de errores históricos. Pero puede aproximarse en el tiempo; entonces
sírvase de este afinador en esta pieza de aquí a fin de...

—Deje de hablar y lárguese —dije—. Sé leer las instrucciones como cualquiera.

Henry pareció algo desconcertado, pero salió del cuarto
y cerró la puerta.

Me acomodé en la silla y leí las instrucciones escritas a
máquina. Eran ridículamente simples. Volví a leerlas y guardé
el papel en el bolsillo.

Bueno, ¿adónde ir?

Estudié los controles.

Sí. Ya lo tenía. A la fiesta de fin de año de los Lowell.
Diana había desaparecido a las diez y media de la noche y
no había vuelto a verla hasta las dos de la mañana del primer día de 1960. Nunca me dio una explicación satisfacto-
ria de su ausencia.

Ajusté el control del tiempo y el botón direccional. Ignoraba la distancia exacta a casa de los Lowell desde este
punto, pero me serviría del afinador colocado directamente debajo del cuenta kilómetros una vez estuviera en camino.

Vacilé un segundo, respiré profundamente y apreté el botón rojo.

Esperé.

No ocurrió nada.

Fruncí el ceño y volví a apretar el botón.

Nada.

Saqué el papel del bolsillo y releí febrilmente las instrucciones. No había cometido ningún error.

Entonces comprendí. ¡Todo había sido un camelo!

Salté de la silla y corrí a la puerta.

Estaba cerrada con llave.

Golpeé con los puños y llamé a Henry. Maldije, chillé y chillé, hasta perder la voz.

La puerta permanecía cerrada.

Logré tranquilizarme y corrí hacia la máquina. Arranqué una parte de los tubos de la silla y volví junto a la puerta. Pero el tubo era de aluminio y desgraciadamente ligero y fácil de doblar. Me llevó más de cuarenta y cinco minutos antes de conseguir forzar los pernos fuera de los goznes de la puerta y salir.

Encontré un sobre bajo la escobilla del limpiaparabrisas de mi coche, y lo abrí.

Las hojas mecanografiadas eran, naturalmente, para mí.

Mi querido Mr. Reeves:

Sí, ha sido timado. No existe nada llamado máquina del tiempo.

Supongo que podría terminar así y dejarle enloquecer tratando de llegar a una explicación razonable, pero no lo haré. Estoy muy orgulloso de mi pequeño proyecto y me gustaría disfrutar de la atención de un público que realmente lo pudiera apreciar.

Me servirá usted.

¿Cómo logré averiguar los detalles interesantísimos de sus últimos cuatro asesinatos?

Estaba presente.

Pero no en la máquina del tiempo, naturalmente.

Por supuesto que estará enterado de que no fue su cortesía, ni su encanto lo que atrajo a Diana a su hogar. Se casó por su dinero..., pues usted siempre dio a entender que tenía mucho.

Pero se mostraba extremadamente reticente sobre la cantidad y fuente de su riqueza..., una evasiva que indudablemente puede llevar a una mujer a una curiosidad desesperada. Especialmente a una mujer como Diana.

Le hizo seguir. Para ello utilizó a una agencia de detectives, Shippler, creo que era su nombre. Son muy competentes y se los recomiendo.

Fue, en efecto, afortunado para usted y, por supuesto, para Diana, y para mí ahora..., que no eligiera usted aquel período determinado para cometer uno de sus asesinatos. Fue durante uno de sus períodos de «desempleo» y en el intervalo de una semana.

Los informes sobre sus actividades eran sociales, pero Diana se fijó en un detalle determinado y repetido. ¡Y los detalles son tan importantes!

Cada día iba a un apartado de correos alquilado en la central.

Ahora bien, ¿para qué querría usted un buzón particular? Diana se lo preguntaba. Después de todo, tiene una dirección y debería haber sido suficiente para el correo normal. Correo normal. Eso es. Éste no era para el correo normal.

Para Diana fue un juego de niños conseguir un molde de la llave del buzón mientras usted dormía y mandar hacer un duplicado para su uso personal.

Adoptó por norma ir a su buzón de correos todas las mañanas... Usted iba por la tarde. Siempre que encontraba una carta, la retiraba, la abría al vapor, leía el contenido y la devolvía al buzón con tiempo suficiente para que usted la encontrara el mismo día.

Así que, como ve, ella podía saber los detalles de sus negociaciones criminales, cuándo se planeaban los asesinatos y los lugares donde iban a ocurrir. Y eso hizo posible que yo estuviera allí temprano, que me ocultara y observara su trabajo.

Sí, hace tiempo que nos conocemos... y nos vemos discretamente, muy discretamente. Diana recuerda a un tal Terence Reilly y su súbita desaparición. Como precaución extra, pues estábamos a punto de adquirir un cuarto de millón de dólares y no queríamos que nada nos lo impidiera, no nos hemos visto durante casi un mes.

Nuestro plan original había sido solamente el chantaje. Pero, de nuevo se planteaba la cuestión del peligro. ¿Durante cuánto tiempo podía hacerle chantaje sin comprometerme?

Así que decidimos dar un golpe, uno solo, y sacarle todo su dinero.

En el momento en que lea esta carta, Diana y yo estaremos aumentando la distancia que nos separa. El mundo es un lugar muy grande, Mr. Reeves, y no creo que nos encuentre. No, sin una máquina del tiempo.

¿Que cómo conseguí esa máquina?

Fue una cosa muy complicada, Mr. Reeves, pero estando en

juego doscientos cincuenta mil dólares, uno puede permitirse el lujo de las complicaciones.

Cuando hace diez días me dejó solo con mi máquina, Mr. Reeves, puse en funcionamiento dos aparatos escondidos en el techo del cuarto. Uno creaba ruido y el otro viento.

Después, rápidamente, plegué *la máquina del tiempo.*

Sin duda ya habrá observado que es extremadamente ligera. Y, si vuelve a mirarla, descubrirá que hay cierto número de bisagras ocultas que permiten plegarla y convertirla en una masa compacta.

Después retiré la rejilla de uno de los respiraderos, empujé la máquina doblada hasta el pequeño cubículo de la pared, luego subí yo y coloqué la rejilla tras de mí, otra vez.

Le vi entrar en el cuarto, Mr. Reeves, y le permití solamente treinta segundos de estupefacción antes de volver a provocar el ruido y el viento. No deseaba que reaccionara y examinara la estancia.

Cuando se fue, me arrastré simplemente fuera de mi escondrijo y volví a desplegar la máquina.

Lo encuentro bastante ingenioso, ¿no cree?

Pero, dice usted que eso es imposible, que no hay *lugar donde esconder la máquina del tiempo, ni siquiera doblada, ni donde esconderme yo.*

Que el cuarto es absolutamente sólido, que usted mismo lo ha examinado y apostaría la vida a que así es.

Y tiene toda la razón, Mr. Reeves. Aquí no se puede esconder nada. El cuarto es sólido.

Pero, verá usted, Mr. Reeves, es que hay dos garajes.

El primero, al que le llevé con los ojos vendados, está realmente situado a varios kilómetros de aquí. Es el mismo tipo de edificio..., un modelo estándar edificado por millares en este barrio, y me tomé mucho trabajo para que fuera el duplicado exacto del que está usted ahora, incluso la colocación de las herramientas puestas en el banco de trabajo, la escalera contra la pared.

Los dos garajes son idénticos..., con algunas excepciones. El cuarto de la máquina del tiempo en uno de ellos es ligeramente más pequeño..., para permitir el escondrijo. El ruido y el viento están instalados bajo el cielo raso. En cuanto a las rejillas de ventilación, todas eran auténticas exceptuando la que utilicé para esconderme.

Después de llevarle a su casa, regresé, desmonté la máquina, descolgué las placas de matrícula y me lo traje todo aquí.

¿Las matrículas, dice usted?

Es usted un hombre inteligente, Mr. Reeves. Se lo confieso. Me he aprovechado de su inteligencia. Las colgué en un lugar visible de la pared con la esperanza de que las utilizara para localizarme, pero en este *lugar.*

Quería que examinara este *garaje. Quería que se quedara absolutamente convencido de que la máquina del tiempo era genuina. Yo me encontraba en un solar cercano vigilándole después de que apagué las luces de la casa.*

No obstante, en cuanto al motivo de la carta, quedo de usted, muy agradecido, su seguro servidor,

HENRI PRUITT

Rompí la carta a pedacitos, y descolgué un martillo.

Mientras iba haciendo papilla la máquina del tiempo, no podía evitar la horrible pesadilla de que quizás alguien, en una *verdadera* máquina del tiempo, podía estar en ese mismo momento en una habitación contemplándome.

Y riéndose.

Homicidio y caballeros

Fletcher Flora

Es incuestionable que auténticos caballeros ocupan un lugar pre-
ferente en las historias de misterio que publico. Por una parte, su
correcto comportamiento puede resultar irritante. Pero, a veces,
pensando siempre en hacer lo más adecuado..., acaban en asesinato.

El teniente Joseph Marcus dejó atrás el hoyo número nueve, par cuatro, con un perfecto desprecio olímpico por el
césped. En realidad, no era verdadero desprecio, porque ac-
tuaba con cierto grado de malicia deliberada que se expresaba hundiendo en él los tacones y clavando las puntas de
sus botas. El teniente Marcus, que había sido un niño pobre y era aún un hombre pobre, sentía una irrazonable ani-
mosidad por el golf y un modesto desprecio, pese a ciertos
famosos devotos, por los que lo practicaban. Era por naturaleza tranquilo y tolerante, por lo que estaba ligeramente
avergonzado de sus sentimientos expresados de forma algo
vandálica.

Acompañado por el sargento Bobo Fuller, que caminaba
medio paso detrás de él, bajó rápidamente por la hierba re-
cortada hacia un lugar donde el suelo se inclinaba bruscamente para formar una empinada pendiente. El sargento
Fuller, cuyo nombre no era realmente Bobo y que todo el
mundo había olvidado, no iba medio paso detrás porque
encontrara imposible adelantarse, ni por deferencia al rango de su superior. A decir verdad, le importaba un pepino
el rango y le tenía sin cuidado el teniente Marcus, por eso
era por lo que caminaba medio paso más atrás. Consideraba a
Marcus como un esnob de pacotilla, que leía libros y se daba
importancia. Ese medio paso de separación era una eviden-
cia sutil de lo poco que le gustaba, cosa que el teniente

presentía y de la que el sargento se enorgullecía vagamente.

Llegados al borde de la pendiente, Marcus volvió a hundir los tacones, esta vez con el propósito perfectamente válido de frenar su descenso. Una vez abajo, se encontró sobre terreno plano que, poco después, se transformaba en una suave bajada. A unos quince metros por delante de él brillaba un pequeño lago a la luz de la mañana. Entre Marcus y el lago, más cerca de éste y casi a la sombra de un roble añoso y fuerte, estaba un grupo de cuatro hombres y un chico. El chiquillo sostenía en una mano una caña de pescar con carrete; en la otra, una cajita verde para los anzuelos. De los cuatro hombres, dos eran policías de uniforme enviados por el comisario de Policía para mantener el *statu quo* de Marcus, que no estaba disponible en aquel momento. El tercero resultó ser un vigilante que había atajado por el campo camino de su trabajo. El cuarto, que según habían asegurado a Marcus estaba muerto y bien muerto, se encontraba boca abajo sobre el césped, con la cabeza en dirección al talud, detrás de Marcus y Fuller. De hecho, ésta era la razón por la que Marcus y Fuller estaban allí: porque el hombre tendido en el césped estaba muerto de un modo y en un lugar considerados sospechosos por las autoridades públicas contratadas para investigar tales casos, autoridades entre las que se incluía a Marcus y que, secretamente, consideraba todo aquello como una imposición.

Mientras hablaba con la pareja de policías, con aquel aire indiferente que había contribuido a su reputación de esnob, se arrodilló junto al cuerpo para iniciar un examen que, estaba seguro, no arrojaría nada especialmente significativo sobre el caso. Este enfoque pesimista era natural en él. Siempre le sorprendía que las cosas resultaran mejores de lo que creía o esperaba. Bien, naturalmente, el hombre estaba muerto. Le habían disparado al corazón, con lo que parecía haber sido un arma de pequeño calibre. Por la disposición del cuerpo, juzgó que el tiroteo había ocurrido unas horas antes, pues el *rigor mortis* estaba poco avanzado. Aunque todas estas cosas estaban siempre marcadas por detalles cualificativos, era dudoso que el cálculo del forense, que seguramente estaba ya en camino, se acercara más a la verdad que la suposición de Marcus. «Entre las dos opiniones —se dijo con cierta amargura—. Digamos que entre medianoche y el alba.»

Con la impresión irracional de que se abusaba de él, Marcus siguió con sus observaciones y conjeturas. Edad: de treinta a treinta y cinco años. Estatura: entre 1,60 y 1,70. Peso: setenta y cinco kilos más o menos: Cabello: castaño muy corto. Ojos: abiertos, ciegos y azules. Camisa blanca manchada de sangre. Corbata estrecha, a rayas en dos tonos de color marrón; pantalones veraniegos de estambre marrones, y zapatos y calcetines también marrones. Sobre la hierba, a cuatro pasos de distancia, una americana a juego con el pantalón. En el bolsillo de la derecha del pantalón, monedas que sumaban un dólar veintitrés centavos y un cortaplumas de oro. En el bolsillo izquierdo de atrás una cartera, cerrada. En la cartera, además de dieciocho dólares en billetes, varios documentos de identidad, incluyendo un permiso de conducir y una tarjeta de socio de Blue Cross-Blue Shield. «Vaya —pensó Marcus—, *a éste no tendrán que pagarle nada.*» Según el permiso de conducir y la tarjeta de socio, el muerto se llamaba Alexander Gray. Con todos los documentos oficialmente apropiados en el bolsillo de su americana, Marcus se acercó a la chaqueta marrón y no encontró nada en ella. Nada en absoluto.

—¿Quién encontró el cadáver? —preguntó a quien quisiera contestarle.

—Lo encontró el pequeño —replicó uno de los policías.

Marcus se volvió al chico, que, a juzgar por su aspecto, contaría unos doce años. El muchacho seguía sujetando su caña, su carrete y sus anzuelos como si temiera que también se los confiscaran. El teniente no tenía semejante intención, naturalmente, sino más bien deseaba poder pedírselos prestados y pasar un día de pesca en lugar de cumplir con su triste obligación. A Marcus le gustaban los niños, pero pocas veces lo demostraba. Su desgracia era que mucho de lo poco que demostraba era una especie de distorsión de lo que pensaba y sentía en realidad.

—¿Cómo te llamas, hijo? —preguntó.

—William Peyton Hausler —contestó el niño.

Era obvio que declarara su nombre completo en un esfuerzo de asegurar su *status*, por más que su corta edad lo fortaleciera: establecer su inocencia y asegurar el tratamiento respetuoso al que tenía derecho.

—¿Vives por aquí?

—En la calle de allá, al otro lado del campo de golf.

Y señaló con la mano que sostenía la caña y el carrete una dirección.

—Parece que ibas a pescar.

—Sí, señor. Al lago.

—¿Pescas allí con frecuencia?

—Bastante. El gerente del club dijo que podía hacerlo.

—Pero no parece un lago muy grande. ¿Hay peces?

—Hay carpas y barbos, sobre todo. Los socios del club están autorizados a pescar. Yo no soy socio ni papá tampoco..., pero el director dijo que yo podía pescar.

—¿Qué hora era cuando encontraste el cadáver?

—No lo sé con exactitud. Hacía poco rato que había amanecido. Alrededor de las seis y media, supongo. Quería llegar al lago temprano porque los peces pican más.

—Eso es lo que he oído decir. A primera hora de la mañana y a última hora de la tarde. ¿Qué hiciste cuando lo encontraste?

—Poca cosa. Me acerqué y le hablé un par de veces para ver si me decía algo, pero no lo hizo. Entonces me asusté porque me di cuenta de que algo iba mal, y en aquel momento llegó Mr. Tompkins.

—¿Tocaste algo?

—No, señor. Nada.

—¿Quién es Mr. Tompkins?

—Uno de los vigilantes, éste.

—Muy bien. Gracias, hijo. Mejor que vayas a ver si todavía puedes pescar algo.

El chiquillo bajó la suave pendiente hasta el lago y Marcus se volvió a Tompkins, un hombre apergaminado que parecía un sesentón. Llevaba unos pantalones descoloridos de algodón y una camisa azul de una tela fuerte como las que Marcus había llevado de niño debajo de un pantalón de peto.

—¿Es verdad —preguntó Marcus— lo que me dice el niño?

—Creo que sí. Cuando llegué aquí, estaba de pie contemplando al muerto. Parecía asustado.

—No es raro. Los niños no suelen encontrar un muerto cada día. ¿Qué hizo usted?

—Miré el cadáver, sin tocarlo, y pude ver que un poco de sangre había bajado hasta el césped. Dije al niño que no se moviera y vigilara mientras yo corría al club a llamar a la Policía.

—¿El club abre por la mañana tan temprano?

—No, pero hay una cabina telefónica en la terraza, en la parte de atrás. Yo llevaba una moneda.

—Es muy afortunado. Yo no suelo llevar nunca. ¿Después de llamar a la Policía, usted volvió aquí y esperó?

—Eso mismo. Solamente volví y esperé con el niño, y no me preocupé más.

—Bien. Hizo lo que debía. Supongo que no conocerá a este hombre.

—¿Al muerto, quiere decir? Nunca le había visto antes de ahora.

—Muy bien. Puede volver a su trabajo. —Marcus se volvió a uno de los policías—. Vaya al club y tráigase al gerente. Puede contarle lo ocurrido si muestra curiosidad.

El vigilante y el policía se fueron en direcciones opuestas. Uno hacia el edificio del club y el otro, aparentemente, hacia el lugar donde guardaba el material que había que vigilar. Marcus empezó a pasear lentamente alrededor del cuerpo. No buscaba nada en particular, sólo lo que pudiera buenamente encontrar, pero no halló nada. Ni una huella significativa en el césped que crecía sobre una tierra dura. Ni un objeto pequeño, convenientemente caído, que más tarde pudiera delatar un lugar o una persona. «Ni siquiera —pensó amargamente— una asquerosa colilla.»

La americana marrón le preocupaba. ¿Por qué diablos había tenido que quitarse la americana el muerto? Antes de morir, claro. ¿Y por qué la había dejado tirada en el suelo a unos cinco metros o así del lugar adonde se había dirigido para que le mataran? A menos que le hubieran trasladado *después* de matarle, lo que no parecía probable. Y, puestos a preguntar, ¿por qué estaba en el campo de golf? Un cam-

po de golf no era, en opinión de Marcus, el lugar idóneo para
estar entre la medianoche y el alba, pero tampoco le parecía
a Marcus que fuera un lugar indicado para nada, en ningún
momento, a menos que se viniera como el niño para pescar
en un lago, o echarse en el césped debajo de un árbol y desear ser algo además de lo que ya se es.

Fuller, observando a Marcus, sintió la tentación de preguntarle qué estaba buscando, pero resistió la tentación. Adi-
vinó, sin embargo, que Marcus tampoco lo sabía; en todo
caso, estaba decidido, delante de los de uniforme, a no dar
la sensación de que apelaba a su superior para que le ilustra-
ra. En opinión de Fuller, Marcus estaba demasiado sobre-
valorado en jefatura. A los pocos minutos se volvieron las
tornas aunque, después de todo, no fue un triunfo de Fuller
porque solamente sirvió para confesar lo que esperaba disimular.

—¿Tiene alguna idea, Fuller? —preguntó Marcus.

—Todavía no —confesó Fuller—. He estado intentando
pensar.

—Yo también, pero no he tenido suerte y dudo de que la
tenga. En mi opinión, un individuo que se deja matar en
un campo de golf, debía de estar loco, y los locos son las
víctimas del peor tipo de asesinato desde el punto de vista
del policía, porque es casi imposible imaginar por lógica por
qué hicieron lo que hicieron para ser asesinados.

«Claro —se dijo Fuller—, y ahora vas y me sueltas un dis-
cursito, esnob engreído. Psicología de los Locos, por el doctor
Joseph Marcus.»

El regreso del policía uniformado y de un hombrecito con
bermudas y calcetines gruesos hasta las rodillas, le salvaron
de tener que contestar. Marcus aprobaba el pantalón corto,
porque siempre estuvo de parte de la comodidad, pero que
le ahorcaran si comprendía por qué uno podía contrarrestar
el efecto de los pantalones cortos poniéndose medias hasta
la rodilla. Pero esto no era asunto suyo.

—¿Es usted el gerente del club? —preguntó Marcus.

—Sí —respondió el hombrecito—, Paul Iverson.

—Soy el teniente Joseph Marcus, Mr. Iverson. Tenemos
un cadáver.

—Sí, sí, estoy enterado. Me lo ha dicho el policía.

—Le dispararon.

—Es increíble. Me cuesta creerlo.

—Parece como si alguien se aprovechara de la soledad de un campo de golf para cometer un asesinato.

La expresión de Iverson, aunque parecía un tanto mareado e impresionado, era sobre todo de resentimiento. Entre las actividades del club, se notaba que uno esperaba y aceptaba ciertas indiscreciones y transgresiones de tipo leve, pero el asesinato no era ni esperado ni aceptable. Debía obligar a quien fuera a darse de baja de socio.

—¿Está seguro de que se trata de un asesinato? —preguntó—. Quizá se suicidó.

—¿A lo mejor con el dedo?

—¡Oh! Comprendo. No hay arma.

—Efectivamente. No hay arma. Además, no hay huellas de pólvora en su camisa. Le dispararon a distancia.

—¿Cree que pudo haber sido algún accidente?

—Pudo, pero no lo creo.

—Vaya, es algo terrible. Sencillamente, terrible. No puedo comprenderlo.

—Tiene usted más suerte que yo. Usted no tiene por qué entenderlo. Lo único que tiene que hacer es ver si reconoce al cadáver.

Iverson titubeó, luego se acercó al muerto y miró fijamente por un momento a aquellos ojos azules, completamente ciegos.

Cuando se enderezó y se volvió a Marcus, había aumentado la expresión de náusea de su rostro, pero también se le notaba más aliviado, como si lo peor que había estado esperando, no hubiera aparecido.

—No le conozco. Puedo asegurarle que no era socio de este club.

—Bueno, muy bien —dijo Marcus con una no disimulada sensación de despecho—. Puede que el asesino lo sea.

—Espero que descubra que no lo es. Encuentro inconcebible que un miembro de este club pueda estar involucrado en algo como esto. Así y todo creará un malestar terrible. A lo mejor, incluso, se dan algunos de baja.

—¿Está usted seguro de que este hombre no era socio? Se llamaba Alexander Gray.

—Completamente seguro. El número de nuestros socios es limitado y bastante selecto; los conozco a casi todos. Por eso estoy convencido de que ninguno de ellos puede estar involucrado.

—Incluso la gente selecta puede asesinar, Mr. Iverson. Posiblemente incluso la gente selecta que usted conoce. Pero, bueno, no importa. Gracias por venir.

Marcus dio media vuelta bruscamente. Había en su movimiento una inequívoca sensación de desprecio que hizo ruborizarse a Iverson y al sargento Fuller maldecir entre dientes. Consciente de que había sido despedido, el gerente se volvió campo a traviesa hacia el club, del que solamente se veía el tejado más allá del altozano. Marcus se acercó a recoger la chaqueta de estambre marrón del suelo donde la había dejado caer después de explorar los bolsillos.

—Me pregunto por dónde andará el forense —comentó.

—Vendrá —le aseguró Fuller.

—Bien, pero no voy a esperarle. Quédese usted y averigüe lo que tenga que decir. Sospecho que poca cosa..., porque siempre es así.

El sargento Fuller sentía curiosidad por los planes de Marcus, pero maldito si le daría la oportunidad de decírselo. Observó cómo Marcus se dirigía al club, donde habían dejado el coche y maldijo entre dientes a Marcus por lo que era, y al forense por no llegar.

En el coche, ignorante de las maldiciones de que había sido objeto o que hubiera dado pie a ellas, Marcus comprobó en el permiso de conducir de Alexander Gray su dirección. La calle y el número parecían decirle algo y se quedó quieto un minuto, ensimismado, tratando de situar debidamente el lugar en una especie de mapa mental de la ciudad. Si su cartografía mental era correcta, y lo era, Gray había vivido a poco más de un kilómetro de la entrada del club. Probablemente algo menos. Marcus miró el reloj y vio que eran las nueve y dos minutos. Puso el coche en marcha y se dirigió por el camino asfaltado hasta meterse en el tráfico de una vía suburbana. No tardó en dejarla y pronto estuvo aparcado ante la acera de un edificio de apartamentos, de fachada de ladrillo, que exhibía en grandes números cromados sobre la doble puerta de entrada, la dirección del permiso de conducir.

Una vez en la entrada encontró la vivienda del conserje del edificio. Al abrir la puerta en respuesta a la llamada de Marcus, apareció un hombrecito vivaz, de pelo gris y lentes pegados al puente de una nariz sorprendentemente saliente. Marcus se presentó y el hombrecito también. El conserje se llamaba Everett Price.

—¿Vive en este edificio un tal Alexander Gray? —preguntó Marcus.

—Sí. —Mr. Price se quitó los lentes, sujetos por una cinta negra, y los sostuvo en la mano derecha—. Sí, está en el tres cero seis. Comparte el piso con Mr. Rufus Fleming.

—¡Ah! ¿Hace tiempo que comparten el apartamento los señores Fleming y Gray?

—Unos dos años. Sí, hará dos años este verano. Son unos perfectos caballeros. En realidad, hay algo trasnochado en sus modales. Hoy no se encuentra esta cualidad entre los jóvenes.

—En efecto. No es corriente. ¿Sabe si Mr. Fleming está en casa en este momento?

—No, no sé. Sin embargo, dado que es sábado... Mr. Fleming no trabaja los sábados, ¿sabe?

—Ojalá me ocurriera a mí lo mismo. Entonces subiré a hablar con Mr. Fleming, si no le importa.

Mr. Price pareció confuso. Frotó los cristales de sus gafas con un pañuelo blanco, y se las caló sobre su gran nariz, mirando a Marcus como si hubiera decidido que se hacía necesaria una revisión de su primer juicio.

—Perdone, pero creí que a quien quería ver era a Mr. Gray.

—No he dicho tal cosa —aclaró Marcus—. Sólo he preguntado si vivía aquí Mr. Gray.

—En efecto, así fue. Supongo que ha sido una deducción mía. En todo caso es posible que ambos caballeros estén en casa esta mañana.

—Le agradecería que me acompañara, por si acaso no está ni uno ni otro.

Mr. Price se sobresaltó al oírle. Posiblemente había deducido por el tono de Marcus que se proponía subir a toda costa, aunque dispuesto a simular que pedía permiso, y que, quisiera o no, iba a subir con él.

—¿Y para qué? —preguntó Mr. Price.

—Para que me abra la puerta si fuera necesario.

—¡Oh!, no puedo hacer esto sin autorización de los inquilinos. Es inconcebible.

—¿Lo es? No lo creo. Vaya pensando en ello mientras subimos. A lo mejor cambia de parecer.

—Estoy razonablemente seguro de que Mr. Fleming o Mr. Gray estarán en casa un sábado por la mañana.

—Mr. Fleming, tal vez. Pero no Mr. Gray. Mr. Gray no volverá a estar nunca más. Está muerto. Al parecer, ha sido asesinado.

Las gafas se desprendieron de la nariz de Mr. Price y quedaron colgando del extremo de la cinta. Marcus tuvo la súbita y fúnebre visión de una trampilla abierta y un cuerpo colgando.

—¿Qué ha dicho?

Marcus no se molestó en repetirlo.

—¡Es espantoso! —exclamó Mr. Price.

—Lo es.

—¿Por qué iban a querer asesinar a Mr. Gray? Era un hombre simpático.

—A la gente simpática también la asesinan alguna vez. Generalmente por gente antipática.

—¿Cuándo ocurrió? ¿Dónde?

—Eso no importa ahora. No tardará en saberlo. Todo el mundo se enterará. Ahora, me gustaría subir y ver a Mr. Fleming si está en casa, o echar un vistazo a la vivienda si no está.

—Sí —dijo Mr. Price—, sí, naturalmente.

Subieron los tres pisos y llamaron al trescientos seis. O no estaba Mr. Fleming o no quería contestar. Lo primero era verdad, como Marcus pudo confirmar después de que el conserje le abriera la puerta. El piso constaba de una sala de estar, un gran domitorio con dos camas, un baño y una cocina muy pequeña. No había nadie. Las camas estaban he-

chas; la cocina limpia y el salón, ordenado. Mr. Gray y
Mr. Fleming eran gente aseada. Por lo que Marcus dedu-
cía, Mr. Fleming seguía siéndolo.

—¿Pasó la noche en casa, Mr. Fleming?

—No lo sé. Vino temprano, lo mismo que Mr. Gray; pero
puede que haya salido y no haya regresado.

—Está bien. Gracias. No le necesito más. Y no sufra por
el apartamento. Lo dejaré en perfecto orden.

Mr. Price no parecía convencido, pero se marchó. Marcus pasó al dormitorio y empezó a buscar. Abrió cajones y
miró en los armarios; sólo consiguió la confirmación del juicio que ya había emitido: que Mr. Gray y Mr. Fleming eran
lo bastante limpios y ordenados como para satisfacer a la
mujer más exigente. En la sala de estar, después de revol-
ver y leer los títulos de los libros que, en general, le parecieron sumamente aburridos, se paró delante de un chimenea
simulada para mirar una fotografía. Era de una joven. Deli-
cada. La cogió de la repisa y leyó la dedicatoria: «Para Rufe
y Alex con todo mi amor. Sandy». En opinión de Marcus,
la doble dedicatoria implicaba un significado platónico contrario al amor total. Se rascó la cabeza y se fijó en la cara
de Sandy.

Era una cara preciosa, una cara melancólica. Tenía la forma de corazón. Ojos enormes y tristes, llenos de ternura.
¿Había pasión en ellos? Por lo menos había pasión en los
labios entreabiertos en una tenue sonrisa. Sin embargo, pese
a la insinuada pasión había —Marcus buscó la palabra— un
cierto misticismo. En un momento, se sintió medio ena-
morado.

Devolvió la fotografía a la repisa y se apartó. Pero volvió. Sobre la repisa, bien colocado debajo de una reproducción del *Don Quijote y Sancho Panza* de Daumier colgada
en la pared, había un gran estuche de piel. Lo cogió y lo abrió.
Dentro, hundidas en terciopelo, vio un par de pistolas igua-
les de tiro al blanco, calibre 0,22. Las dos limpias; las dos
engrasadas recientemente; las dos maravillosamente cuida-
das. «Lo evidente es lo que a veces escapa», se dijo. Registrando cajones y armarios había pasado por alto el estuche,
tan a la vista. De momento, tampoco tenía importancia ha-

berlo pasado por alto. No obstante, se apropió del estuche y se lo llevó consigo al marcharse. Pero antes había vuelto al cuarto de baño y allí permaneció unos minutos abstraído delante del armarito, abierto, colocado encima del retrete.

Una vez abajo, tocó el timbre del conserje. Éste, claramente aliviado al verle marchar, hizo un esfuerzo por no demostrarlo.

—¿Ha terminado, teniente?

—Sí. Por lo menos por ahora. Me llevo esto. Es un juego de pistolas de tiro al blanco. ¿Quién de los dos, Mr. Gray o Mr. Fleming, era aficionado al tiro al blanco?

—La verdad es que los dos lo eran. Los domingos por la mañana, si hacía buen tiempo, participaban en concursos. Creo que incluso hacían pequeñas apuestas. Espero que cuidará bien de las pistolas.

—Tendré buen cuidado. Si lo desea, puedo hacerle un recibo.

—No creo que sea necesario.

—Gracias. A propósito, arriba, sobre la repisa de la chimenea hay una fotografía. Una joven. Melena rubia, muy corta. Cara preciosa. Firmada, Sandy. ¿La conoce, acaso?

—Sí, sé quién es. Miss Sandra Shore. Me la presentaron una noche en que los encontré a los tres en el vestíbulo. En varias ocasiones después, hablé con ella cuando venía de visita.

—¿Venía con frecuencia?

—Sí; muchas veces, supongo, yo no la veía. Me figuro que todo era perfectamente correcto. Era amiga de los dos. Eran amigos, según me contó, desde la infancia. Era una relación encantadora.

—Me figuro que así fue. Dígame, ¿conoce la dirección de Miss Shore?

—No, pero probablemente estará en el listín.

—¿Le importaría buscármela?

—De ningún modo.

Invitó a Marcus a que entrara, pero éste prefirió esperar en el vestíbulo. Pasados unos minutos, Mr. Price volvió con la dirección apuntada en una hoja de bloc. Dedicado de nuevo a la cartografía mental, Marcus localizó la dirección en relación a donde se encontraba.

—Una pregunta más, si no le molesta, y me marcharé. Deduzco que tanto Mr. Gray como Mr. Fleming tienen coche.

—Solamente uno, a medias. Uno podría pensar que semejante arreglo podía dar lugar a dificultades, pero por lo visto funcionaba perfectamente.

—Mr. Gray y Mr. Fleming parecen haber sido extremadamente compatibles. Piso compartido. Coche compartido. Muchacha compartida. De lo más encomiable. ¿Dónde guardan el coche?

—Hay un garaje en la parte trasera, con salida al callejón. En la plaza número cinco. El automóvil, si le interesa saberlo, es un Ford. No estoy seguro del modelo, pero es nuevo.

—Gracias otra vez. Me ha ayudado usted mucho.

Marcus se giró con su habitual brusquedad y salió del edificio en dirección al garaje. La plaza cinco estaba ocupada por un Ford de 1960. Mr. Fleming, dondequiera que se hallara, o circulaba a lomos de una yegua o en otro vehículo distinto al suyo. Marcus cogió el coche que le proporcionaba el departamento y se dirigió a la dirección que llevaba apuntada en la hoja de bloc. En esta ocasión no tuvo que molestar al conserje porque en la entrada había una lista de inquilinos que le indicó a dónde dirigirse.

El que fotografió a Sandra Shore era un artista. Había captado sobre el papel la calidad irreal de aquel rostro. La melancolía, la ternura y la pasión reunidas en el coranzoncito. Ahora, en persona, era mucho más. Un cuerpo menudo, esbelto y exquisitamente formado, sugiriendo sus encantos bajo una falda estrecha y una blusa blanca, muy juvenil. Marcus, en el rellano, se quitó el sombrero y ofreció un breve y silencioso testimonio de admiración.

—¿Sí? —dijo Sandra Shore.

—Me llamo Marcus. Teniente Joseph Marcus. De la Policía. ¿Podría hablar unos minutos con usted?

Le observó gravemente, con la cabeza ligeramente inclinada a un lado.

—¿Para qué?

—Seré breve. Se lo agradecería.

—Bueno, si es realmente un policía, hablará conmigo quiera o no, así que no merece la pena pedirme permiso, ¿verdad?

—Lo siento, pero debo confesarle que tiene razón. Gracias por aclararme la situación tan amablemente. ¿Puedo pasar?

Inclinó la cabeza afirmativamente y cerró la puerta tan pronto como él pasó dentro. La siguió al salón, se sentó y admiró sus tobillos y preciosas piernas cuando ella se acomodó en otra butaca, con la estrecha falda bien apretada bajo las rodillas. Continuó admirando las piernas un instante, discretamente, pero al momento pasó al rostro, que era lo mejor, después de todo, y pese a sus distracciones.

—No parece un policía —le dijo.

—¿No? No sé. ¿Cómo se figura que debe ser un policía?

—No lo sé bien. Pero en todo caso no como usted. ¿De qué desea hablarme?

—No de qué, sino de quién. De un joven llamado Alexander Gray.

—¿Alex? —consiguió parecer vagamente incrédula sin perder por ello la serenidad de su expresión—. ¿Qué interés puede sentir la Policía por Alex?

—Está muerto. Aparentemente asesinado. Alguien disparó contra él a primeras horas del día en el campo de golf del club Greenbrier.

Permaneció sentada, muy quieta. Su único movimiento fue apretarse las manos sobre el regazo. Sus ojos graves, grandes, parecieron oscurecerse como si acabaran de apagar una luz.

—Es ridículo.

—La verdad suele ser ridícula con frecuencia. Las cosas no parecen tener sentido.

—Alex no es socio siquiera del club de golf Greenbrier.

—Aparentemente no es preciso ser socio para que le maten a uno en el campo.

—Me niego sencillamente a creerle. Es cruel por su parte venir a contarme semejante mentira.

—Sería cruel si lo hiciera. Y una insensatez.

—Le comprendo. No tendría ningún motivo. A menos que exista un motivo que yo no pueda entender. ¿Lo hay?

—No. Ninguno. Seguro que se ha dado cuenta.

—Puede que sí. Me figuro que, después de todo, tendré que creerle.

Se puso en pie, de pronto, y fue hacia una ventana y allí permaneció junto a los cristales unos segundos, delgada, erguida, con su cabello claro iluminado por la luz sesgada. Luego se volvió, se sentó de nuevo, apretó la falda bajo las rodillas y cruzó las manos.

—¡Pobre Alex! —musitó—. ¡Pobrecito Alex!

Tampoco era tan poquita cosa. Estatura media, por lo menos, pero Marcus lo pasó por alto. Encontraba que Miss Sandra Shore era una mujer sorprendente. Había genuino pesar en su voz, en sus ojos oscurecidos, pero su rostro permanecía inmutable, tan inmutable y sereno en el dolor y la impresión como lo estaba en la fotografía.

—Está usted muy serena, dadas las circunstancias. Es un alivio para mí y se lo agradezco.

—Quizás es porque todavía no puedo aceptarlo, pese a saber que debe ser verdad.

—A veces se tarda un poco en acusar el impacto de ciertas cosas. ¿Se siente dispuesta a hablar conmigo, ahora?

—¿Qué quiere saber?

—Era usted muy amiga de Alexander Gray. ¿Es verdad?

—Sí, es verdad, pero no puedo imaginar cómo se ha enterado. A menos que haya hablado con Rufe. ¿Lo ha hecho?

—¿Con Rufus Fleming? No. Pero me gustaría hacerlo. No sé dónde está.

—¿Ha estado usted en el apartamento? Alex y Rufe vivían juntos, ya sabe.

—Ya lo sé. He estado allí. ¿Tiene usted idea de dónde puede encontrarse Fleming?

—En cualquier parte, supongo. Pronto aparecerá.

—Su coche estaba en el garaje.

—Rufe suele ir andando a muchos sitios. A veces hasta muy lejos. Disfruta haciéndolo.

—En su apartamento había una fotografía suya. Muy buena. Me fijé en que estaba dedicada a los dos, a Gray y a Fleming. Con todo su amor. ¿Era igualmente amiga de los dos?

—¿Igualmente? Es muy difícil juzgarlo, ¿no cree? Quería a ambos. Sigo queriéndoles a ambos, aunque Alex debe de estar muerto puesto que usted lo dice.

—¿La amaban ambos?

—¡Oh, sí! Nos amábamos unos a otros.

—¿No es ésta una relación poco corriente entre dos hombres y una mujer?

—No lo creo. Puede que lo sea. Ha sido así durante tanto tiempo que a mí me parece perfectamente natural.

—¿No surgieron nunca complicaciones?

—Bueno, a veces resultaba difícil. Ambos me amaban y querían casarse conmigo, y yo les amaba a los dos, lo cual estaba bien, y quería casarme con los dos, lo cual no estaba bien, y ahí residía la dificultad.

—Comprendo. La bigamia no es una solución..., además de ser ilegal.

—Sí. En todo caso, no podía soportar la idea de casarme con uno y con el otro no, porque eso hubiera significado tener que abandonar del todo al que quedara. Si solamente hubiera podido casarme con uno y conservar al otro, como siempre, hubiera estado bien pero no hubiera dado resultado, lo sé, porque un marido es diferente de un amigo por bueno y tolerante que pueda ser, y se volverá posesivo e insistente respecto de sus derechos y sentirá resentimiento ante las atenciones de su mujer por el otro.

Marcus no acababa de creerla. No a sus palabras. *Éstas* las creía. A quien no creía era a *ella*. Que existiera. Que estuviera sentada en este instante en la butaca, frente a él, con las rodillas apretadas y la falda sujeta por ellas. La verdad es que estaba un poco desconcertado por lo que parecía, a la vez, perfectamente lógico y totalmente loco. Eso era. Lógico, pero loco. No era necesariamente contradictorio.

—Me ha dicho que su relación existía desde hace tiempo. ¿Cuánto tiempo?

—¡Oh!, años y años. Siglos. Desde que éramos pequeños.

—¿Ya se conocían entonces?

—No es lo que acabo de decir. Fuimos juntos a la escuela y desde entonces seguimos siendo íntimos.

—Es raro, por no decir otra cosa, que dos hombres sigan siendo amigos en semejantes circunstancias.

—Bien, eran buenos, tolerantes y comprensivos y seguían pensando que encontrarían alguna solución, pero, como ya le he dicho, no hay forma de solucionarlo satisfactoriamente.

—Sin embargo, ahora el problema se ha resuelto por sí solo.

—¿Quiere decir que al morir Alex no hay nada que me impida casarme con Rufe? Puede tener razón, pero tendré que pensarlo. No me parece justo para con Alex. Es una ventaja injusta para Rufe, ¿comprende? Puedo sentirme obligada, con toda justicia, a renunciar también a él.

Marcus se golpeó la rodilla con fuerza, se levantó y anduvo unos pasos junto a su butaca y volvió a sentarse. Cerró los ojos, los abrió, pero ella seguía allí.

—Había un juego de pistolas en el apartamento. El conserje me dijo que ambos estaban locos por el tiro al blanco. ¿Es cierto?

—¡Oh, sí! Y yo también. Tengo una pistola como las que usted ha visto. Al principio utilizábamos otro tipo de pistolas. Vivíamos en una pequeña ciudad, a poca distancia del campo, y solíamos salir los tres con frecuencia y desafiarnos. ¿Le gustaría ver mi pistola?

—Sería muy amable, por su parte.

—En absoluto.

Se levantó, fue hacia un mueble y al instante volvió con una pistola que era, como ya había dicho, aparentemente idéntica a las dos que él había llevado. Limpia, recién engrasada. Marcus la cogió, la examinó y se la devolvió. De nuevo estaba sentada en su butaca, con la pistola descansando en la falda bajo las manos cruzadas.

—¿Tiene usted alguna fotografía de Mr. Fleming?

—¡Oh! ¿De Rufe? No. Lo siento.

—¿Ni siquiera una instantánea?

—Ni siquiera. Pensándolo bien es muy raro, ¿verdad? Ni Alex ni Rufe eran dados a que les fotografiaran.

—Tal vez podría describírmelo.

—¿Para qué?

—Por si le viera o algo así. Podría ahorrarme tiempo y trabajo.

—Pues, es bastante alto: metro ochenta, diría yo; muy delgado, pero muy fuerte; un rostro alargado con cejas muy pobladas que casi se unen sobre la nariz, y cabello negro, liso y rebelde. Anda un poco encorvado, yo le digo siempre que se enderece, pero no sirve de nada. Creo que se inclina deliberadamente para evitar parecer tan alto, especialmente cuando está conmigo. Como puede ver, soy bastante baja.

—Sí, lo veo.

Marcus se levantó, con el sombrero en la mano, y miró a su alrededor. Un arco daba a una pequeña cocina. Una puerta cerrada, de lo que debía ser un dormitorio. Al lado, un cuarto de baño. Básicamente, muy parecido al lugar que compartían Gray y Fleming.

—Dígame —prosiguió—, ¿quién podía desear matar a Alexander Gray?

—Nadie. Seguro que habrá sido algo así como un accidente.

—¿No tenía ningún problema, que usted sepa?

—Ninguno. Si Alex tenía problemas debían de ser insignificantes.

—Ya. Bien, muchísimas gracias, Miss Shore. Si viera a Mr. Fleming dígale, por favor, que se ponga en contacto con la jefatura de Policía.

Le acompañó a la puerta y le despidió; lo último que Marcus vio fue su rostro grave y sus ojos oscurecidos cuando se cerró la puerta tras él. Había pasado la hora del almuerzo, así que fue a tomarse un sándwich en un restaurante y de allí a jefatura, donde leyó un breve informe del forense sobre la hora aproximada de la muerte de Alexander Gray. Era, en efecto, la que Marcus había predicho. El forense creía que Gray había muerto de un disparo de bala de calibre 0,22, pero no había habido tiempo aún de recuperarla del cuerpo, debido a la acumulación de trabajo, y prometía una autopsia tan pronto como fuera posible.

Marcus llevó el juego de pistolas a balística y las dejó con instrucciones para distintas pruebas. Después volvió a su despacho y empezó a dedicarse al papeleo, incluyendo su propio informe sobre el caso Gray. El resto de la tarde lo empleó en localizar a Fleming en su apartamento, sin éxito; siguió esperando que Fleming apareciera, pero no fue así. A última hora entró Fuller e informó de lo acaecido en el golf después de la marcha de Marcus, pero no era gran cosa.

Marcus se balanceó en su silla, cerró los ojos y trató de pensar. Pensó sobre todo en Sandra Shore. Todavía tenía dificultad en convencerse de que era un ser real. Se preguntó si de verdad sería tan reservada como parecía o si solamente había encontrado dificultad de expresar con más sentimiento su impresión y sorpresa, o si realmente no había sido una noticia para ella. ¿Sabía que Alexander Gray estaba muerto antes de que Marcus fuera a decírselo? Marcus se lo preguntaba, pero no podía asegurarlo.

Permaneció sentado, pensando, durante mucho tiempo, sin llegar a nada, y al fin volvió al piso de Fleming, sin resultado. Decidió salir, cenar y marcharse a casa, y eso fue lo que hizo. En su piso de soltero, leyó un rato, se tomó tres *highballs* de bourbon, y lo último antes de acostarse fue escuchar la *Sexta sinfonía* de Beethoven por Toscanini. A la mañana siguiente, domingo, se levantó temprano, se tomó dos tazas de café y marchó a jefatura. Estaba ya en su despacho cuando Fuller, de guardia a regañadientes, le trajo a un joven que quería verle. El joven, según Fuller, tenía algo que decir sobre el caso Gray, que ya era del dominio público. Según Fuller, el joven se llamaba Herbert Richards.

—Siéntese y cuénteme lo que sepa —le dijo Marcus.

—Bien —contestó Herbert Richards, sentándose—, ayer por la mañana iba yo conduciendo por la calle que está a la derecha del club de golf donde mataron a ese hombre cuando mi viejo cacharro se me paró de pronto. Trabajo en una constructora y me iba a reunir con algunos del equipo en un lugar desde donde todos vamos en uno de los camiones. Pues, como he dicho, el cacharro dijo no y tuve que apresurarme, a pie, para llegar a tiempo, así que crucé por la esquina del campo de golf, por una especie de barranco que corta diagonalmente la esquina, y de pronto oí unos disparos.

—Un momento —le interrumpió Marcus—. ¿Ha dicho unos *disparos*?

—Sí, señor. Dos. Leí en el periódico lo del asesinato de anoche y decía que al individuo le habían disparado una sola vez, así que me pregunté si yo estaría equivocado, pero lo he pensado bien y estoy seguro de que no. Fueron tan seguidos que casi parecía uno solo, pero estoy seguro de que fueron dos.

—¿Qué hizo al oír los disparos?

—Nada. Seguí andando por el barranco.

—¿No se le ocurrió que podría ser algo raro?

—¿Por qué? He oído montones de disparos en mi vida y ruidos parecidos a disparos. Ésta es la primera vez que resulta que alguien estaba siendo asesinado.

Marcus aceptó el razonamiento. La gente honrada que va a su trabajo no piensa en asesinatos todas las veces que oye o ve algo raro, incluso aunque sean tiros.

—¿A qué hora fue?

—Esto es lo que quería decirle. Estaba amaneciendo. Después del alba. Sé que es importante saber la hora cuando ocurre algo así, y por eso he venido a verle.

—Me alegro de que lo haya hecho.

—¿Cree que puede ser útil?

—Creo que sí. Gracias. Si no tiene nada más que decirme, ya puede irse.

Herbert Richards salió visiblemente satisfecho, y Marcus cerró los ojos y pensó un momento en la escena del asesinato de Alexander Gray. Al abrirlos miró a Fuller, que se había quedado esperando.

—Fuller —le dijo—, ¿recuerda aquel talud por el que bajamos a unos veinte metros más o menos de donde yacía Gray? Llévese un par de hombres, váyanse allí y vean si pueden encontrar una bala.

Fuller, al que molestó el encargo, dejó entrever sus sentimientos. Marcus, que captó el resentimiento, no se inmutó.

—¿A quién le importa si falta una bala? —exclamó Fuller—. Tendremos la de Gray tan pronto como el forense se la saque esta mañana, y es lo único que se necesita. Además, por la posición del cuerpo, Gray miraba al talud; el asesino no. Cualquier bala que no hubiera dado en el blanco habría ido en dirección opuesta.

—Vaya y busquen —insistió Marcus—. Siempre es mejor hacer las cosas bien.

Con Fuller ya fuera, Marcus adoptó su postura favorita para pensar: la silla sobre las patas de atrás, los ojos cerrados y los dedos entrelazados sobre la barriga. Esta vez pensó en muchas cosas, pero de forma fantástica. Pensó en Alexander Gray, en Rufus Fleming y en Sandra Shore, un triángulo emocional tan demente que sólo podía mantenerse por un trío que, a su vez, estuviera loco. Pensó en Alexander Gray yaciendo en un campo de golf. Pensó en una chaqueta de estambre marrón echada sobre el césped a unos pasos del cuerpo de Gray. Pensó en Herbert Richards, un trabajador de la construcción pasando por donde no debía que oyó dos tiros disparados tan seguidos que parecían haber sido uno solo. Pensó en un juego de pistolas de tiro al blanco como un símbolo accidental colocadas debajo de una reproducción del *Don Quijote*, de Daumier. Pensó en un armarito del cuarto de baño en el que sólo había una navaja y un cepillo de dientes.

«No lo creo —pensó—. Por Dios que no lo creo.»

Poco después fue a balística y le dieron un informe, pero todavía faltaba la comparación específica que necesitaba, que dependía del forense. Se dirigió despacio y con cierta desgana a la vivienda de Sandra Shore. Llamó, esperó, y ya se disponía a volver a llamar cuando le abrieron la puerta. Sus ojos se abrieron en una ligera expresión de sorpresa, recobrando casi inmediatamente su característica y grave compostura.

—Buenos días.

—Buenos días. ¿Quiere volver a entrar?

—Si no le importa...

—A decir verdad, me importa bastante, pero supongo que debo dejarle entrar.

—Gracias. Intentaré ser breve.

Se sentaron, como el día anterior, en las mismas butacas; él guardó silencio un momento, contemplando el sombrero que tenía en las manos, sin saber cómo empezar. Luego le-

vantó la mirada hasta Sandra Shore, la de los ojos graves
y el corazón sereno, y dejó que los suyos se desviaran deliberadamente a la puerta cerrada del dormitorio.

—¿Puedo entrar en su alcoba, Miss Shore?

—No. De ningún modo. —Permaneció sentada, quieta,
observándole hasta de que sus ojos volvieron a ella; entonces su pequeño pecho exhaló un profundo suspiro—. Bien,
veo que ha sido tan inteligente como temí que fuera, pero
me alegro. En realidad me alegro mucho porque parece em-
peorar en lugar de mejorar, y tengo miedo de que se muera
a pesar de todo lo que he podido hacer. Verá, era imposible
llamar a un médico, así que yo misma le extraje la bala; pero,
como le he dicho, parece estar peor, y no sé qué hacer.

—¿Llevó usted también las pistolas al apartamento y recogió de allí una navaja de afeitar y un cepillo de dientes?

—Sí. ¡*Qué* inteligente es usted! Alex y Rufe decidieron
zanjar el asunto de una vez por todas, así que se marcharon
juntos al campo de golf, que es el mejor lugar en que podía
hacerse. Podía haber salido bien para Rufe, aunque no para
Alex, si no hubiera sido herido en el hombro, que lo com-
plicó todo mucho más.

—Fue un error. Seguro que sabe que podemos comparar
la bala de Alexander Gray con una de las pistolas.

—Es verdad, claro. Supongo que no se me ocurrió pensarlo porque estaba angustiada y no podía pensar con claridad en nada. Es curioso, ¿no cree? Quería ayudar a Rufe,
y lo intenté, pero me doy cuenta de que no he hecho sino
hundirle.

—¡Imbéciles! ¡Locos imbéciles! —exclamó Marcus a media voz, golpeándose la rodilla—. ¿Por qué demonios no podían habérsela jugada a la carta más alta o algo parecido?

—¡Oh, no! —Se le quedó mirando, despectiva, por haberle definido como un individuo sórdido, sin sentido del honor—. ¡Alex y Rufe jamás me hubieran tratado de forma tan
baja!

—Perdóneme —se excusó amargado—. Reconozco que ha
hecho cuanto ha podido por Rufe, al que ama; pero, ¿qué
hay del querido Alex, al que también amaba y que desgraciadamente está muerto por una consecuencia irracional?

—Si hubiera ocurrido lo contrario, hubiera hecho lo mismo por Alex.

—Ya... —Se puso en pie con un gusto tan amargo en la boca que sintió impulsos de escupirlo en el suelo—. Llamaré a una ambulancia; usted y yo podemos bajar juntos.

Aquella tarde estaba en su despacho, sin hacer nada, cuando entró Fuller, diciendo:

—Hemos escarbado por toda la bancada y no hay ninguna bala.

—Está bien. Sé dónde está. O por lo menos dónde estaba.

—¡Al infierno con que lo sabe! ¿Y no le importaría decírmelo?

—En absoluto. Estaba en el hombro de un individuo llamado Rufus Fleming. Él y Gray se batieron en duelo ayer de madrugada. Es así como murió Gray.

—¡Un *duelo*! —A Fuller se le saltaron los ojos. Estaba tan seguro de que Marcus se había vuelto loco, que se atrevió a decirle—: Está hablando siempre de que alguien está loco, pero en mi opinión usted es el más loco de todos.

Marcus no se ofendió. Cerró los ojos y sonrió con melancolía.

«Bien —pensó—, hace falta un loco para cazar a otro.»

ÍNDICE